AF168328

ULRIKE PASCHEK

Medusenliebe

AUFRUHR IN DER GENTIL-VILLA Im beschaulichen Aschaffenburg ist der Pumpenfabrikant Anton Gentil mit sich und der Welt zufrieden: Sein Sohn Otto hat der Münchener Bohème endgültig den Rücken gekehrt und beginnt in seiner Heimatstadt ein solides Leben unter den Augen seines Vaters. Die Pumpenfabrik floriert, sodass er jede Menge Geld hat, um die eigenwillige Kunstsammlung in seiner eigens dafür erbauten Villa zu erweitern. Nach einem Besuch in München bei seinem Künstlerfreund Franz von Stuck schenkt ihm dieser ein wertvolles Gemälde, die »Medusa«, das er zum neuen Prunkstück seines Grünen Zimmers macht. Doch als unerwartet Ottos unglückliche Liebe Mizzi mit ihrem Begleiter aus München auftaucht, wird dem »Pumpen-Anton« schnell klar, dass die Idylle bald ein Ende haben könnte, wenn er nicht entschlossen handelt. Kann es der findige Aschaffenburger mit den zwielichtigen Münchenern aufnehmen? Ein spannendes Ringen um Gentils wertvollen Schatz beginnt …

© privat

Ulrike Paschek wurde in Aschaffenburg geboren und durchlief dort alle Instanzen bürgerlichen Lebens: Taufe, Tanzschule, Abitur. Nach Studienjahren in Passau und Tours und mehreren Stationen in Süddeutschland lebt die Philologin heute wieder in ihrer Heimatstadt, wo sie an einem Gymnasium unterrichtet und schreibt.

ULRIKE PASCHEK

Medusenliebe

Historischer Aschaffenburg-Krimi

GMEINER

Immer informiert

Spannung pur – mit unserem Newsletter informieren wir Sie
regelmäßig über Wissenswertes aus unserer Bücherwelt.

Gefällt mir!

Facebook: @Gmeiner.Verlag
Instagram: @gmeinerverlag
Twitter: @GmeinerVerlag

Besuchen Sie uns im Internet:
www.gmeiner-verlag.de

© 2022 – Gmeiner-Verlag GmbH
Im Ehnried 5, 88605 Meßkirch
Telefon 07575/2095-0
info@gmeiner-verlag.de
Alle Rechte vorbehalten
1. Auflage 2022

Herstellung: Mirjam Hecht
Umschlaggestaltung: U.O.R.G. Lutz Eberle, Stuttgart
unter Verwendung eines Bildes der: © Museen der Stadt Aschaffenburg
Druck: GGP Media GmbH, Pößneck
Printed in Germany
ISBN 978-3-8392-0172-5

Teil 1

1

Wer an diesem Tag vor der düsteren Villa mit dem hohen schwarzen Dach stand, dem stieg ein Duft von Erbsensuppe mit Speck in die Nase, der aus dem geöffneten Fenster der Küche strömte. Deftig und ganz nach seinem Geschmack dampfte es dem Hausherrn aus seinem Teller entgegen und er wollte gerade genüsslich einen Löffel zum Mund führen, als es an die Hintertür klopfte. Unwillig ließ er den Löffel wieder sinken, doch Berta nickte ihm bereits wortlos zu, stopfte das grau-blaue Leinentuch hinter die glänzende Messingreling des Herds und wankte schnaufend mit schweren Schritten zum Hintereingang. Durch den Spalt, den die Tür ließ, bahnte sich ein später Sonnenstrahl den Weg ins Innere und durchschnitt die abendliche Szene: Die Suppe auf dem Herd blubberte vor sich hin, am Kleiderhaken hingen Staubmantel, Kappe und die dicke Wolljoppe des Hausherrn und vor ihm auf dem massiven Holztisch, neben dem schönen Steingutkrug voll mit kühlem Äppelwoi, lag ein krustiges Schwarzbrot, von dem er sich eine dicke Scheibe abschnitt, bevor er begann, den Teller damit auszuwischen. Berta verhandelte in gewohnt resoluter Stimmlage mit einem Mann. Post und Eismann waren heute schon da gewesen. Wer störte jetzt noch? Und warum kam Berta nicht zurück?

»Berta?«, erhob er seine Stimme. »Ist alles in Ordnung?«

Das Hin und Her an der Tür ging weiter, zu den Stimmen kamen schleifende und polternde Geräusche. Gerade wollte er nachsehen, mit wem sein Zerberus so lange plau-

derte, als ein junger Mann in grauem Kittel die Tür auf-
drückte, ein großes Paket halb schleppend, halb vor sich
herschiebend; die zeternde Berta wackelte hinterher.

»Entschuldigung, Herr Schandel, Entschuldigung. Der
hat sich nicht abhalten lassen, der bayerische Stoffel, der
will persönlich bei dem Herrn Gentil sein Paket abliefern.
Entschuldigung.«

Er mochte es nicht, wenn Fremde sein Haus betraten;
er mochte es ja nicht einmal, wenn Freunde sein Haus
betraten. Es war sein Reich, in dem er nicht gestört werden wollte. Berta wusste das, daher auch ihr schuldbe-
wusster Augenaufschlag. Er blickte von Berta zu dem
Eindringling, der ächzend ein schmales und hohes, aber
offensichtlich äußerst schweres Paket vorsichtig auf einer
Ecke abstellte, ganz absinken ließ und gegen den Küchenschrank lehnte. Der junge Mann zog seine Mütze ab und
schaute schnell noch einmal über die Schulter auf Bertas
imposante Erscheinung, die ihre Hand schwer neben dem
Brotmesser auf die Anrichte stützte. Dann erklärte er in
breitestem Bayerisch, dass er aus München hergefahren
sei und das Paket nur dem Herrn Gentil persönlich über-
geben dürfe.

Aus München? Da war er doch zwei Wochen zuvor
erst gewesen, hatte ein sattes Geschäft abgeschlossen, seinen Freund Franz besucht und Otto. War das Paket von
ihm? Löste er endlich seinen Haushalt dort auf und hatte
einige Teile vorausgeschickt? Gentil besah sich das Paket
vom Tisch aus, während er seelenruhig die Suppe weiter-
löffelte. Der ungebetene Gast war verstummt und drehte
nervös abwartend die Mütze vor seinem Bauch. Hungrig schielte er auf den Suppentopf, wurde aber von Bertas durchdringendem Blick in die Schranken verwiesen.

Gentil, dem das nicht entgangen war, bedankte sich bei dem Fahrer und wandte sich Berta zu: »Führ den Herrn wieder hinaus, Berta, und gib ihm ein ordentliches Trinkgeld, damit er sich was zum Abendessen kaufen kann«, trug er seiner Köchin auf und ergänzte, bevor sie zu einem empörten Widerspruch ansetzen konnte: »Oder noch besser, gib ihm was von der Erbsesupp. Aber nicht hier drin. Drüben!«

Er nickte mit dem Kopf nach links, in Richtung anderer Straßenseite, wo sein Wohnhaus lag.

Während Berta tat, was ihr aufgetragen worden war, machte sie aus ihrem Widerwillen keinen Hehl. Sie seufzte theatralisch und begab sich schwerfällig wieder auf den Weg zur Hintertür, den jungen Mann aus München, der sein Glas und den dampfenden Teller balancierte, vor sich hertreibend, wobei sie diesmal das Geschirrtuch wie eine Kapitulationsfahne in ihrer linken Hand schwenkte.

Als die beiden verschwunden waren, stand Gentil auf, um sich eine weitere Portion aus dem Topf zu schöpfen, und warf im Vorbeigehen einen Blick auf das Paket. Es war perfekt quadratisch. Merkwürdig. Dann sah er den Absender. Mit einem Schlag war die Aufmerksamkeit nicht mehr bei der Erbsensuppe, sondern in München. Er erinnerte sich an seinen letzten Besuch.

2

Einige Wochen zuvor.

GENTIL FUHR DIE Prinzregentenstraße entlang. Hoch über der Isar sah er das Haus seines Freundes weiß in der Sonne leuchten. Eine Villa wie für einen Fürsten hatte er sich bauen lassen. Gentil konnte sich erinnern, dass Franz lange überlegt hatte, wo er sich sein Atelier einrichten könnte. In einem Raum in der Villa? Oder besser in einem eigenen Gebäude, losgelöst von den Wohnräumen? Und wenn es ein eigenes Gebäude werden sollte, dann in Form einer byzantinischen Kapelle? Oder eines antiken Tempels, eines Tempels für seine Kunst? Ein orientalischer Palast mit vergitterten Fenstern wie in einem Serail? Die Idee mit dem Atelier hatte er gerne von Franz übernommen. Im Gegensatz zu ihm hatte er auch nicht lange überlegt, sondern ein Nebengebäude im Stil der Villa ergänzt, verbunden mit einer Garage für seinen Adler. Aber Franz war eben in allem viel exzentrischer, vielleicht lag das an der Großstadt. Alles musste exotisch und luxuriös sein, etwas geheimnisvoll und dunkel, aber immer extravagant und einzigartig. Ein künstliches Paradies.

Bei einem seiner rauschenden Feste hatte einmal ein geladener Schriftsteller ein Gedicht von diesem Baudelaire vorgetragen. »Aus Paris«, hatte der Schreiberling, an dessen Namen sich Gentil nicht einmal erinnern konnte, betont beiläufig erwähnt und seiner Künstlerpose war anzumerken gewesen, dass er den Eindruck, den diese Bemerkung auf die anwesenden Maler machte, sichtlich genoss. Einige hatten anerkennend genickt.

»Baudelaire ... Ja, ich habe ihn erst kürzlich am Montmartre in diesem Café getroffen ...«, setzte einer an, der damit prahlte, dass er erst einige Tage zuvor aus der Stadt an der Seine zurückgekehrt war, und wandte sich den um ihn gruppierten Anwesenden zu, die ehrfurchtsvoll an seinen Lippen hingen und weiter seinen nun hingehauchten Erinnerungen lauschten. Während er rezitierte, ließ er seinen Blick effektvoll in eine unbekannte Ferne schweifen. Gentil hingegen sah schlicht eine Zimmerwand. Kein Wort verstanden hatte er von diesem unzusammenhängenden Kram, obwohl es sich um eine Übersetzung handelte. Diese Tintenkleckser waren nichts für ihn. Stuck hatte ihm fasziniert erzählt, dass in Pariser Künstlerkreisen viel Absinth und noch mehr Drogen im Spiel waren, dass es Dichter gab, die mit ihren Worten Hässliches und Abstoßendes in Kunstwerke verwandeln konnten, die den Rausch mit Buchstaben und Lauten abbildeten wie Gemälde einer dionysischen Orgie, was auch immer man sich darunter vorzustellen hatte. Dieser Wortrausch, den der Schreiberling deklamierte, hieß »Die künstlichen Paradiese«. Paradies, ja, schön und gut. Aber künstlich? Gentil hatte den Kopf geschüttelt und gehofft, dass die Vorstellung bald beendet war.

Er mochte es eindeutig – und nicht nur angedeutet. Oder zumindest eindeutig zweideutig. Eindeutig zweideutig, das war auch genau das, was ihn mit Franz verband.

Er freute sich schon darauf, seine Bilder zu betrachten; all die wollüstigen Weiber und die düsteren Farben, herrlich. Es war genau nach seinem Geschmack.

Pariser Gedöns und künstliche Paradiese hin oder her, mit Wohlwollen bemerkte er, dass sein Wagen im Vorüberfahren auch im Hier und Jetzt der großen Stadt München einiges an Aufsehen erregte. Die Flanierer und Spaziergänger auf dem Gehweg blieben stehen und drehten sich nach ihm um, vor allem die Männer. War es sein Wagen, den er selbst entworfen und dessen Bau er überwacht hatte? Oder lag es an seinem eigenen Aussehen: dicke Wolljoppe, Künstlermütze, weißer Seidenschal, darüber ein Staubmantel und dazu ein selbstbewusster Schnauzer? Vermutlich die Mischung aus beidem. Was er hier spazieren fuhr, sah man auch als Großstädter nicht alle Tage. Geld gab es eben auch in der Provinz.

Während sich die Sonne auf dem glänzenden Bordeaux und Schwarz der geschwungenen Kotflügel spiegelte, bog er in die Auffahrt zur Stuck-Villa ein. Er wurde schon erwartet, das Tor öffnete sich. Sein Blick ruhte auf der weiß-goldenen Fassade und glitt empor zur Attika, wo nach wie vor, seit Jahren unbeirrt, zwei Götterprozessionen aufeinander zuliefen. Im Hintergrund konnte er den neueren Gebäudeteil erahnen, das ans Wohnhaus angebaute Atelier.

Johann, die gute Seele der Villa, hatte ihm geöffnet und er betrat das Haus durch das Vestibül.

Die grüne, schwere Bronzetür stand weit offen. Flüchtig grüßte Gentil das Gorgonenhaupt mit einem sanften Streicheln seiner rechten Hand. Er war nicht abergläubisch, deshalb blickte er der Medusa direkt in die Augen. Ein herrliches Weib und eine herrliche Idee von Franz, seine Besucher mit dem Medusenblick zu empfangen. Da war sicher schon so mancher der Münchener Philistergemeinde zu Stein erstarrt. Die feinen Herrschaften, die sich im Glanz des Künstlerfürsten sonnen wollten, aber keine

Ahnung hatten von seiner Kunst und hinter vorgehaltener Hand ihre Abscheu und ihr Entsetzen über seine gewagten Bilder weitertuscheln.

»Der Herr erwartet Sie im Empfangssalon, wie immer.«

»Danke, Johann. Ich finde allein hin, kenn ja den Weg.«

»Wie Sie wünschen, Herr Gentil.«

»Schandel, Johann, Schandel. Wir kennen uns schon so lange, Sie dürfen ruhig auch Schandel zu mir sagen.«

»Oh, vielen Dank, mein Herr.«

Mit einem kurzen Diener verschwand der gut aussehende Mann in Richtung Wirtschaftsräume. Franz' Postulat der Ästhetik betraf eben auch die Auswahl seiner Dienstboten. Gentil dachte an Berta. Wenigstens gut kochen konnte sie.

Doch Berta war weit weg und Gentil ließ sich wohlig von den Friesen und Ornamenten des Vestibüls umzingeln. Das schwarz-weiße Fußbodenmosaik war das Einzige, was ihm hier nicht so gut gefiel, der Kontrast war ihm zu hart, er mochte es eher Ton in Ton. Taube, Löwe und Schlange wiesen ihm den Weg die Treppe nach oben, die vertrauten Gefährten von Geselligkeit und Gastfreundschaft, Symposion, Tanz und Trunk. Genialer Einfall wiederum. Die Philister würden es nicht bemerken und nur für Schmuck und Beiwerk halten, aber die »Eingeweihten«, die wahren Freunde der Kunst, würden sofort wissen, was sie in diesem Haus erwartete.

Gentil blieb einen Moment der Atem weg, als er die Tür mit den goldenen Ornamentbeschlägen zum Empfangssalon aufschob und ihm die ganze Gewaltigkeit der Farben und Symbole entgegenschlug. Die dunklen roten Samtvorhänge zum Musikzimmer waren zugezogen und wölbten leicht ihren Saum ins Empfangszimmer hinein, offenbar wurde dahinter gerade gelüftet. Gentil nahm einen schwachen Geruch von Weihrauch wahr; vermutlich hatte Stucks Mary gestern Abend wieder zu einem Konzert eingeladen.

Dadurch, dass der Durchgang zur Zimmerflucht bis auf einen Spalt verschlossen war, fiel wenig Licht in den Salon, was die goldenen Ornamentbänder, die den Raum unterhalb der Decke einrahmten, geheimnisvoll schimmern ließ. Blüten und Gorgonenhäupter wechselten sich ab und schufen eine besondere Atmosphäre: wie im richtigen Leben der Wechsel zwischen Schönem und Schrecklichem. Natürlich hatte sich Franz dabei etwas gedacht und nicht wahllos Verzierungen angebracht. Sie wanden sich auch um die blutroten polierten Steinplatten an den Wänden, durch die der Raum mit der mit Intarsien belegten Kassettendecke noch dunkler wirkte. Franz ließ sich seinen Geschmack etwas kosten, das musste man ihm lassen. Kerzenlicht brachte Leben in die blank polierten Flächen; die Gorgonenhäupter schienen sich etwas zuzuraunen. Diese Art der Rauminszenierung musste er sich merken. Mystische Lichtreflexe konnte er sich auch in seiner Villa vorstellen.

Gentil wurde das Gefühl nicht los, dass sich irgendetwas verändert hatte. Sein Blick blieb am Kamin hängen. Der grüne Serpentinit kontrastierte mit den roten Steinen und rahmte ein gemütliches Feuerchen ein, dessen Zungen ihre Häupter reckten. Genialer Einfall, das Tor zur Hölle. Leider gab es in seinem eigenen Haus keine Möglichkeit, einen offenen Kamin einzubauen. Der heimische Sandstein war ihm eigentlich auch lieber als das glatte grüne Mineral. Aber trotzdem, Respekt, die Verbindungstür zu Luzifers Reich gefiel ihm. Konnten die unbeliebten Gäste doch gleich alle zur Hölle fahren.

Im Dämmerlicht erhob sich nun die schlanke Gestalt seines Freundes aus einem rechteckigen Sessel, den Gentil hier noch nie gesehen hatte.

»Mein Freund!«

Mit theatralisch weit geöffneten Armen ging Stuck auf ihn zu. Lange ließ er seinen Blick auf Gentils Gesicht ruhen, während die Hände schwer auf dessen Schultern drückten.

»Wie schön! Wie geht es dir? Was machen die Geschäfte?«

Stuck hatte seine Augen mit Khol wie ein Ägypter schwarz umrandet, was seine Blässe noch unterstrich und mit seinem Haar um die Wette dunkelte. Er trug einen eleganten schwarzen Anzug über einem nicht mehr ganz tadellosen weißen Hemd, dessen oberste Knöpfe geöffnet waren. Die Schleife hing ungebunden schlaff vom Kragen herab. Gentil sah einen schweren goldenen Ring mit einem mächtigen Rubin an Stucks linker Hand. Allem Anschein nach hatte er sich seit gestern Abend nicht umgezogen.

»Gut, gut! Ohne meine Kreiselpumpen würdet ihr Münchener bald auf dem Trockenen sitzen.« Sein Lachen klang selbstzufrieden. »Jede Brauerei, die es sich leisten kann, baut die neueste Technik aus unserem kleinen Aschebersch ein. Ohne mich würdet ihr hier das Bier noch immer so brauen wie früher die Mönche im Kloster.«

Er streichelte auffällig über die Wölbung seiner Brieftasche, die sich auf der linken Brust abzeichnete.

»Morgen treffe ich mich in Schwabing mit einem Galeristen, der hat einen Heiligen Michael für mich.«

»Sieh an, sieh an, ein Heiliger Michael aus Münchener Geld, mein Freund wird nicht müde. Setz dich.«

Er wies auf einen weiteren dieser streng rechteckig gebauten Sessel und Gentil ließ sich auf den glänzenden

grünen Stoff fallen. Seine Hände fuhren über die Löwen-
appliken am Kopf der Armlehnen.

»Sehr schön. Habe ich hier noch nicht gesehen, oder?«

»Nein, die Sessel sind meine neueste Errungenschaft.
Ich wusste, dass sie dir gefallen würden.«

»Hast du sie beim Pariser Salon gekauft? Oder nein –
der Löwe – vermutlich hast du sie aus Venedig mitgebracht.
Der Markuslöwe!«

Stuck lachte auf.

»Weit gefehlt, Anton, weit gefehlt! Sieh dich um.
Glaubst du wirklich, ich habe für diesen Raum irgendwo
ein Möbelstück gefunden, das meinen Ansprüchen genügt
und hier hineinpasst? Ich habe sie natürlich selbst entworfen und bei einem Polsterer in der Türkenstraße beziehen
lassen. Der Seidendamast ist allerdings tatsächlich aus Italien, da hast du recht.«

Er reichte Gentil eine Zigarre.

»Dort hab ich auch deinen Otto getroffen.«

»Beim Polsterer?«

»Nein. In Schwabing.«

Stuck entließ einen Rauchkringel aus seinen gespitz-
ten Lippen.

»Eine aparte Begleitung hat er dabeigehabt, wirklich
apart. Weiß wie Schnee, schwarz wie Ebenholz, rot wie
Blut ...«

Schwelgerisch hatte Stuck die letzten Worte gesprochen,
aber ein leicht ironischer Unterton ließ Gentil aufhorchen.

»Zwanzig Jahre jünger als ich«, seufzte Stuck nun, »ach
was, dreißig. Jung und schön, seine Teuerste. Im wahrsten Sinne des Wortes!«

Gentil hatte sich nicht getäuscht, die Süffisanz war nun
nicht mehr zu überhören.

»Die ganze Entourage von Otto sah recht teuer aus. Er saß mit ihr und dem von Simmerl beim Jour in der Ainmillerstraße. Fesch, der Simmerl. Feine Stoffe, neuester Schnitt. Biberpelz am Kragen, der Gehstock mit Silberknauf. Dem hatte dein Sohn nur seinen Charme entgegenzusetzen.«

Ein Schatten war über Gentils heitere Laune gehuscht. Wer war dieser Simmerl? Stuck schien ihn zu kennen. Was trieb sein Sohn hier eigentlich? Otto. Es war Zeit, dass er seine Münchener Eskapaden beendete und nach Hause zurückkam. Schluss mit dem feinen, müßigen Großstadtleben. Er konnte ihn in der Fabrik gut gebrauchen. Das würde er ihm morgen, nachdem er den Heiligen Michael abgeholt hatte, klar machen müssen.

Schweigend pafften die beiden Männer eine Weile. Gentils Hand ruhte noch immer auf dem Löwenkopf. Die Möbel zum Raum passend zu entwerfen, war ein genialer Gedanke. Noch eine Idee für sein neues Reich in Aschaffenburg. Dass er nicht selbst darauf gekommen war.

»Heute Abend erwarte ich noch ein paar Freunde zum Kartenspielen und Rauchen. Ich hoffe, das ist in deinem Sinne, Anton?«

»Ehrlich, Franz, ein Treffen mit dir ohne einen dionysischen Abend wäre bloß das halbe Vergnügen. Es ist nicht nur in meinem Sinne, es gehört für mich dazu. Kommen auch ein paar hübsche Bacchantinnen?«

»Anton, Anton!« Lachend drohte ihm Stuck mit dem Zeigefinger. »Keine Weiberleute heute. Die reine Männergesellschaft ist doch in der Kunst die beste.«

»Apropos Kunst!« Gentil deutete auf das Gemälde über dem Kamin. »Was hast du mit den italienischen Herren hier oben gemacht? Die sehen irgendwie anders aus.«

»Ach, viel zu bunt waren die. Ich habe sie etwas meinem Geschmack angepasst und die grellen italienischen Farben übermalt.«

»Wieso hast du es nicht gleich abgehängt und ein eigenes Bild aufgehängt? Wie wär's mit der ›Sünde‹?«

Stuck zuckte mit den Achseln und lachte ein infernalisches Lachen, den Kopf in den Nacken geworfen, dabei blitzten seine Augen.

»Vielleicht mache ich noch etwas anderes draus, aber die ›Enthauptung des Johannes‹ passt doch gut, wenn man mit seinen Gästen plaudert, oder? Die ›Sünde‹ hängt jetzt in meinem Atelier. Ich habe ihr dort einen Altar errichtet. Willst du ihn sehen?«

Gentil erhob sich begeistert. Er würde sich weitere Anregungen für sein Künstlerhaus holen. Wenn er in seinem Garten oder Atelier eine Möglichkeit zum Gießen und Metallwerken ergänzte, könnte er seinen Otto vielleicht auf die richtige Bahn locken, nämlich die Aschaffenburger. Mal sehen, wie Franz sich fürs Schaffen eingerichtet hatte.

Als die beiden Männer das Dämmerlicht des Raums verließen, schmerzte sie die Helligkeit des sonnigen Spätsommertags fast in den Augen. Stuck führte ihn aus der Villa heraus durch eine Art Säulengang hinüber zum Atelier, das auf diese Weise mit dem Hauptgebäude verbunden war.

»Willkommen, mein Künstlerfreund. Willkommen im Reich von Kunst und Eros.«

Stuck trat einen Schritt zur Seite und gab einen riesigen Altar frei, der bisher hinter seinem Rücken versteckt geblieben war.

Über zwei Büsten, von denen die linke eindeutig Mary als Tänzerin zeigte und die rechte einen Athleten, mit dem sich Stuck zweifellos selbst meinte, thronte eines der Kunstwerke seines Freundes, das Gentil am meisten liebte. Ein bleicher, nackter Frauenkörper wurde fast von der Dunkelheit verschluckt, die seltsam bewegt wirkte. Erst nach längerem Hinsehen erkannte der Betrachter einen dicken, schwarz glänzenden Schlangenkörper, auf dem ein gezacktes Muster verlief und der sich um den Körper der Frau schlang. Der dickste Teil des Schlangenkörpers wand sich zwischen ihren Beinen nach vorne. Der Kopf des Reptils war dem Betrachter zugewandt. Das schreckliche Maul stand offen und die spitzen Zähne, an denen Fäden von Gift herabrannen, blitzten hervor. Die grünen Augen funkelten gefährlich. Sie schien wie zum Sprung nach vorne, aus dem Rahmen heraus, bereit. Und doch war sie untrennbar mit dem Frauenkörper verbunden. Das lockige schwarze Haar der Frau, das ihr schönes angedeutetes Gesicht und ihren Oberkörper einrahmte, hob sich kaum vom Hintergrund ab. Eine Strähne fiel seitlich herab und endete genau an ihrer Scham. Gentil musste ein paarmal schwer ein- und ausatmen angesichts dieser aus Öl auf Leinwand gegossenen Wollust. Auch die Frau blickte wie die Schlange den Betrachter direkt an; sie war die Schlange.

»Hier kommt sie viel besser zur Geltung, findest du nicht?«

Stucks Worte unterbrachen die andächtige Stille. Überwältigt drehte sich Gentil um.

»Franz! Was für ein Weib! Ein Meisterwerk. Es ist ein Gesamtkunstwerk, dieses Haus. Ich beneide dich um deine Begabung.«

Er kannte nichts Vergleichbares, hatte auf seinen Reisen nichts gesehen, was Stucks Villa nahekam. Sie gehörten untrennbar zusammen, Stuck und sein Musentempel, der Künstler und seine selbst erschaffene Welt. Dachte er an seine eigene Villa in der Grünewaldstraße, war sie das Museum und er der Sammler in seiner selbst gekauften Welt. Stuck war durch sein Talent an Geld gekommen, so wie er. Nur dass Stuck die Kunstwerke malte und er sie kaufte. Die Liebe dafür war jedoch dieselbe.

»Komm mich in Aschaffenburg besuchen. Setz einmal den Fuß heraus aus deinem München und gib mir in der Provinz ein paar Ratschläge für mein neues Haus.«

Stuck lachte wieder sein infernalisches Lachen.

»Ich kann hier nicht weg. Ich kann meine Werke nicht allein lassen. Und das wichtigste Kunstwerk in dieser Villa würde dann fehlen: ich!«

Beide Männer schüttelten sich vor zustimmendem Gelächter.

3

ALS GENTIL AM nächsten Morgen im Gästezimmer erwachte, brummte ihm der Schädel. Stuck hatte beim gestrigen Kartenabend alles aufgefahren, was die Münchener Bohème so hergab – vor allem, was die Genussmittel betraf. Zigarren und Opiumpfeifen, verschiedene Absinth-sorten aus Paris, Champagner aus Reims, den Franken-wein, den er selbst aus der Heimat mitgebracht hatte. Die Bezeichnung »Bocksbeutel« hatte noch nicht jeder der Gäste gekannt. Über das »Bock« hatten sie sich den gan-zen Abend ausgelassen und dem Wein aphrodisierende Wirkung zugeschrieben.

Glücklicherweise hatte es auch normales Bier gegeben, das war Gentil immer noch am liebsten. Für den Zustand seines Kopfes waren mehrere Augustiner verantwortlich, gepaart mit dem Dunst der Opiumpfeifen. Stuck über-trieb aber auch immer maßlos, kein Wunder, dass er so bleich war.

Im Vergleich zu den übrigen Räumen der Villa war das Frühstückszimmer verhältnismäßig schlicht gehalten und ungewöhnlich hell. Diese Helligkeit konnte er momentan nicht gut gebrauchen, Dämmerlicht wäre für seine Augen weniger schmerzhaft gewesen.

Gentil ließ seinen Besuch Revue passieren. Auf jeden Fall wollte er für sein Haus auch eigene Möbel entwerfen. Nur so würden die Räume perfekt sein. Wie sollte es ein Möbelstück geben, das genau zur Einrichtung passte? Bis-her hatte er sich keine Gedanken darüber gemacht, denn er war noch zu sehr mit der Ausgestaltung und dem Schmuck der Wände beschäftigt gewesen.

Sehr gut gefielen ihm auch die Friese und Ornament-bänder, die Stuck in der ganzen Villa angebracht hatte. In seinem Haus würde aber Schnitzwerk besser passen. Er würde die Holzgeländer verzieren. Es würde Wochen und Monate dauern, die Balken und Holzdecken zu bearbei-ten, vielleicht sogar Jahre. Selbst die Gartengestaltung hatte ihn zur Nachahmung angeregt. Unbedingt gehörte in den

Garten seiner Villa eine Skulptur; in den seines Wohnhauses auch. Er hatte schon eine Idee: Er würde eine lebensgroße Skulptur von sich selbst gießen, aber in der Art, wie die Büste von Stuck auf dem Altar der »Sünde« gestaltet war: als griechischen Helden, als Athleten, als kraftvollen Mann, der er nun einmal war. Koste es, was es wolle – er musste genau so eine Künstlervilla besitzen wie Stuck, nur eben nach seinem eigenen Geschmack.

Er konnte mit gutem Grund die nächsten Jahre in seiner Villa verbringen, weitab vom Leben mit seiner Frau und seinen Kindern. Selbst Otto würde er nicht sehen, wenn erst einmal die Werkstatt fertig eingerichtet war. Sobald er zurück in Aschaffenburg war, würde er sich an die Planung setzen. Je eher Otto sich um die Kreiselpumpen in der Fabrik kümmern würde, desto mehr Zeit hätte er dafür. Eine herrliche Vorstellung, deren Verwirklichung er sich von keinem mehr nehmen lassen würde. Schon gar nicht von Otto, auch wenn es ihn bestimmt einiges an Überredungskunst kosten würde, ihn aus der Großstadt zurück an den beschaulichen Main zu locken. So gerne er sich bei Stuck aufhielt und so fasziniert er von dessen Welt war, es musste seinem Sohn doch klar sein, dass das hier nicht das wirkliche Leben war, sondern nur eine große, schillernde Seifenblase. Dass Otto hier seine besten Jahre an den Exzess verschwendete, war ihm unverständlich. Er würde ihn auf den Boden der Tatsachen zurückholen. Und den der Pumpenfabrik.

Das Frühstück hatte ihn nicht wirklich wiederbelebt. Mokka aus einer zierlichen silbernen Kanne, perlmutterne Löffel auf dem dicken, gestärkten Tischtuch. Alles war vom Feinsten, aber Bertas Spiegeleier blieben nun einmal unübertroffen. Wo blieb Stuck?

Als ob er seine Gedanken gelesen hätte, tänzelte Johann mit ernster Miene in den Raum.

»Der Herr ist unpässlich. Er ist soeben erst erwacht.«

Flink räumten Johanns zarte Hände Gentils Teller ab.

»Kein Wunder!« Gentil schmunzelte. »Lassen Sie ihm ausrichten, dass ich zu meinem Termin aufgebrochen bin, der Heilige Michael, er weiß Bescheid.«

In diesem Moment schob sich der Samtvorhang auf.

»Ich werde nicht mehr lang leben, Anton, ich spüre es. Meine Kraft geht zu Ende.«

Gentil wusste zunächst nicht, ob Stuck es ernst meinte oder ob er sich mit diesen Äußerungen wieder spöttisch über das Leben der Normalsterblichen mokierte.

»Meine Kräfte schwinden dahin; wie der Winter die Lebenskraft aus diesem Baum dort vor dem Fenster saugt, so saugt die Kunst mir das Blut aus den Adern. Ich habe meine ganze Schaffenskraft meiner Generation geschenkt – wie Perlen vor die Säue habe ich mich weggeworfen, denn die meisten sind doch Philister und Täuscher und verschmähen, was sie achten sollten. Du verstehst mich. Du hast mich noch nie benutzt und ausgesaugt. Anton – du Freund. Komm an meine Brust!«

Mit dem Pathos eines Predigers ging Stuck mit ausgebreiteten Armen durch das Zimmer auf ihn zu. Gentil sah einen goldenen Lorbeerkranz in seinem Haar stecken. Zusammen mit dem noch nachtwirren Haar und den Bartstoppeln im Gesicht sah Franz aus wie einer seiner Faune oder Kentauren. Widerwillig erhob Gentil sich vom Frühstückstisch und ließ sich in die Arme schließen, bemüht, nur wenig einzuatmen, denn Stuck roch nach Schweiß und schwerem Parfum, nach Opium und dem beißenden Alkoholgeruch des Absinths. Das Khol, das seine Augen gestern noch vor dem abendlichen Exzess wirkungsvoll hervorgehoben hatte, war nun verschmiert und hatte sich zu münzgroßen Augenschatten vergrößert.

»Nicht doch, Franz, nicht doch«, versuchte er, ihn zu beschwichtigen, »nicht doch. Ich danke dir für dein Vertrauen, aber du übertreibst. Du übertreibst wirklich. Du bist ein anerkannter Künstler, du hast sogar internationalen Erfolg, denke nur an deine Ausstellungen in Paris. Alle lieben dich.«

»Pah, alle. Ich pfeife auf das Urteil von allen. Keine Ahnung haben sie. Rennen den falschen Ideen hinterher. Aber du verstehst mich. Du weißt meine Kunst zu schätzen, ich erkenne es an deinem Blick, wenn du meine Bilder ansiehst. Du wirst bald eine Villa haben, ganz wie die meine, angefüllt mit Werken nach deinem Geschmack, selbst gemacht und gesammelt, genau wie ich. Du machst es richtig.«

»Aber nein«, wehrte Gentil ab, »hör auf, mir so zu schmeicheln.«

Er spürte dennoch eine angenehme Wärme, die sich in ihm ausbreitete und vom Bauch her aufwärts zog.

»Oh doch, mein lieber Gentil«, fuhr Franz fort. »Wir haben vieles gemeinsam, weißt du? Wir sind fast gleich alt, eine Generation. Wir lieben die Schönheit und die Kunst. Und was noch wichtiger ist: Wir mögen die Menschen nicht, sondern begegnen ihnen mit größter Skepsis.«

Gentil nickte zustimmend. In diesem Punkt zumindest hatte er recht. Hier schlug sich die Brücke von der Großstadt in die Provinz.

»Wir formen uns unser eigenes Reich, du und ich, jeder auf seine Weise. Ich schaffe mehr, als ich kaufe, du kaufst mehr, als du selbst schaffst. Ich bevorzuge das Erhabene, du lässt dich auch auf Bauernkunst ein, wenn sie dir gefällt. Aber was wir bei unseren Käufen gemeinsam haben, ist, dass wir jeden Pfennig dessen, was wir dafür ausgeben, selbst verdient haben. Mit der Kraft unseres Geistes und unserer eigenen Hände Arbeit.«

Gentil räusperte sich verlegen. »Nun ja …«, setzte er an.

Doch Stuck unterbrach ihn: »Unserer eigenen, begnadeten Hände Arbeit. Wir haben unser Reich geschaffen und unsere Ahnen übertroffen. So weit, dass wir uns von ihnen gelöst haben und einzigartig geworden sind …«

Dieses Pathos ging Gentil nun wirklich zu weit. Dass er sein Vermögen mit eigener Hände Arbeit erworben hatte, stimmte. Aber einzigartig war seine Kunst nicht, das wusste er. Darauf kam es ihm auch gar nicht an. Hauptsache, sie gefiel ihm, das war für ihn das Wichtigste. Dass sie viele Gemeinsamkeiten hatten, stimmte auch. Er hatte es vom Sohn eines einfachen Bäckers und Glasergesellen in der Kunstglaserei seines Onkels zum Fabrikanten, und zwar zum derzeit größten seines Heimatstädtchens, gebracht. Stuck stammte aus einer Müllersfamilie und hatte das Glück gehabt, dass sein Talent früh erkannt und gefördert worden war. Während Franz ein Gratwanderer zwischen den Welten war, war er, Anton Gentil, immer bodenständig geblieben. Dieses Künstlergetue ging ihm auf die Nerven. Es war höchste Zeit abzureisen, wenn er seinen Freund als solchen in guter Erinnerung behalten wollte.

»Anton, komm mit. Ich will dir etwas zeigen.«

Er führte ihn in sein Schlafzimmer.

»Da. Setz dich da hin.« Stuck deutete auf sein zerwühltes Bett, das von mehreren schweren dunkelroten Damastdecken mit orientalischem Muster bedeckt war.

In diesem Zimmer war Gentil noch nie gewesen und es übertraf an Schwulst und Opulenz alle anderen Räume der Villa. So etwas sah er zum ersten Mal. Obwohl kaum Tageslicht durch die geschlossenen Vorhänge fiel, konnte er goldene Muster erkennen, die auf der Seidentapete mäanderten. Die Kerzenleuchter, die ebenfalls golden waren, trugen Verzierungen aus Halbedelsteinen, die die Flämmchen reflektierten.

Direkt gegenüber dem Bett hing etwas, was mit einem schwarzen Tuch verhängt war. Offenbar ein Gemälde.

»Es ist mein mächtigstes Werk, Anton. Es beherrscht mich, ich komme nicht davon los. Es starrt mich an. Sie starrt mich an.«

Franz von Stuck steigerte sich in eine Rede hinein, die er mehr für sich selbst als für Gentil zu halten schien.

»Diese wahnsinnigen Augen, ich ertrage das nicht mehr, ich kann nicht mehr, ich kann sie nicht mehr ansehen.«

Und mit einem Ruck zog er – wie um sich zu widersprechen – das Tuch nach unten.

Gentil durchfuhr es eiskalt. Von der Leinwand starrten zwei weiße Augen auf ihn herunter. Um das bleiche Gesicht wimmelten in sich verschlungene Würmer, Schlangen mit smaragdgrünen Augen. Was er sah, faszinierte ihn und er konnte den Blick trotz des Grauens, das ihn erfasste, nicht abwenden.

»Aber – das ist doch deine Medusa! Die aus dem Vestibül!«, rief er aus.

»Das Gorgonenweib – es will meinen Untergang!«

Stucks Stimme überschlug sich fast.

»Nimm sie von der Wand!«, schrie er Gentil an.

»Aber sie gehört doch dahin, du hast sie für diese Wand gemalt.«

»Nimm sie von der Wand, sag ich dir! Nimm sie mit dir, nimm sie, als Zeichen unserer Verbundenheit, und rette mich vor ihr, bevor sie meinen Untergang erreicht hat.«

Stuck gab ihm einen Stoß in Richtung des Bildes.

Zögernd ging Gentil darauf zu.

»Na los, nimm sie ab! Möge sie dir mehr Glück bringen als mir. Und nun verschwinde! Geh mir aus den Augen mit ihr. Geh!«

Gentil nahm das Bild ab, versuchte, es unter den Arm zu klemmen, und wandte sich zur Tür.

Stuck war rasend geworden. Er warf sich auf sein Bett und trommelte heulend und schluchzend auf dem dicken Stoff herum. Gentil erinnerte sich, dass er schon einmal gehört hatte, dass die Drogen am nächsten Tag in eine Depression umschlugen. Das Verhalten seines Freundes konnte er sich nicht anders erklären. Auf einmal kam er sich vor wie in einem Albtraum, die dunklen Zimmer, die drückenden Muster, die Tierwesen, der Opiumdunst, der noch in den Stoffen hing.

»Geh jetzt endlich! Nimm sie mit dir, ich ertrage sie nicht länger, geh!«, wimmerte Stuck in die Kissen. Und Gentil folgte der Aufforderung halb verwundert, halb erleichtert.

4

GENTIL WUCHTETE DAS schwere Gemälde zur Tür. Es war nicht die erste Medusa, die Stuck gemalt hatte, aber die eindringlichste. Sie gefiel ihm mehr als nur gut. Trotzdem konnte er das wertvolle Geschenk nicht annehmen.

Sicher würde Stuck, wenn er wieder bei klarem Verstand war, bereuen, dass er ihm eines seiner liebsten Stücke geschenkt hatte. Er würde es vermissen. Fiel es nicht jedem Künstler schwer, sich von seinem Werk zu trennen, nachdem er so viel Fleiß und Herzblut hineingesteckt hatte?

Er legte das Gemälde vor sich auf das Bett in seinem Gästezimmer. Johann hatte das Zimmer schon wieder hergerichtet und auch seinen Koffer gepackt.

Das Bild war quadratisch und eingefasst in einen verzierten Holzrahmen. Das Gesicht schien in der es umgebenden Dunkelheit zu schweben und man musste befürchten, dass sich dahinter noch mehr Schlangen verbargen. So wie der Blick der Medusa den Betrachter in der Gorgonensage zu Stein werden ließ, so ließ einem der Blick dieser Medusa das Blut in den Adern gefrieren. Gentil konnte seine Augen nicht von diesem Gesicht wenden. Er würde es in der Tat gerne besitzen, es war genau nach seinem Geschmack. Aber er wollte seinem Freund einen Freundesdienst tun und es nicht mitnehmen. Er seufzte, rang sich aber dennoch zu diesem Entschluss durch.

Bevor er das Haus verließ, teilte er Johann noch mit:

»In meinem Zimmer liegt ein Gemälde, das mir Franz geschenkt hat. Ich kann es nicht annehmen, Johann. Bitte kümmern Sie sich darum und bringen Sie es wieder an Ort und Stelle, wenn Franz ...« – er wollte sagen: »... wieder nüchtern und zurechnungsfähig ist«, besann sich aber rechtzeitig und beendete den Satz mit: »... wenn es Franz wieder besser geht.«

»Sehr wohl, Herr Schandel!«

Ohne eine Miene zu verziehen, öffnete ihm Johann die Tür und trug seinen Koffer zum Adler. Gentil wurde das Gefühl nicht los, dass er froh war, dass der Gast abreiste.

Nach der Zeit in Stucks dekadentem Ambiente saugte er befreit den frischen Fahrtwind in sich auf und bei seinem Termin gönnte er sich nicht nur den Heiligen Michael, sondern auch einige hübsche Bauernfayencen. Obwohl er sich genug Taschengeld für seine Reise nach München mitgenommen hatte, wollte ihm ansonsten nichts gefallen. Ihm steckte die Medusa noch im Kopf. Und er durfte den eigentlichen Anlass seines Besuchs nicht vergessen: Er musste sich ein Bild von Otto machen. In welcher Gesellschaft trieb sich sein Sohn herum? Er wollte dem auf den Grund gehen, was Stuck ihm erzählt hatte. Doch vorher brauchte er ein ordentliches Mittagessen.

Nachdem er Otto in seiner bescheidenen Wohnung abgeholt hatte, parkten sie vor einem Wirtshaus. Der Adler brachte die Passanten zum Staunen, was Otto sichtlich genoss. Er war im Viertel bekannt und grüßte nach allen Seiten.

Kurze Zeit später wischte Otto sich mit der Serviette die letzten Soßentropfen aus dem Mundwinkel und übersah geflissentlich den Blick seines Vaters, der auf einen auffälligen Ring an seiner linken Hand gefallen war. Er war bester Laune.

Sie plauderten über Stuck.

»Und du hast sie ausgeschlagen?« Otto schüttelte lachend den Kopf. »Weißt du denn nicht, wie viel so ein Stuck inzwischen wert ist? Und ehrlich gesagt, bald werden seine Bilder noch viel mehr wert sein, denn wenn du mich fragst, kann das nicht mehr lange gut gehen, bei diesem Lebenswandel.«

»Aber genau deswegen kann ich es ja nicht annehmen, das Bild. Es käme mir vor, als hätte ich ihn übervorteilt. Und wir sind doch Freunde.«

»Du bist ein Ehrenmann. Ehrlich. So wie du denkst nicht jeder, Vater.« Otto zögerte einen Moment, bevor er schelmisch ergänzte: »Aber schade ist das schon! Sehr schade!«

Eine Weile schwiegen sich Vater und Sohn an. Dann fragte Gentil: »Könntest du das auch?«

»Was?«

»Ich meine, könntest du auch so eine Medusa malen?«

»Hm. Vielleicht. Nicht so gut wie der Herr Malerfürst, so viel ist sicher. Aber – ja, vielleicht. Ist schon eine Weile her, dass ich die Medusa von ihm gesehen hab. Ich war einmal mit ein paar anderen Studenten bei ihm eingeladen, zu einer seiner legendären Feiern. Da habe ich sie hängen sehen. Er hat uns ein paar seiner Werke gezeigt, bevor die Feier losging.«

Gentil sinnierte vor sich hin.

»Eigentlich hast du recht. Es war dumm von mir, sie auszuschlagen. Sie wäre genau die Richtige für meinen Grünen Salon. Wenn ich ehrlich bin und es mir genau überlege: Ich will sie unbedingt besitzen. Mich besitzt sie ja schon. Das Weib hat mich betört.«

Wieder schwiegen die beiden Männer.

»Und? Könntest du das auch?«

»Nun ja …«, zögerte Otto. »Diese Art Malerei interessiert mich ehrlich gesagt weniger. Ich bin dabei, mich auf Skulpturen zu verlegen.«

Jetzt wurde das Gespräch interessanter. Gentil nutzte seine Chance.

»Aus Stein oder gegossen?« Er zog die Augenbrauen hoch.

»Sowohl als auch …«

Otto rang offensichtlich nach Worten, blickte sich suchend um. Er zuckte kurz und blinzelte ein paarmal hintereinander. Gentil folgte dem Blick seines Sohnes Richtung Eingang und sah ein mondänes Paar ins Wirtshaus treten. Otto wandte sich mit einem Ruck ab und seinem Vater zu, doch die beiden neuen Gäste hatten ihn offenbar schon erspäht. Sie kamen direkt auf sie zu und Otto rutschte auf seinem Stuhl hin und her, fasste sich mit Zeige- und Mittelfinger in den Hemdkragen, um ihn zu lockern, sprang auf.

»Ja, wen haben wir denn da? Otto! Ich grüße dich!«

Zögerlich nickend gab Otto dem Mann die Hand, die er mit einer bemerkenswert herrschaftlichen Geste in seine Richtung hielt, die Augen schon auf Gentil gerichtet.

»Herr von Simmerl!« Otto deutete eine knappe Verbeugung an. »Gnädiges Fräulein!«

Mit einer Galanterie, die Gentil bei seinem Sohn noch nie gesehen hatte, hauchte er der Dame einen Kuss auf die behandschuhte Hand. Er stand mühsam von seinem Stuhl auf und tat es Otto gleich.

»Gnädiges Fräulein, sehr erfreut!«

Mit etwas zu festem Griff packte er die zarten Finger der jungen Frau und beugte sich ungelenk darüber. Dass sie das Gesicht schmerzhaft verzog, bemerkte er nicht, zumal sie gleich darauf flötete:

»Hach, wie charmant! Otto, willst du uns nicht vorstellen?«

Während Anton Gentil dem geputzten Mann zunickte, der etwas älter als sein Sohn zu sein schien, stellte Otto seinen Vater den beiden ungeladenen Gästen vor.

»Mein Vater, Anton Kilian Gentil, Fabrikant aus Aschaffenburg. Vater, das ist Baron Ludwig von Simmerl, ein guter ...« – er zögerte einen Moment – »... Bekannter, der erst vor Kurzem nach München gezogen ist. Und seine charmante Begleitung, Fräulein Maria Sedlmayr ...«

Noch einmal griff er die Hand der Dame und berührte sie mit seinen Lippen, wobei er dieses Mal direkt in ihre Augen schaute.

»Habe die Ehre, Herr Gentil!«, unterbrach von Simmerl, dem der Augenaufschlag Ottos und Marias verlegenes Kichern nicht entgangen waren, resolut die Szene. »Wir dürfen? Ich bin so frei!«

Ohne eine Antwort abzuwarten, zog er vom Nebentisch einen Stuhl heran und Otto, der Maria seinen eigenen Platz angeboten hatte, nahm sich ebenfalls einen neuen Stuhl und setzte sich neben die Dame, die nun aufreizend langsam ihre Handschuhe von den Fingern zupfte und auf den Tisch warf. Den glockenartigen Hut behielt sie auf.

Gentil war sprachlos, wollte aber nicht unhöflich sein. Hier in der Großstadt überließ er lieber seinem Sohn das Parkett, schließlich lebte der nun schon seit ein paar Jahren hier. Verstohlen musterte er den Baron aus den Augenwinkeln.

Seine schwarzen, vollen Haare umrahmten ein blasses, schönes Gesicht, aus dessen Mitte zwei schwärmerische dunkle Augen schauten. Schon als er nähergekommen war, hatte Gentil seine schlanke und hohe Gestalt bemerkt, die gerade Haltung der Schultern, die seinen Bewegungen etwas Herrschaftliches gab. Er trug einen eleganten blauen Anzug und ein auffälliges gelbseidenes Einstecktuch. Zuerst hatte Gentil den süßlichen Duft, der mit den beiden um den Tisch gewabert war, für das Parfüm des Fräuleins gehalten. Sie hatte es wohl etwas zu gut damit gemeint, hatte er gedacht. Doch jetzt merkte er, dass das schwüle Aroma schwerer Blumen von ihrem Begleiter ausging. Unwillkürlich zuckte Gentil zurück. Ein parfümierter Mann! Das Leben hier in München trieb in letzter Zeit immer merkwürdigere Blüten.

»Fräulein Maria ist Künstlerin«, versuchte der Parfümierte, das Gespräch in Gang zu bringen.

»Oh.«

Mehr fiel Gentil nicht ein. Hilfe suchend blickte er zu seinem Sohn.

»Ja, Künstlerin, Vater. Und eine wunderschöne dazu, nicht wahr?«

Otto konnte sein Verzücken nicht verhehlen, er versuchte es nicht einmal.

»Nanana, Otto. Sie ist mit mir hergekommen, sei nicht zu charmant, sonst verlässt sie mich noch auf der Stelle!«

Der Baron wedelte gezwungen grinsend mit dem Zeigefinger seiner rechten Hand und Gentil wurde den Eindruck nicht los, dass dieser Scherz nicht so scherzhaft gemeint war, wie er geklungen hatte. Doch Otto war für dieses Signal völlig unempfänglich. Er winkte eine Kellnerin herbei.

»Wir haben schon gegessen. Aber dürfen wir Sie auf einen Mokka einladen?«

Gentil verzog das Gesicht. Schon wieder dieses bittere Gebräu wie heute Morgen bei Stuck?

»Ich ... ähm, mir wäre eine warme Mahlzeit lieber, ehrlich gesagt. Die Geschäfte heute Vormittag haben mir noch keine Minute Erholung gegönnt. Das gilt auch für dich, nicht wahr?«

Auffordernd sah von Simmerl zu seiner Begleiterin hinüber, die nun wie ertappt ihre Finger aus Ottos Hand zog und rasch nickte.

Gentil wunderte sich. Seinen eigenen Kindern hatte er beigebracht, dass es unhöflich war, Forderungen zu stellen, wenn man irgendwo zu Gast war. Doch bei diesem Duftbaron handelte es sich wohl um die Selbstverständlichkeit des Adels, mit der er agierte. Otto bestellte zwei Mittagessen für das Paar und Mokka für seinen Vater und sich.

»Aus Aschaffenburg also, sagte Otto«, nahm der Baron das Gespräch wieder auf. »Dann gehört Ihnen wohl der Wagen vor der Tür?«

Gentil nickte.

»Ein Prachtexemplar. Vielleicht sollte ich mir auch so einen zulegen. Ich habe schon öfter mit dem Gedanken an eine solche Karosse gespielt.«

Gentil war geschmeichelt.

»Ja, schön, nicht wahr? Der Wagen ist eine Freude.«

»Mein Vater hat ihn nach seinen eigenen Ideen anfertigen lassen. Es ist ein Sondermodell.«

»Ein Sondermodell!«

Ottos Stolz und von Simmerls Bewunderung waren nicht zu überhören, was Gentil ungewollt noch mehr schmeichelte.

»Ja. Er hat gute Beziehungen zu den Adlerwerken. Man kennt sich in der Industrie.«

»Adlerwerke? Wie kommt es, dass ich davon noch nichts gehört habe?« Irritiert sah von Simmerl Otto an.

»In Frankfurt. Du kennst doch die Schreibmaschinen von Adler? Das ist dieselbe Firma. Es gibt auch Leben außerhalb Münchens, Ludwig.«

Ludwig? Endlich wusste Gentil, an wen ihn dieser geputzte Mann erinnerte: König Ludwig. Natürlich! Dass er da nicht gleich draufgekommen war. Genauso eitel wie der »Kini«.

Der wesentlich ungeschlachtere Otto lachte.

»Sie arbeiten in der Automobilindustrie?«

Das Gespräch mit Gentil wollte nicht in Gang kommen, obwohl sich von Simmerl sichtlich darum bemühte.

Die Kellnerin stellte den neuen Gästen die Teller auf den Tisch und servierte den beiden Gentils den Mokka.

»Oder in Lacken? Sie machen in Lacken? Daher die auffällige Lackierung, nicht wahr?«

Dass diese Äußerlichkeit ihm nicht entgangen war, sah ihm ähnlich. Er schien ja auf Äußerlichkeiten sehr bedacht zu sein. Gentil hatte bemerkt, dass sein Gesicht leicht gepudert war wie das seiner Begleiterin. Alberner Geck.

»Kreiselpumpen.«

»Kreiselpumpen?«

Hilfe suchend wandte sich von Simmerl an Otto. Offensichtlich wusste er mit Kreiselpumpen gar nichts anzufangen.

»Mein Vater hat eine Fabrik für Kreiselpumpen. Er hat Kunden im In- und Ausland. Innovative Technik. Genialer Konstrukteur.«

Von Simmerl schaute ihn erneut direkt und auffordernd an. Doch da er den Ausführungen seines Sohnes nichts hinzuzufügen hatte, schwieg Gentil beharrlich.

»Für die Papierherstellung. Und die Lebensmittelindustrie«, fügte Otto hinzu.

Wieder entstand eine Pause. Gentil bemerkte, dass der gepuderte Baron in völlig unadeliger Hast seinen Teller geleert hatte. Jetzt wischte er die letzten Reste mit einem Stück Brot auf, stopfte es sich in den Mund und spülte mit einem kräftigen Schluck Bier nach, das er geräuschvoll wieder auf der Tischplatte abstellte. Es hätte Gentil nicht gewundert, wenn er sich anschließend mit dem Handrücken über den Mund gefahren wäre.

»Da haben Sie bestimmt viel zu tun, nicht wahr, Herr Gentil?«, säuselte die Künstlerin von rechts.

Sie widmete Gentil nun ihre ganze Aufmerksamkeit. Sie war wirklich schön, diese bayerische Maria, er verstand Otto. Aber gegen einen Baron kam sein Sohn nicht an, so viel war klar. Gab er deshalb so mit der Fabrik an? Um dieses Mädchen zu beeindrucken?

»Ja, ähm … mal mehr, mal weniger.«

Es war zum Auswachsen. Ihm fiel einfach nichts ein, was er zu dem Gespräch beitragen konnte. Plaudereien war er nicht gewohnt. Er redete nur, wenn es einen Grund dafür gab.

Ottos Seitenblick war ihm nicht entgangen.

»Otto, du hast uns gar nichts vom Besuch deines Vaters erzählt.«

Der Baron klang vorwurfsvoll. Er wandte sich wieder an Gentil.

»Sie führen Geschäfte nach München? Oder rein familiäre Angelegenheiten?«

Gerade wollte er von Simmerl entgegnen, dass er das Angenehme mit dem Nützlichen verband, aber Otto antwortete schneller.

»Er hat einen wichtigen Vertrag abgeschlossen und das anschließend mit seinem Freund gefeiert. Franz von Stuck.«

»Von Stuck? Ist Ihr Freund?«

Von Simmerl war sichtlich beeindruckt.

»Schon lange. Mein Vater interessiert sich sehr für Kunst. Er sammelt.«

Otto legte besonderen Nachdruck in das Wort »sammelt«.

»Entzückend!«, rief Maria aus. »Sie haben ein Herz für die Kunst! Deswegen fühlte ich mich Ihnen gleich so verbunden. Wir Künstlerseelen spüren das sofort.«

Effektvoll klappte sie ihre Augendeckel nach oben und schmachtete Gentil an.

Der rührte in seiner Mokkatasse und hoffte, das Getränk würde bald kalt genug sein, sodass er es nicht mehr trinken musste. Diese Maria mochte so schön sein, wie sie wollte, sie war ihm eine Spur zu schmeichlerisch. Er würde am liebsten gehen. Aber Otto machte keine Anstalten. War das jetzt etwa sein neuer Umgang? Diese parfümierte Puderdose und dieses Mädchen?

»Malen Sie auch?«, fragte Gentil Maria jetzt, froh, dass ihm ein Gesprächsbeitrag eingefallen war.

»Aber nein! Sie sind ein Charmeur, Herr Gentil!«, zierte sie sich künstlich.

»Fräulein Sedlmayr ist Tänzerin.«

Von Simmerl machte eine Kunstpause.

»Möchtest du noch etwas trinken, Liebste?«

»Eine gute Idee, Ludwig. Wie wäre es, wenn wir unsere neue Bekanntschaft begießen? Ein Glas Champagner wäre jetzt herrlich!«

Gentil musste sich eingestehen, dass das Weib doch nicht ganz ohne Eindruck auf ihn blieb. Sie nahm sich einfach, was sie wollte. Champagner. Am helllichten Tag! Er hatte noch nie Champagner getrunken. Aber das mussten die Anwesenden nicht wissen. Otto war ihm zuvorgekommen und hatte schon die Kellnerin herbeigewunken.

»Einen Dom Pérignon, bitte. Und vier Gläser.«

Dom Pérignon? Otto hatte so versiert bestellt wie ein Lebemann. Und die Kellnerin hatte genickt, als ob es die normalste Sache der Welt wäre, am helllichten Mittag Champagner zu trinken. Wieso gab es hier überhaupt Champagner? In diesem Wirtshaus, das er für gutbürgerlich gehalten hatte?

Als Otto sein Glas erhob und Maria zuprostete, sah Gentil wieder diesen Ring an seiner Hand: Er war zweigeteilt, ein weißer und ein schwarzer geschwungener Tropfen, die zusammen einen Kreis bildeten. Im schwarzen Feld ein weißer, im weißen ein schwarzer Punkt. Irgendwo hatte er das schon einmal gesehen.

Sie tranken. Der Champagner prickelte angenehm im Mund. Ansonsten schmeckte er wie ein guter Frankenschoppen. Kein Grund, ein solches Theater zu machen, fand Gentil. Völlig überschätztes Getränk.

Das Gespräch zwischen Otto, von Simmerl und der Dame wurde immer munterer und es sah nicht so aus, als würde Gentil schnell seine Ruhe haben. Dabei hatte er mit Otto über die Firma reden wollen. Dieser lauschte gebannt dem jungen Fräulein. Eine Tänzerin! Sein Sohn würde doch nicht etwa auf so eine hereinfallen? Eine Tänzerin für seinen Sohn, das wäre zu Hause ein Skandal. Gut, dass das hier niemand mitbekam. Es war wirklich höchste Zeit, dass Otto zu ihm nach Aschaffenburg zurückkehrte.

»Kennen Sie den Herrn Stuck schon lange? Ich gehöre ja auch zu seinem Bekanntenkreis. Dass wir uns dort noch nicht begegnet sind ...«

»Ich bin nicht so oft in München.«

»Herrlich, seine Villa! Und die Bilder! Man kann sich gar nicht sattsehen. Ich handele mit Kunst, wissen Sie? Ich habe eine kleine unbedeutende Galerie, ganz in der Nähe. Kenne die Szene. Münchener Schule.«

Er rieb Daumen und Zeige- sowie Mittelfinger seiner rechten Hand aneinander und grinste vielsagend.

»Münchener Schule. Schön, ja. Gefällt mir gut.«

Ungeduldig versuchte Gentil, seinem Sohn ein Zeichen zu geben. Er wollte hier weg.

»Sammeln Sie die auch?«

Der Baron lauerte vergeblich auf die Antwort. Gentil blieb stumm und eine unangenehme Pause trat ein, in der niemand etwas sagte, bis Simmerl eine teure Taschenuhr aus seiner Weste zog.

»Oh mein Gott, Maria, höchste Zeit; wir müssen gehen! Haben uns ja hier völlig verplaudert, in dieser netten Gesellschaft. Ich habe ja beinahe meinen Termin mit dem Kunsthändler vergessen. Sie kennen die Münchener Schule, Herr Gentil? Nonnenbruch?«

Er wartete keine Antwort ab, Gentils Neugier hatte er aber geweckt. Einen Nonnenbruch könnte er für seine Sammlung noch gebrauchen.

»Und du musst dich auf deinen Auftritt vorbereiten. Komm, Liebes, wir haben es eilig … Sie entschuldigen uns?«

Er tastete theatralisch auf seiner Anzugjacke herum.

»Wo ist nur … wo hab ich denn bloß? Ach, das ist zu dumm. Jetzt wollte ich die netten Herren hier an unserem Tisch einladen, aber ich habe offenbar meine Brieftasche zu Hause vergessen. Das ist mir sehr unangenehm. Ich muss wohl anschreiben lassen, haha, wie ein armer Schlucker, ha!«

Otto zog die Augenbrauen hoch. »Nicht doch.« Nervös sah er von von Simmerl zu seinem Vater. »Vater?«

Auch jetzt noch bemühte sich Otto, einen möglichst guten Eindruck bei dem Baron und vor allem bei dessen Begleiterin zu hinterlassen, das war Gentil nicht entgangen. Er antwortete nicht, sondern holte seine wulstige Brieftasche heraus und winkte der Bedienung. Der Baron stierte auf die Scheine, die Gentil widerwillig herauszog.

»Sie sind selbstverständlich als Freunde meines Sohnes meine Gäste!«, warf er mit einem Tonfall, der durchaus großzügiger hätte sein können, in die Runde. Hauptsache, er wurde diese Gesellschaft jetzt los.

Der Preis, den die Kellnerin ihm nannte, ließ ihn kurz zusammenzucken. Wie er vorhin schon bemerkt hatte, völlig überschätztes Getränk. Überteuert noch dazu. Aus dem normalen Mittagessen mit Otto an einem Wochentag war eine kostspielige Angelegenheit geworden.

Als er die Scheine auf den Tisch blätterte, hatten sich von Simmerl und die bayerische Madonna längst wortreich bedankt und verabschiedet und das Lokal verlassen. Otto sah ihnen hinterher.

»Otto, wir müssen einmal ein ernstes Wort miteinander reden. Aber bei dir zu Hause.«

Gentil hatte genug Münchener Gesellschaft gehabt. Er wollte mit Otto zum Wesentlichen kommen. Denn offenbar hatte er das richtige Gespür gehabt. Otto war auf dem besten Weg, sich in eine Richtung zu entwickeln, die ihm gar nicht gefiel. Den Hang zum Künstlertum hatte sein Sohn schon immer gehabt. Bereits als Kind hatte Otto Malunterricht erhalten, von ihm finanziert. Aber eben diese Mittel kamen nicht von ungefähr, von nichts kommt nichts, und es war höchste Zeit, seinen Sohn daran zu erinnern. Lange genug hatte er sich in München dem leichten Leben hingegeben. Gentil war jetzt auch klar, warum sein Sohn zum Schluss immer mehr Geld für seinen Lebensunterhalt benötigt hatte. Geld, das er nicht selbst verdient hatte. Ein Beweis für seine alte Überzeugung »Arbeit und Fleiß sind der Tugend höchster Preis«.

5

»Nehmen wir ein Automobil?«

»Du weißt doch, Liebes, ich habe meine Brieftasche nicht dabei.«

»Aber es ist weit.«

»Ja, ein Automobil wäre natürlich bequemer. Hast du vielleicht …?«

»Ob ich Geld dabeihabe? Du fragst eine Dame, ob sie Geld dabeihat? Ohne dich zu schämen, Herr Baron?«

»Nun – dann eben kein Automobil. Du hast die Wahl, Mizzilein. Ich mache alles so, wie es dir am liebsten ist. Dann laufen wir eben. Hoffentlich ruiniere ich mir nicht meine Schuhe.«

Von Simmerl blickte auf seine neuen Budapester, die erst gestern fertig geworden waren. Der Schustergeselle hatte sie ihm ins Hotel geliefert – auf Rechnung. Irgendwoher musste er das Geld auftreiben – nicht gerade wenig. Mit seiner Galerie hatte er bisher auch nur Kosten verursacht. Aber er brauchte sie als seine Daseinsberechtigung in Schwabings Künstlergemeinde. Sie war seine Eintrittskarte in Ateliers und Salons. Sein Versuch, mit Kunst Geld zu verdienen. Auf legalem Weg.

Die Rolle als Galerist der Münchener Schule würde aus ihm einen gemachten Mann machen. Und ihm ein Leben ermöglichen, das eines Barons würdig war. Eine repräsentative Wohnung, eine schöne Frau an seiner Seite, Feste in und Verkehr mit den höchsten Kreisen – er war dabei, seinen Traum in die Tat umzusetzen.

Wenigstens die schöne Frau hatte er schon.

»Also gut. Ich zahle. Aber nur wegen deiner schicken Schuhe, Ludwig.«

Mizzi kramte in ihrer Handtasche nach dem Portemonnaie und winkte einem vorbeifahrenden Chauffeur, der auch prompt anhielt. Ludwig öffnete ihr die Tür und erhaschte einen Blick auf ihre wohlgeformten Waden, als sie ihren Rock raffte und einstieg. Er setzte sich neben sie, nahm seinen Gehstock zwischen die Knie und legte den Arm hinter Mizzi auf der Rückenlehne ab. Diese zog ihre Cloche fester über die dunkle Haarpracht und nannte dem Fahrer die Adresse. Sie wollte also mit zu ihm, ins Hotel.

Mizzi hatte selbst eine kleine Wohnung, nur ein Zimmer mit einer Küchennische, was für sie kein Problem war, denn sie konnte sowieso nicht kochen. Sie ließ sich lieber zum Essen einladen und sorgte dafür, dass sie einen fand, der dumm genug war, sie auszuführen und sich dafür Hoffnungen zu machen, dass sie mehr von ihm wollte als nur eine warme Mahlzeit. Was sie alle nicht wussten: Mizzis Herz gehörte ihm. Besser gesagt dem Baron Ludwig von Simmerl. Verarmter Adel. Tirol.

Als der Portier nach der kurzen Fahrt den Wagenverschlag öffnete und Mizzi seine Hand zum Aussteigen anbot, beobachteten einige Passanten die Szene. Graziös streckte sie ihm die behandschuhten Finger entgegen – feinstes Ziegenleder, ein Geschenk von Ludwig – und setzte ihren zierlichen Fuß auf das Pflaster. Ihr Rock fiel über die schwarzen Stiefel, als sie ihren schlanken Körper nachschob, die Jackenschöße nach unten strich und im Umdrehen nach Ludwig ihre Handtasche mit beiden Händen fasste. Ludwig konnte sehen, wie sich zwei Damen hinter vorgehaltener Hand etwas zuraunten und Mizzi dabei von oben bis unten musterten. Sie schenkte ihnen ein divenhaftes Lächeln, das sie auf ihre Plätze verwies und keinen Zweifel daran ließ, wer hier die Schönste war. Eine Frau im mausgrauen Straßenmantel zog ihren Gatten am Ellbogen, bis er endlich seinen Blick von Mizzi nahm und seinen Spaziergang mit ihr fortsetzte. Mizzi schenkte ihm noch rasch einen verführerischen Augenaufschlag, die Mausgraue beschleunigte den Schritt.

»Gnädige Frau!«

Der Portier öffnete in einem eleganten Schwung die gläserne Eingangstür und hielt sie am glänzend polierten Messingbogen für Mizzi auf. Ludwig konnte gerade noch im Zufallen hindurchschlüpfen und Mizzi in die Hotelhalle folgen. Hocherhobenen Hauptes schritt sie an der Rezeption vorbei, wobei sie die Blicke sichtlich genoss, die die Anwesenden ihr und ihrem Begleiter aus den Fauteuils durch die Halle zuwarfen. Nicht nur die Spitzen der Palmwedel zitterten, als sie an ihnen vorbeistrich.

»Herr von Simmerl? Herr von Simmerl, einen Moment bitte. Gnädiger Herr?«

Der streng Gescheitelte von der Rezeption war ihnen hastig nachgeeilt, bemüht, so wenig Aufsehen wie möglich zu erregen.

»Gnädiger Herr? Hätten Sie einen Moment für mich, bitte? Gnädige Frau, Sie entschuldigen vielmals?«

»Was gibt es denn so Dringendes?«

Ludwig war stehen geblieben und wandte sich mit leicht enerviertem Unterton an den Rezeptionisten. Mizzis durchdringender Blick aus ihren großen blauen Augen ließ diesen leicht erröten.

»Kann ich Sie bitte kurz unter vier Augen sprechen? Im Büro?«

Ludwig seufzte theatralisch auf. »Nun gut. Mir ist heute eben keine Pause vergönnt. Geh du schon einmal vor und ruhe dich aus, Liebes. Ich höre mir an, was der Herr hier zu sagen hat.«

Wäre der Boden der prächtigen Hotelhalle nicht mit Marmor gefliest gewesen, hätte man glauben können, es handele sich um die Bretter, die die Welt bedeuteten. Mizzi stöckelte zum Aufzug, ganz die Frau Baronin in spe.

Der Rezeptionist verkörperte mit jeder seiner Bewegungen Diskretion gepaart mit geschäftiger Autorität. Und Ludwig von Simmerl setzte seinen ebenhölzernen Stock mit einer derart nachlässigen Eleganz Schritt für Schritt neben seinen strammen, schönen Körper, dass ihm von der Nervosität, die in seinem Inneren tobte, nichts anzumerken war. Nur wer ganz genau hinsah und sich von all dem äußeren Schein nicht ablenken ließ, hätte seine rechte Hand, die das silberne Schlangenhaupt des Knaufs umschloss, leicht zittern sehen können. Doch wer wollte sich von diesem Auftritt nicht blenden lassen?

Über die pomadisierten Haare huschte ein Lichtreflex, als der Rezeptionist die gepolsterte Tür hinter ihnen schloss. Ludwigs linkes Lid zuckte kurz. Lag es am Luftzug oder der plötzlichen Empfindung, in einem Gefängnis zu stehen, aus dem er nicht mehr so leicht herauskam?

»Möchten Sie Platz nehmen, Herr von Simmerl?«

Der Rezeptionist deutete auf den Besucherstuhl, der vor der mächtigen Schreibtischplatte bereitstand, hinter der er selbst sich niedergelassen hatte.

»Danke. Ich stehe lieber. So lange wird es ja nicht dauern, nicht wahr? Ich bin schließlich beschäftigt.«

Ludwig hatte beide Hände auf den Gehstock gestützt, um mehr Halt zu finden.

»Es ist so, Herr von Simmerl«, setzte der Gescheitelte an. »Sie wohnen ja nun schon seit geraumer Zeit bei uns.«

Simmerl reagierte nicht auf die Kunstpause des anderen.

»Und es ist uns wirklich eine Ehre, Sie hier als unseren Gast zu haben. Wir sind glücklich, dass Sie sich für uns entschieden haben. Verstehen Sie uns nicht falsch …«

Ludwig ließ seinen Blick am Gesprächspartner vorbei scheinbar zerstreut aus dem Fenster schweifen.

»Ja. In der Tat. Ich hätte ja in jedem anderen Haus in München absteigen können.«

Der Rezeptionist rutschte angespannt auf der Sitzfläche des Schreibtischstuhls nach vorne und richtete sich kerzengerade auf, als er weitersprach.

»Oh ja. Das ist uns durchaus bewusst. Es ist nur so, dass …« Er rang nach Worten wie ein Erstickender nach

Luft und versuchte, sich mit einem Griff an seinen Binder Erleichterung zu verschaffen.

»Ja?« Ludwig bemühte sich, so gelangweilt wie möglich zu klingen.

»Dass … dass die Hotelleitung … Also«, er legte nun seine schwitzigen Handkanten auf die patinierte Schreibunterlage, »also, dass die Hotelleitung Ihnen höchst respektvoll ausrichten lässt, dass bisher noch keine – nun, noch keinerlei Zahlungen bei uns eingegangen sind.« Er räusperte sich verlegen, während Ludwig betont beiläufig an seinem Einstecktuch zupfte. »Das ist sicher ein Versehen?«

Der Rezeptionist beantwortete seine Frage selbst, als Ludwig, der die ganze Zeit mit dem Rücken zur Wand gestanden hatte, sich wortlos in Richtung Tür drehte.

»Sie entschuldigen. Sicher ist das ein Versehen. Wenn also der Herr Baron einmal in nächster Zukunft die Zahlung seiner Rechnungen anweisen könnte? Und die der gnädigen Frau? Sonst sehen wir uns gezwungen …«

Der Hotelangestellte war nun aufgesprungen und hatte sich behände zwischen ihm und der Tür platziert.

»Gezwungen?« Simmerl zog die Augenbrauen hoch und vermied es, den Gescheitelten direkt anzuschauen.

»Sonst sehen wir uns gezwungen, Ihnen nahezulegen, unser Haus zu verlassen, und unsere Forderungen dringlicher zu machen.« Er musterte seine Schuhspitzen, hatte sich dann aber so weit gefasst, dass er durchaus selbstbewusst seinen Blick auf Ludwigs blanke Augen richten konnte, die keinerlei Gemütsregung zu erkennen gaben.

»War es das?«

Der Gescheitelte schluckte. Dann räusperte er sich. »Jawohl, Herr Baron. Das war es. Sie bekommen dann

Post. Von unserem Anwalt, falls die Zahlung sich weiter verzögert. Wie gesagt, sicher ist es nur ein Versehen …«

»Dann kann ich ja jetzt gehen!« Ludwigs Stimme hatte einen Befehlston angenommen.

Der Pomadisierte sah ihm inzwischen aber bemüht unbeeindruckt direkt ins Gesicht, bevor er ihm mit vorgeschobenem Kinn und einer angedeuteten Verbeugung die Tür öffnete.

Mit einem großen Schritt entfloh Ludwig seinem Gefängnis und atmete durch. Das Klacken seines Stocks auf dem Steinfußboden wurde vom dezenten Gemurmel der belebten Eingangshalle verschluckt.

6

MIZZI BEWEGTE SICH langsam auf ihn zu. Unter ihrem seidenen Morgenmantel mit orientalischem Muster trug sie nicht viel, was ihre nackten Füße und Knöchel vermuten ließen. Ludwigs Blick wanderte von unten nach oben über ihren Körper. Ihre schlanken Waden wurden von dem ausladenden Gewand völlig verhüllt, nur wenn sie einen ihrer langsamen, katzenartigen Schritte machte, öffnete es sich einen Spalt breit und ein Stück Haut blitzte hervor. Um ihre runden Hüften spannte sich der rote Stoff etwas und die grünen Blumenornamente und goldenen Drachen legten sich geschmeidig um ihre weibliche Figur. Eine wohlige Wärme stieg in Ludwig auf. Sein Blick ruhte gierig auf den Wölbungen ihrer vollen Brüste und dem großen V, das ihr Dekolleté zusammen mit dem Revers des Morgenmantels bildete. Er konnte genau das dunkle Muttermal an ihrem Hals erkennen, der schwanenschlank und -weiß unter ihren langen dunklen Locken hervorblitzte, die sie offen trug.

»Ich hab es mir bequem gemacht. Setz dich doch, Liebling.« Sie drückte ihn in einen Sessel. »Gefällt dir mein neuer Mantel, Ludwig-Schatz?«

»Mir gefällt vor allem der Inhalt …«

»Hmmm, jaaaa, das ist mir klar, du kleiner Schwerenöter …«

Mizzi glitt lautlos um den Sessel herum und strich dabei mit ihrer Hand über seinen Nacken. Er liebte diese kleinen, nebensächlichen Berührungen von ihr, die seine Begierde steigerten.

»Du bist ja ganz verspannt, Ludwig. Was wollte der Rezeptionist von dir? Hat er dich geärgert?«

Die Seide streifte weich sein Bein. Er war bereits halb entkleidet. Sie hatte damit begonnen und er hatte keinen Widerstand geleistet. Sollte sie doch die Führung übernehmen, in ihren Armen genoss er seine Willenlosigkeit.

»Entspann dich …«

Sie knetete seinen Nacken und seine Schultern und er konnte hin und wieder ein leichtes Kneifen ihrer langen rot lackierten Fingernägel fühlen. Der Lack hatte ihn ein Vermögen gekostet, neueste Mode aus New York.

»Jaaaa, sooo ist es guuuut, mein Schatz …«

Der Wehrlose spürte, wie ihn die Wollust überkam. Er versuchte, nach ihr zu greifen, doch sie entzog sich geschickt seinen Armen und stolzierte in großem Bogen um ihn herum, während ihr Zeigefinger in seine linke Schulter stach wie die Spitze eines Zirkels in die Mitte des Kreises, den sie um ihn zog. Er sah ihr an, wie sie seine Blicke auf ihrem Körper genoss, was seine Ungeduld bis ins Unerträgliche trieb.

Sie blieb vor ihm stehen, entknotete den Gürtel ihres orientalischen Gewandes und mit einem lässigen Schulterzucken glitt der glatte Stoff herab. Der Mantel wölbte sich in einem üppigen, rot-goldenen Gebirge um ihre Füße, mit denen sie nun elegant, einen nach dem anderen hervorziehend, darüberstieg und endlich auf ihn zukam. Sie zog ihn an beiden Händen hoch und führte ihn zum Bett. Als sie sich über ihn beugte, sank er in eine Woge aus lockiger, rotlippiger Begierde, auf der er auf und ab getragen wurde, bis beide ermattet in den Laken ruhten.

»Mizzi, ich will mit dir leben, du musst mit mir nach Italien kommen!«, begann Ludwig zu schwärmen. »Stell es dir vor, nur wir beide, die südliche Sonne und unendlich viel Zeit. Vor dem blauen Meer wirst du noch bezaubernder aussehen, ich werde dich so malen lassen. Wir werden nackt in unserem Garten lustwandeln, wie Gott uns erschuf und wie es uns gefällt, in unserem eigenen Paradies – nur du und ich.«

Mizzi nippte an ihrem Champagnerglas, schenkte sich aus der französischen Flasche, die auf dem Nachttisch kühlte, nach und rekelte sich vom Rücken auf den Bauch.

»Ach Ludwig, ich kann es kaum erwarten, dich dort zu verwöhnen. Aber leider …«

Sie machte eine Pause.

»Was, leider, meine Schönste?«

»Leider hast du das Geld, das wir dafür brauchen, offensichtlich noch immer nicht.«

Sie blickte ihm nun mit ihren eisblauen Augen direkt ins Gesicht.

»Stimmt's?«

Von Simmerl zögerte.

»Allmählich glaube ich, dass ich nicht die Geliebte eines Barons bin, sondern die Mätresse eines Dichters, der auf all seine schönen Worte nie Taten folgen lässt.«

Der Ton in ihrer Stimme ließ Bedauern erkennen, aber vor allem Hohn und Spott.

»Ich hab das Geld bald, Mizzi, glaube mir. Und dann gehen wir fort von hier. In den leichtlebigen Süden. In den ewigen Sommer.« Ludwig wollte sich keine Blöße geben. »Ich habe schon einen Plan.«

»Sag ich doch. Nichts als Worte«, seufzte sie. Mit gespielter Langeweile drehte Mizzi eine Locke um Zeige- und Mittelfinger ihrer rechten Hand und ließ sie wieder aufspringen. »Wenn das noch lange dauert …«

Sie machte eine Pause und musterte Simmerl. Prompt reagierte er wie gewünscht:

»Mizzi, was ist? Willst du nicht mit mir ein neues Leben anfangen? Was soll das heißen, ›wenn das noch lange dauert …‹«

»Ach, weißt du, das sagst du nun schon so lange. Wie lange soll ich denn noch warten? Jetzt ist bereits Herbst. Ich will im Winter nicht mehr hier sein, im kalten, feuchten München.«

»Gut Ding will eben Weile haben, du kleines Dummerchen.«

Ludwig versuchte, sie auf die Stirn zu küssen, doch sie entzog sich ihm.

»Eine lange Weile ist das. Eine langweilige lange Weile.«

»Es will eben alles gut überlegt und geplant sein.«

»Überlegt! Geplant! Du hast jede Menge Geld! Du bist ein Baron! Warum können wir nicht einfach losfahren?«

»Wir fahren bald.«

Ludwigs Laune verschlechterte sich. Was war das für ein merkwürdiger Tag heute? Erst der Rezeptionist und jetzt setzte ihn auch noch Mizzi unter Druck.

»Die Franziska ist seit letzter Woche in Rijeka. Und im Winter war sie mit ihrem Apotheker in Menton. Da blühen schon im Februar die Mimosen. Es muss ein herrlicher Anblick sein. Die ganze Hautevolee ist dort. Da triffst du halb München.« Sie seufzte theatralisch.

»Einen Apotheker hat sie? Hättest du wirklich lieber einen Apotheker als einen Baron?«

»Wenn er Geld hat.«

Schnippisch zuckte Mizzi mit den Achseln.

»Aber ich habe das Geld ja. Nur eben im Moment noch nicht. Noch nicht flüssig, meine ich. Die Galerie. Du weißt es. Das hab ich dir gesagt.«

»Ja, hast du.«

Sie setzte sich auf.

»Aber andere Männer reden nicht einfach. Sie tun auch was.«

Mizzi deutete auf eine Bodenvase mit einem üppigen Strauß langstieliger roter Rosen, die Ludwig bisher noch gar nicht aufgefallen war.

»Was soll das heißen? Von wem sind die?« Ludwigs Stimme klang alarmiert.

»Nun ja … Rudolf will übermorgen mit mir etwas besprechen, hat er mir geschrieben.«

»Etwas besprechen? Was will er mit dir besprechen? Wer ist der Kerl überhaupt? Kenn ich den?«

»… und du … du hast ja noch nicht einmal das Geld besorgt. Eine Frau wie ich muss sehen, wo sie bleibt. Ich kann doch nicht ewig deinen Hirngespinsten nachhängen und warten, bis du endlich genug zusammenhast, dass unser gemeinsames Leben beginnen kann. Irgendwann bin ich alt und hässlich …«

Sie war aufgestanden und schlenderte im Zimmer herum. Mit einer Hand in die Hüfte gestemmt drehte sie sich vor dem großen Spiegel neben der Hotelzimmertür.

»Mizzi. Meine Mizzi. Bin ich dir denn nichts mehr wert? Was ist auf einmal los? Nur, weil dir einer schöne Augen macht. Was ist an diesem Rudolf anders? Dir bringen doch ständig Verehrer Blumen in die Garderobe. Wer ist er? Und was hat er, was ich nicht habe?«

Ludwig winselte nun fast, seine Stimme hatte jede Bestimmtheit verloren. Vermutlich machte ihn das nicht gerade attraktiver in Mizzis Augen, aber seine Verzweiflung wuchs. Er musste dringend Geld beschaffen, und zwar so schnell wie möglich. Bevor Mizzi sich in die Arme dieses Versagers geworfen hatte.

»Ach Luckilein, Herzchen, natürlich liebe ich dich. Doch von der Liebe allein kann ich mir nichts kaufen, weißt du. Was soll ich machen? So viele begehren mich, da wäre es reine Verschwendung, mich ewig an den Einen zu ketten, der mir aber nichts bieten kann. Und Rudolf kann mir alles bieten, was es mit Geld zu kaufen gibt.«

Sie beugte sich nach vorne, ihrem Spiegelbild zu, und strich sich mit der Fingerspitze über ihre rechte Augenbraue.

»Brauereiwesen.« Selbstgefällig drehte sie sich wieder zu ihm um.

Sie meinte es also wirklich ernst. Panik stieg in von Simmerl auf.

Kalt wie ein Stein fühlte er sich, als sie ihn mit ihren Eisaugen ansah, die keinen Zweifel zuließen. Eisaugen. Ihr wildes Haar wogte um ihr schönes weißes Gesicht. Sie forderte immer mehr und mehr, nie war sie mit etwas zufrieden, nie begnügte sie sich mit dem, was man ihr gab. Wie die Schlangenhaare einer Medusa, die nachwuchsen, wenn man sie abschlug.

Er brauchte Geld. Schnell. Er brauchte ein neues Leben. Hilflos versuchte er es noch einmal: »Mizzi, wir lieben uns! Es ist doch wahre Liebe zwischen uns!«

Sie erwiderte seinen flehentlichen Blick nicht und hüllte sich mit geschlossenen Lidern wieder in ihr orientalisches Gewand.

7

GENTIL HATTE BESCHLOSSEN, seine Abreise nach Hause doch noch um einen Tag zu verschieben. Otto hatte ihm erzählt, dass am Abend ein Fest im Eckhaus in der Ainmillerstraße stattfinden sollte und dass dort nicht wenige Künstler und sogar Kunstschüler der Münchener Schule anwesend sein würden. Zwar lag ihm nichts an derartigen Festen, aber persönlichen Kontakt zu den Künstlern aufnehmen zu können, das wollte er sich nicht entgehen lassen.

Hatte nicht dieser merkwürdige Baron beim Mittagessen den Namen Nonnenbruch erwähnt? Vielleicht könnte er in der durch die vertagte Abfahrt gewonnenen Zeit auch seiner Galerie einen Besuch abstatten und ein Schnäppchen machen. Schließlich war von Simmerl ein Bekannter seines Sohnes, womöglich würde er so günstig an ein weiteres Sammlungsstück kommen. Nonnenbruch war noch nicht lange tot, aber die Preise für seine Bilder stiegen kontinuierlich.

Nutzte er also ein letztes Mal Ottos Bohemienleben in Schwabing aus, bevor dieser zurück nach Hause kam. Otto hatte zunächst auf stur geschaltet und nicht verhehlt, dass er das Drängen seines Vaters, in die Provinz zurückzukehren, obwohl er sich jahrelang am Busen der Kunst im großartigen München genährt hatte, aus ganzem Herzen ablehnte. Erst als Gentil hatte durchblicken lassen, dass er den Geldhahn schnell zudrehen würde, wenn Otto sich dem Willen seines Vaters widersetzte, hatte er sich geschlagen gegeben.

Außerdem hatte ihn die Aussicht zufriedener gemacht, dass er zunächst nicht in die Firma einsteigen müsste, sondern weiterhin seiner Kunst nachgehen könnte. Gentil hatte ihn damit gelockt, im Anbau seiner Villa ein Atelier einrichten zu lassen, so wie er es bei Stuck gesehen hatte.

Gentil hatte sich also ein Hotelzimmer besorgt und war jetzt dabei, sich für das Fest in seinen Abendanzug zu zwängen, den er nach dem Bacchanal bei Stuck schon sorgfältig in seinem Koffer verstaut hatte. Den Vatermörder ließ er aber weg, er wollte schließlich noch Luft kriegen. Stattdessen warf er seinen Seidenschal über, da fiel das kragenlose Hemd kaum auf. Die Baskenmütze durfte natürlich auch nicht fehlen, sie war sein Markenzeichen und in Künstlerkreisen weit verbreitet. So würden sie ihn als ihresgleichen anerkennen.

Er hatte mit Otto verabredet, sich vor Ort zu treffen, die Adresse kannte er und der Hotelportier hatte ihm den Weg beschrieben. Es war so nah, dass er beschlossen hatte, zu Fuß zu gehen und den Adler stehen zu lassen. Immerhin war er in der Stadt des Bieres. Produziert mit seinen Kreiselpumpen, wie er nicht ohne Stolz im Geiste hinzufügte. Da konnte eine weitere Qualitätskontrolle des Ergebnisses nicht schaden.

Der Abend war frisch, deutlich kühler als die letzten Abende. Der Herbst ließ sich nun nicht mehr aufhalten.

Schon von Weitem sah er das hell erleuchtete Haus mit seiner prächtigen Fassade und aus den leicht geöffneten Fenstern bahnten sich Stimmengewirr und Feierlaune den Weg zu ihm. Weiß hoben sich vor dem Abendhimmel die Stuckaturen ab. Als er die Tür aufstieß und in den dunklen Flur trat, kamen ihm kurz Zweifel, ob es wirklich eine so gute Idee gewesen war, sich von Otto zu diesem Abend überreden zu lassen. Seine Neugier und die Tatsache, dass er auf diese Weise noch einmal auf seinen Sohn bezüglich seiner Rückkehr in die Heimatstadt einwirken konnte, fegten seine Bedenken aber endgültig weg und er betrat den Festsaal, bei dem es sich eigentlich um die riesige Eingangshalle und die sich daran anschließende Zimmerflucht einer großbürgerlichen Wohnung handelte.

Was sich seinem Auge hier bot, konnte zwar nicht mit der Stuckvilla mithalten, aber trotzdem war die Ausstattung vom Feinsten und atmete noch den Geist der letzten zwanzig Jahre. Gentil wusste, dass hier die Künstler des »Blauen Reiters« gewohnt und gearbeitet hatten. Er hatte etliche ihrer Bilder gesehen, sie mit Otto zusammen sogar eingehend studiert, aber sie waren ihm zu modern. Die Linien zu hart, die Farben zu grell und unnatürlich. Blaue und grüne Pferde? Die Herren Künstler durften sich gerne austoben, wie sie wollten, aber ihre Bilder brauchte kein Mensch über dem Sofa. Das Interieur der Wohnung gefiel Gentil da deutlich besser: bemalte Glasfenster und Lampenschirme, stuckverzierte Decken und fein geschwungene Möbel. Alles wirkte wie herausgeputzt, gab aber auf den zweiten Blick doch nur eine verblasste Kulisse für die Schar der Gäste.

Gentil legte Mantel und Hut ab und ging den Flur entlang. Je tiefer er in die Zimmerflucht vordrang, desto lauter schwoll die Musik an. Die Gastgeber hatten sich nicht lumpen lassen. Mitten im sich an die Halle anschließenden Zimmer jazzte eine Combo beschwingte Tanzmusik. Am Kontrabass zupfte ein blonder Jüngling fast stoisch seine Basslinie, während der Schlagzeuger mit einer Art riesigem Pinsel auf seinen Trommeln und Becken herumrührte und der Saxophonist sich dem Schwung seines Instruments anpasste und stark nach hinten übergebeugt seine Töne in das tanzende Volk röhrte. Dort zuckten Männer in weiten Hosen die Schultern auf und ab, während die Damen in schulterfreien, tief ausgeschnittenen und unverschämt kurzen Fransenkleidern ihre Knie nach innen drehten und die Füße nach hinten warfen. Die meisten trugen kinnlange Haare, manche Stirnbänder mit auffälligem

Federschmuck, der über dem Gewimmel der Tanzfläche zu Gentil herüberwinkte. »Was macht der Maier – am Hima-laya ...«, hob der Sänger an. Und was mache ich hier? Schnapsidee, dachte Gentil.

In der Ecke sah er ein paar Männer in Abendanzügen zusammenstehen, die sich angeregt mit einem jungen Zärtling unterhielten. Man hätte meinen können, sie würden ihm den Hof machen. Der Jüngling lachte jetzt laut auf, mit einer hellen, schrillen Frauenstimme. Gentil sah genauer hin: Es handelte sich gar nicht um einen jungen Mann, der Zentrum des Gesprächs war. Es war eine Frau, die Hosen trug! Was für eine dreiste Person!

Auf der anderen Seite saß eine Gruppe von Damen auf einem Kanapee, nach der neuesten Mode gekleidet. Keine trug mehr ein Mieder, alle hatten gerade herunterfallende, weit ausgeschnittene Kleider mit Röcken an, die knapp unter dem Knie endeten. Die Federn des Kopfputzes wippten, als sie die grell geschminkten Gesichter zusammensteckten und tuschelten. Jetzt warfen sie ihm neugierige Blicke zu. Gentil spürte, wie er rot wurde. Die waren ja schamlos, diese Weiber!

Gentil wandte schnell seinen Blick ab und musterte die Köpfe der anderen Anwesenden. Eine Weile verharrte er so, unsicher, ob er sich weiter in die Höhle des Löwen vorwagen oder lieber wieder gehen sollte. »Der Onkel Bumba aus Kalumba tanzt nur Rumba ...«, schallte es von der Combo herüber. So ein Unsinn. Wo war Otto? In diesem Moment hörte er von hinten:

»Herr Gentil! Wie schön! Otto hat gar nicht gesagt, dass Sie heute Abend auch hier sein würden. Darf ich vorstellen? Die Herren Scherer, Caspar und Hahn. Kameraden Ihres Sohnes von der Akademie. Neue Münchener Schule. Die

Alten haben fast alle München den Rücken gekehrt. Aber es muss weitergehen, hier. Sie haben ihre Namen bestimmt schon gehört. Meine Herren: Anton Gentil. Er ist Fabrikant. Und Sammler.« Beim letzten Wort hatte seine Stimme einen verschwörerischen Unterton angenommen.

Ludwig von Simmerl war aus dem Nichts mit einer ganzen Entourage jüngerer Männer aufgetaucht und gab sich betont charmant. Gentil entzog ihm seine Hand schnell wieder und grüßte die Herren mit einem Kopfnicken.

»Herr Gentil ist geschäftlich in München. Er besucht dabei auch seinen Sohn, unseren Otto. Er ist ein Kunstliebhaber und, stellt euch vor, ein persönlicher Freund von Franz von Stuck.«

Von Simmerl ließ den Namen wirken und sah sich Beifall heischend um. Einige der Umstehenden zogen beeindruckt die Augenbrauen nach oben. Einer jedoch lachte spöttisch:

»Dem Stuck? Unseren alten Pauker von der Akademie? Ständig im Opium-Wahn?«

Er war Gentil auf Anhieb unsympathisch. Was fiel ihm ein, so über Stuck zu reden?

»Gestatten Sie? Caspar.«

Er streckte Gentil seine Hand entgegen.

Das war Caspar? Gentil kannte ein paar seiner Bilder und sie gefielen ihm gut. Umso enttäuschender also, dass er so einen unbehaglichen Eindruck bei ihm erweckte.

»Herr Gentil hat eine Fabrik für Kreiselbremsen«, übernahm von Simmerl wieder das Gespräch.

»Oh, Automobilindustrie! Kreiselbremsen!«, rief Caspar aus.

»Kreiselpumpen«, berichtigte Gentil, »Papier und Lebensmittel.«

Er hatte das gerade erst beginnende Gespräch offenbar im Keim erstickt, denn die Münchener traten stumm auf der Stelle, während der Onkel aus Kalumba immer noch Rumba tanzte.

Gentils Wortkargheit war ihm in dieser Gesellschaft keine Hilfe. Die Konversation mit Stuck und seinen Freunden hatte ihn stets erfreut, aber hier in diesem merkwürdigen Salon voller moderner junger Leute erzeugte nicht nur von Simmerls aufdringliche Art eine unangenehme Atmosphäre.

»Wie meinen?«

Von Simmerls ratloser Gesichtsausdruck zwang Gentil dazu, sich zu erklären.

»Ich baue Kreiselpumpen. Für Papierfabriken. Und für Brauereien. Jedenfalls im Wesentlichen.«

Die Künstler schwiegen. Das Gespräch wollte einfach nicht in Gang kommen. Dann räusperte sich einer der Herren.

»Hahn. Und das ist mein Kollege Scherer. Wir kennen uns alle von der Akademie. Wir sind Skulpteure. Ihr Sohn Otto hat ja auch bereits einige Skulpturen erschaffen. Er hat Talent, das muss man ihm lassen.«

Gentil schüttelte den beiden Männern die Hand.

»Sie lieben die Kunst? Oder wieso darf der Sohn eines Fabrikanten hier studieren?«

Wieder dieser Caspar.

Wieso sollte ich meinen Sohn hier nicht Kunst studieren lassen, dachte sich Gentil grimmig. Er war immer weniger zum Feiern aufgelegt.

Caspar hakte noch mal nach: »Sie sind Kunstsammler, sagte Ludwig? Eine bestimmte Richtung? Bronzen, Öl, Aquarelle?«

Gentil zögerte. Eigentlich sammelte er alles, was ihm gefiel. Egal, was es war. Aber vor diesem Münchener Geck wollte er sich keine Blöße geben.

»Ich sammle«, er suchte fieberhaft nach einer Antwort, die Caspar beeindrucken würde, »ein wenig von allem … Historischem.«

Mit Bestimmtheit hatte er seinen Satz beendet. Die umstehenden Künstler schauten erwartungsvoll. Offenbar rechneten sie noch mit einer Ergänzung. Gentil schob Zeige- und Ringfinger seiner rechten Hand in den Seidenschal, um sich etwas Luft zu verschaffen. Es war ganz schön heiß hier.

»Historisches, aber ja, Herr Gentil meint, er interessiert sich für den Historismus«, sprang ihm von Simmerl zur Seite.

Gentil war überrascht und antwortete erleichtert. »Ja, genau. Ich sammle historische Kunst.«

Sollten diese Typen doch ruhig wissen, dass er Ahnung hatte. Und Geld. Er bemerkte, dass von Simmerl gequält lächelte und sich auf Caspars Gesicht ein unverhohlenes Grinsen breitgemacht hatte.

»Herr Gentil interessiert sich auch für die Münchener Schule. Nicht wahr?« Von Simmerl wandte sich ihm direkt zu und fügte verschwörerisch hinzu: »Da wäre doch ein kleiner Nonnenbruch etwas für Sie. Oder ein Caspar oder Hahn. Sehen Sie, die Herren haben einige ihrer Bilder mitgebracht. Einen Nonnenbruch haben wir auch da. Ein frühes Werk.«

Von Simmerl führte Gentil um eine ausladende Palme herum in eine Nische, die er zuvor nicht bemerkt hatte. Hier standen tatsächlich drei Gemälde nebeneinander an die gepolsterten Rücken eines Kanapees gelehnt, das

Papier, in dem sie verpackt gewesen waren, lugte an manchen Stellen noch dahinter hervor.

Gentil warf einen flüchtigen Blick darauf und drehte dann rasch seinen Kopf nach hinten. Die drei Künstler waren ihnen gefolgt und standen direkt hinter ihnen. Er wagte also im wahrsten Sinne des Wortes die Flucht nach vorn und hob mit beiden Händen eine Bauernszene hoch, die ihm spontan am besten gefallen hatte.

»Da wollen wir doch mal sehen. Eine Bauernszene.«

Gentil hatte so viel Selbstbewusstsein wie möglich in seine Antwort gelegt und sich bemüht, fachmännisch zu klingen. Von Simmerl beobachtete ihn aufmerksam von der Seite.

»Gefällt sie Ihnen?« Ohne eine Antwort abzuwarten, ergänzte er: »Ist der Nonnenbruch.« Er zwinkerte ihm zu. »Und das hier ist von Scherer.« Er hob ein Frauenporträt hoch, das in unnatürlichen Farben und mit wilden, fahrigen Pinselstrichen gemalt war. Die Konturen sahen geradezu eckig aus.

Scherer sah von einem zum anderen und sagte in beschwichtigendem Tonfall: »Nur eine kleine Studie. Eine Lockerungsübung, sozusagen.«

Jetzt lachte er Beifall heischend von Hahn zu Caspar und zurück.

»Eine Studie für ein größeres Werk?«, fragte Gentil, sichtlich bemüht, wie ein Kenner zu klingen. Er fand das Bild scheußlich.

»Womöglich. Wer weiß?«, flötete Scherer jovial.

»Wie viel?«, rutschte es Gentil heraus, indem er auf die Bauernszene deutete. Er ärgerte sich, dass er dadurch so interessiert wirkte, obwohl er in Wirklichkeit nur diese unangenehme Gesellschaft loswerden und endlich Otto finden wollte.

»Unverkäuflich.«

Die Wirkung von von Simmerls Antwort ließ nicht lange auf sich warten. Caspar und Hahn tuschelten etwas hinter vorgehaltener Hand, Scherer wand sich unangenehm berührt.

»Aber Sie haben ja noch gar nichts zu trinken, mein Lieber!«, flötete er unvermittelt und verschwand in der Menge.

Gentil blieb mit dem Baron und den zwei Künstlern zurück.

»Unverkäuflich?«

Gentil stellte das Bild zurück auf das Sitzpolster. Sofort reagierte von Simmerl: »Nun, für den Vater eines alten Freundes könnte ich eine Ausnahme machen.«

Er trat ganz dicht an Gentil heran und flüsterte ihm einen Preis ins Ohr. Dieser zuckte kurz und kniff die Augen zusammen.

»Ich verstehe, wenn Sie darüber nachdenken wollen. Lassen Sie sich Zeit, Herr Gentil. Aber bedenken Sie: Das ist eine einmalige Gelegenheit. Zögern Sie nicht zu lange, bevor ich's mir anders überlege. Eine Expertise können Sie selbstverständlich auch bekommen. In meiner Galerie.«

Mit diesen Worten wandte sich von Simmerl seinen beiden Künstlerfreunden zu und sie plauderten über die Akademie. Gentil hörte mit halbem Ohr zu. Tatsächlich kannte er kaum einen Namen der neuen Lehrer und Professoren. Stuck und er waren wirklich eine andere Generation. Kein Wunder, dass von Simmerl sich mokiert hatte. Der Preis, den er ihm genannt hatte, war deutlich höher als das, was Gentil gewöhnlich für ein Bild ausgab. Es widerstrebte ihm, diesem Unsympathen derart viel von seinem sauer verdienten Geld in den Rachen zu werfen, aber vor den feinen Münchenern wollte er sich das nicht anmerken lassen. Wo blieb Otto? Während er noch überlegte, wie er von Simmerl antworten könnte, kam Scherer mit einem Bierkrug und umringt von mehreren Frauen, darunter auch die Behoste, zurück.

»Bitte sehr, Herr Gentil. Ist schön kühl.«

Gentil spürte das Kondenswasser, das auf dem grauen Steinzeug perlte wie die Worte aus den plappernden rot geschminkten Lippen der Mädchen. Die Künstler ließen sich erleichtert von ihnen ins Gespräch ziehen. Er meinte es nicht so, aber dieses höfliche Geplänkel lag ihm einfach nicht.

Gentil trank einen großen Schluck von dem herrlichen Bier. Von Simmerl nahm die Konversation wieder auf.

»Nun, wie steht es? Haben Sie es sich überlegt? Es ist aber auch eine ganz besonders gelungene Szene. Einfach schön! Das schlichte Landleben! Ich mache Ihnen einen guten Preis, Herr Gentner!«

»Gentil.«

»Oh, verzeihen Sie. Selbstverständlich, Herr Gentil.«

Gentil zögerte seine Antwort hinaus. »Nun ja, wie soll ich sagen ...«

»Ich verkaufe ja nur selten eines seiner Bilder. Und auch nicht an jeden. Das hier ist das letzte, das ich von ihm habe.« Von Simmerl zwinkerte Gentil erneut zu und plapperte weiter, diesmal etwas drängender: »Sie zögern? Sie wollen sich doch nicht etwa diese Gelegenheit entgehen lassen? Bedenken Sie nur, Sie haben die Möglichkeit, ein Frühwerk eines Künstlers zu erwerben, dessen Bilder im Wert steigen. Oder möchten Sie lieber einen aufstrebenden jungen Mann unterstützen, dessen Durchbruch noch vor ihm liegt, nicht wahr, Caspar, mein Lieber?«

Von Simmerl nickte dem Maler zu. Gentil kam die Sache auf einmal komisch vor. Wieso hatten diese Herren überhaupt Gemälde mit hierher gebracht? War das jetzt die neueste Mode, Verkäufe statt in einer Galerie auf einem Fest zu tätigen? Machte man das in München so?

Zu Gentil gewandt, der nach wie vor stumm und nach innerer Überzeugung suchend dastand, fuhr von Simmerl fort: »Ist es wegen der Expertise? Selbstverständlich bekommen Sie eine Expertise zu dem Werk. Ich habe sie in meiner Galerie in der Römerstraße. Kommen Sie morgen vorbei, dann können Sie sie abholen.«

Die Combo sang mitten in München im Berliner Dialekt »Wir versaufen unsrer Oma ihr klein Häuschen ...«.

Jetzt gab sich Gentil einen Ruck.

»In Ordnung«, sagte er etwas schwerfällig und kramte in der Brusttasche nach seinem Portefeuille. Aus dem Augenwinkel sah er, dass von Simmerl sich mit der Zungenspitze über die Lippen fuhr, als er ihm die Scheine auf die ausgestreckte Hand blätterte. Auch die Weibsbilder unterließen für einen Moment ihr Geschnatter und zogen an ihren Zigarettenspitzen. Der Baron bedankte sich und faltete das Geldbündel mit einem geübten Griff, bevor er es, wie es war, in die Innentasche seines Anzugs steckte.

»Danke ebenfalls!«, sagte Gentil artig wie ein Kommunionbub.

»Ich habe zu danken, oh wirklich, der Dank liegt ganz auf meiner Seite!«, setzte von Simmerl nach, packte nach einem angedeuteten Diener rechts und links je eine der rotlippigen Damen und verschwand in der feiernden Menge.

Gentil blieb in der Qualmwolke, die sie hinterließen, zurück, nahm noch einen Schluck Bier, um das schlechte

Gewissen, das er ob des horrenden Preises für das Bild sich selbst gegenüber hatte, hinunterzuspülen, und drehte sich dabei weg von den unsympathischen übrig gebliebenen Gefährten.

Dabei entdeckte er zu allem Überfluss in der hintersten Ecke des Raumes etwas, was ihm ganz und gar nicht gefiel: Dort stand Otto. Und er war nicht allein. Otto schmachtete eine elegante Dame an. Sie trug ein schwarzes, glasperlenbesetztes Kleid mit einem schwindelerregend tiefen Ausschnitt, der zwei wohlgeformte kleine Brüste mehr ent- als verhüllte. Ihre dunklen Haare wurden in einer großzügig geschwungenen Wasserwelle von einem glitzernden Stirnband eng am Kopf gehalten und umrahmten ihr blasses, hübsches Gesicht, aus dem ihre knallroten Lippen hervorleuchteten. Kein Zweifel. Es war diese bayerische Maria, die am Mittag mit von Simmerl das Lokal besucht hatte. Und damit war sie für Gentil keine elegante Dame, sondern eher eine halbseidene. Mochte er das Münchener Parkett auch nicht gewohnt sein – Menschenkenntnis hatte er. Und er hatte sich noch selten getäuscht.

Gentil konnte förmlich selbst spüren, wie die bayerische Madonna seinen Sohn umgarnte. Auch wenn er kein Wort davon verstand, was sie von sich gab, war nicht zu übersehen, dass Otto ihr verfallen war. Jetzt sah sie ihn mit einem schmachtenden Augenaufschlag an und Otto schmolz sichtlich dahin wie Butter in der Sonne. Zugegeben, Geschmack hatte sein Sohn, sie war sehr hübsch. Gefährlich hübsch. Er pirschte sich mit einem unguten Gefühl so nahe heran, dass er einen Teil ihres Gesprächs belauschen konnte.

»Du weißt schon, Otto, dass ich eine anständige Frau bin, gell?«

Sie bog ihren schlanken Körper nach hinten. Otto nickte und griff nach ihrer Hand, um einen Kuss darauf zu hauchen.

»Ach, ihr Künstler! Wollt uns Frauen verführen!«

Die Frage war, wer hier wen verführen wollte! Gentil musste sich zurückhalten, um seinen Sohn nicht vor aller Augen in eine peinliche Situation zu bringen und dazwischenzufunken.

»So wie der Herr Kandinsky mit der Frau Münter. Ein g'schlampertes Verhältnis hatten die doch hier in der Ainmillerstraße, gleich nebenan. Damals war was los in Schwabing, wie ich hergekommen bin in die Stadt. Ein ganz junges Ding war ich damals.«

Sie kicherte in ihre vorgehaltene Hand.

»Rauschende Feste haben die gefeiert, die ganzen Künstler hier. Das waren Zeiten. Dagegen ist das hier«, sie deutete mit müder Geste in den Raum, »ein farbloser Abklatsch. Bis auf dich, Otto, natürlich. Du bist nicht so geizig wie die armen Schlucker, die Käufer für ihre Bilder suchen. Du bringst hier wenigstens etwas von der fehlenden Manneskraft zurück …«

Sie fuhr jetzt mit ihrer rechten Hand unter dem Revers von Ottos Jackett entlang. In der linken hielt sie eine lange silberne Zigarettenspitze. Gerade beugte sie sich gefährlich nahe an Otto heran und stellte sich auf die Zehenspitzen, als es Gentil doch zu bunt wurde und er sich ungehalten einen Weg durch die Gruppe von Gästen bahnte, die zwischen ihm und Otto und Maria gestanden hatte.

»Ha. Hier bist du ja!«

Etliche Gäste drehten sich in Richtung Gentils lauter Stimme um. Otto zuckte zusammen und Mizzi ließ mit einer schnellen Bewegung sein Revers los. Stattdessen spielte sie jetzt mit ihrer langen Perlenkette, die sie vor dem Bauch auf Nabelhöhe zu einem massiven Knoten verflochten hatte.

»Herr Gentil! Wie schön!«

Mizzi war nicht so leicht aus der Fassung zu bringen.

»Ich habe dem Otto gerade von den Künstlern erzählt, die hier vor Jahren gelebt haben. Wie gefällt Ihnen das Fest?«

Sie hatte ihre blauen Augen auf ihn gerichtet und hielt ihm galant die rechte Hand zum Handkuss hin. Er schüttelte sie beherzt. Bevor er auf ihre Frage antworten konnte, stand von Simmerl wie aus dem Erdboden gewachsen vor ihnen.

»Maria, Mizzilein, ich sehe, du unterhältst die Herren Gentil aufs Beste. Wie schön von dir! Otto.«

Er nickte ihm kurz zu und Gentil entging nicht, dass etwas Herausforderndes in der Art lag, wie er das Kinn nach vorne schob.

»Sie entschuldigen uns?«

Mit einem raschen Griff packte er Mizzi am Handgelenk und zog sie mit sich fort. Sie versuchte, sich aus seiner Umklammerung zu winden. Das ungleiche Paar verschwand hinter einer riesigen Zimmerpalme.

»Wie lange bleiben wir?«, fragte Gentil seinen Sohn, der Mizzi verwirrt nachsah.

Obwohl Gentils Ton keinen Zweifel daran gelassen hatte, dass er am liebsten sofort gegangen wäre, zögerte Otto mit der Antwort. Er hatte offensichtlich noch nicht genug von dieser Festgesellschaft.

Gentil seufzte.

»Na gut. Ich gehe jetzt. Ich will mir morgen die Galerie von deinem Freund, dem Baron, anschauen. Ich hab ein Bild vom Nonnenbruch gekauft. Er hat das Exposé dazu dort, hat er gesagt.«

»Vom Nonnenbruch? Aha. Münchener Schule. Na ja. Warum nicht. Ist vielleicht mal was wert.«

Otto wirkte geistesabwesend.

»Ja. Kommst du mit?«

»Ins Atelier vom Simmerl?«

»Ja. Begleitest du mich? Du weißt ja bestimmt, wo's ist.«

»Ich? Nein. Keine Ahnung. Den hab ich immer nur hier getroffen. Oder bei der Mizzi.«

Gentil hatte die suchende Rundumschau seines Sohnes bemerkt.

»Die sind wohl jetzt weg. G'schlampertes Verhältnis.«

Ohne das geringste Mitgefühl hatte er Otto diese Feststellung entgegengeworfen. Mit einer energischen Bewegung setzte er seinen Bierkrug auf einem hochbeinigen Blumenständer zwischen die Wedel eines üppigen Farns, die ihn sofort wippend überdeckten.

»Komm, Otto. Bring mich ins Hotel. Genug der Festgesellschaft.«

Er bahnte sich einen Weg durch die vergnügungslustige Menge. Sein Sohn folgte ihm, die Feiernden wie ein Radar mit den Augen absuchend. Erfolglos. Keine Mizzi. Kein von Simmerl.

Gentil hatte die Ecke erreicht, in der die Bilder aufgestellt waren, und schnappte sich das, das er gekauft hatte. Otto streifte es nur kurz mit seiner Aufmerksamkeit, nahm es seinem Vater ab und klemmte es sich unter den Arm.

»Ich trag's dir. Komm, Vater. Gehen wir raus.«

Auch er hatte die Lust am Feiern verloren. Es lag auf der Hand, dass Mizzi ein weiteres Mal mit von Simmerl nach Hause gegangen war und nicht mit ihm. Sie hatte ihm nur schöne Augen gemacht.

Am Ausgang ließen sie sich ihre Mäntel und Hüte geben und traten durch den Flur ins Treppenhaus, in dem der Lärm der Feiernden nur noch gedämpft zu hören war.

Die kühle Luft der Nacht ließ sie aufatmen, als die Tür des Hauses hinter ihnen zuschlug, in dem der Alkohol die Feierlaune immer lauter werden ließ. Saxophonfetzen folgten ihnen noch ein Stück die Straße entlang.

»In der Römerstraße ist seine Galerie, hat von Simmerl gesagt.«

»Römerstraße? Das ist hier ganz in der Nähe.«

»Kommst du also mit?«, wiederholte Gentil seine Frage.

Otto reagierte nicht sofort. Vermutlich überlegte er, ob er bei der Gelegenheit Mizzi sehen konnte, womöglich würden sie sie in von Simmerls Galerie antreffen.

»Warum nicht? Ich komme mit«, ließ er sich auf den Vorschlag seines Vaters ein.

»Sehr schön. Du kannst mich beraten. Vielleicht finde ich noch etwas für meine Sammlung. Obwohl ich nicht mehr ausgeben möchte. Du weißt ja, deine Mutter!«

Gentil grinste Otto an. Seine Frau machte keinen Hehl daraus, dass sie kein Verständnis für die hohen Ausgaben für die Villa hatte, die in ihren Augen eine Spielerei war.

»Oh ja. Dann wollen wir uns nur mal umsehen in der Galerie.«

8

AM NÄCHSTEN MORGEN fuhr Gentil schon früh mit seinem Adler los, holte Otto ab, der einen modernen Anzug trug, und gemeinsam machten sie sich auf den Weg in die Römerstraße. Er selbst hatte wieder seine Wolljoppe und seine Baskenmütze übergestreift. In seiner gewohnten Kleidung fühlte er sich wesentlich wohler als gestern im Abendanzug. Er freute sich schon auf sein gemütliches Zuhause und darauf, nach einem Teller von Bertas deftiger Erbsensuppe für seine Neuerwerbungen in der Villa den geeigneten Platz zu suchen. Er genoss das Zusammensein mit seinem Sohn. Das Gespräch mit Otto gestern Abend war gut verlaufen und er hatte ihn davon überzeugen können, bald seine Zelte in München abzubrechen und nach Hause zurückzukommen. Hoffentlich schlug er sich bald diese Mizzi aus dem Kopf; dann würde ihn hier nichts mehr halten, das hatte er als Vater im Gefühl.

Die Römerstraße war nicht sehr lang und er musste die Galerie übersehen haben, denn schon stand er wieder an einer Kreuzung. Er war wohl zu sehr in Gedanken versunken gewesen.

»Otto! Wieso sagst du mir denn nicht, dass wir an der Galerie vorbei gefahren sind! Jetzt muss ich umdrehen!«, jammerte er.

»Ich hab die Galerie auch nicht gesehen, Vater. Wir müssen noch mal durch die Römerstraße. Hilft alles nichts.«

»Dann pass gefälligst diesmal besser auf, Otto! Ich muss

mich auf den Verkehr konzentrieren. Ganz schön viel los hier in der Großstadt.«

Er fuhr ruckhaft an und wie zur Bestätigung kam von rechts mit hohem Tempo ein Automobil heran, genau in dem Moment, in dem er abbiegen wollte. Kraftvoll trat er auf die Bremse und Otto und er nickten mit dem Oberkörper nach vorne.

»Vater!« Otto klang erschrocken. »Das war knapp! Du bist hier nicht in Aschebersch. Hier gibt's außer dir noch mehr Herren der Straße! Denk nie, es langt noch, hast du mir eingebläut. Gilt auch für dich.«

»Gute Bremsen, was?«, grinste Gentil ihn an, obwohl er auch einen ordentlichen Schreck bekommen hatte. Während Otto den Kopf schüttelte, gab Gentil schon wieder Gas und der Adler bog ab. Es hätte ihm gerade noch gefehlt, wenn er hier einen Unfall gebaut hätte. Seine Stimmung bekam einen Dämpfer. Er fuhr ein großes Karree und bog schließlich wieder in die Römerstraße ein. Diesmal achtete er genau auf die beiden Straßenseiten. Er sah eine Bäckerei und viele Wohnhäuser, nicht ganz so prächtig wie in der Ainmillerstraße, aber durchaus ansehnlich. Eine Schusterwerkstatt, ein Schild, das auf eine Schreinerei im Hinterhof verwies. Ein Krämer in einem Eckhaus, die Eingangstür quer zur Hauskante gesetzt. Von einer Galerie allerdings war keine Spur.

»Ich seh nichts. Vielleicht ist die Galerie im Hinterhof? Hast du ein Schild bemerkt?«, wandte Otto sich ratlos an seinen Vater.

Der schüttelte den Kopf.

»Kein Schild. Keine Galerie. Du musst das doch wissen, es ist dein Freund!«

Otto deutete mit dem Zeigefinger auf eine junge Frau vor ihnen. »Wir könnten mal nachfragen.«

Gentil nickte. Neben einem freundlich aussehenden Dienstmädchen, das einen Kinderwagen vor sich herschob, hielt er an und winkte sie zu sich. Etwas schüchtern schaute sie auf seinen Wagen und die beiden Männer darin und trat einen Schritt näher.

»Entschuldigung, ich suche die Galerie ›von Simmerl‹. Können Sie mir bitte sagen, welche Hausnummer das ist?«, fragte Gentil freundlich.

»Wos? A Galerie? Hier, in dera Stroß'n?«, bayerte sie zurück.

»Ja! Die Galerie von Herrn Baron von Simmerl«, schaltete sich Otto charmant ein.

»Hier gibt's koa Galerie«, antwortete das Mädchen bestimmt.

»Sie sind doch von hier, oder?«, sagte Otto und nickte in Richtung des Kinderwagens. »Denken Sie bitte noch einmal nach. Vielleicht im Hinterhof? Eine Galerie. Für Kunst. Bilder. Skulpturen. Von Simmerl. Sie soll hier in der Römerstraße sein. Oder sind Sie nicht von hier?«

»Doch! I kenn mi hier guat aus, meine Herrschaften wohnen glei do drüb'n.« Sie deutete ans Ende der Straße. »Und daher woaß i a, dass es hier koa Galerie von Simmerl ned gibt.«

Der Nachdruck in ihrer Stimme ließ keinen Zweifel. Sie war sich ihrer Sache sicher.

»Danke schön, junge Frau.«

Gentil fuhr wieder an. Langsam tastete er sich ans Ende der Straße, wobei Otto und er nach rechts und links sahen und die Häuserzeilen absuchten. Nichts.

»Merkwürdig. Er hat doch Römerstraße gesagt. Nicht wahr, Otto?«

»Ich war nicht dabei, Vater. Bist du sicher?«

»Ja, ganz sicher. Und er hat dir gegenüber keine andere Adresse erwähnt?«

»Nein, nie. Ich wusste gar nicht, dass er eine Galerie hat. Aber natürlich, auch ein Baron muss sein Geld verdienen.«

Gentil schwieg. Etwas kam ihm seltsam vor. Sei es, wie es sei, begab er sich eben auf den Heimweg, schließlich lag eine weite Strecke vor ihm. Otto blieb noch ein, zwei Wochen hier. Er konnte ihm das Exposé nach Aschaffenburg mitbringen. Also setzte er Otto ab, verabschiedete sich von ihm, nicht ohne sich versichern zu lassen, dass sein Sohn in München alles auflösen und seine Zelte abbrechen würde, und begab sich auf die lange Autofahrt nach Norden. Wieder kam er an die Straßenecke, an der er eben beinahe einen Unfall gehabt hätte, tastete sich diesmal vorsichtig heran und bog anders ab, bis er wieder auf der Luitpoldstraße war.

Das Wetter war herrlich. Ein klarer Herbsttag, die Sonne prahlte mit ihrer Kraft. Links hinter ihm lag die Villa seines Freundes von Stuck. Er hatte eine schöne Zeit mit ihm verbracht. Trotzdem war er plötzlich schlecht gelaunt. Er wurde das Gefühl nicht los, dass mit dem Nonnenbruch, den er so teuer gekauft hatte, etwas nicht stimmte. Er dachte an die Medusa und seine Laune sank weiter. Ein großartiges Gemälde. Zu gerne hätte er sie besessen. Wieso nur hatte er sie ausgeschlagen? Er hatte Tugend beweisen und seinen Freund von etwas abhalten wollen, was dieser vielleicht später bereuen würde. Seufzend ging ihm einer seiner Lieblingssprüche durch den Kopf: »Die Tugend macht oft viel Beschwer, doch meist lohnt es sich hinterher.« Auch das konnte ihn nicht aufheitern. Ob sich in diesem Fall die Tugend für ihn lohnen würde? Wenigstens würde sein Sohn nun bald wieder bei ihm in Aschaffenburg leben. Er hatte ihm in Aussicht gestellt, seine Beziehungen zur Steinmetzschule spielen zu lassen. Die brauchten im nächsten Jahr einen neuen Leiter.

Er hätte noch mehr auf Otto einwirken wollen, aber die Begegnung mit diesem von Simmerl war ihm dazwischengekommen. Und bei der Abendgesellschaft hatte sich keine Gelegenheit geboten. Seine Laune war nun endgültig im Keller. Er hatte die Galerie nicht gefunden, beinahe einen Unfall gebaut und wenn er an Ottos Umgang dachte, hatte er kein gutes Gefühl. Es war höchste Zeit, München hinter sich zu lassen. Er hatte genug von der Großstadt. Immerhin brachte er einen lukrativen Auftrag für die Pumpenfabrik mit nach Hause. Er gab Gas und sauste wie daheim, ohne zu schauen, über die nächste Kreuzung. Dass rechts von ihm Bremsen quietschten, fiel ihm gar nicht auf. Der Motor seines Adlers dröhnte zu laut.

9

JE LÄNGER SICH Eberle mit dem Weib beschäftigte, desto unzufriedener wurde er. Die Pinselstriche wollten ihm nicht recht von der Hand gehen und er saß nun schon seit Tagen an diesem Bild. Und das, obwohl er dafür eine lukrative Auftragsarbeit vernachlässigen musste. Er sollte für seine Heimatgemeinde den Rathausgiebel verschönern. Nach längerer Überlegung hatte er sich für zwei Szenen aus der Grönenbacher Stadtgeschichte entschieden. Er wollte verewigen, wie Grönenbach im Mittelalter das Stadtrecht verliehen bekam; passender ging es ja wohl nicht für ein Rathaus. Und für ihn. Schon an der Akademie hatte er sich dem Historismus verschrieben. Naturnahe Szenerien waren nach seinem Geschmack; er wollte den Menschen möglichst so abbilden, wie er war. Beziehungsweise wie er gewesen war.

Das hier war so ganz anders und wahrscheinlich sträubte sich schon wegen des mythologischen Motivs sein Pinsel. Ein Gorgonenweib hatte er noch nie gemalt. Dazu kam diese schwülstige Art, wie sie typisch für Stuck war. Er war ihm an der Akademie in München zwei-, dreimal begegnet. Da hatte es Stuck schon zu einiger Berühmtheit gebracht und verkehrte im Gegensatz zu ihm in den feinen Münchener Kreisen. Er hatte es offenbar richtig gemacht, denn unter seinen Bewunderern waren nicht wenige äußerst kaufkräftig. Die hängten sich solchen Kram doch tatsächlich ins Wohnzimmer.

Eberle war Stucks Attitüde auf die Nerven gegangen, das affige Getue, Kleider wie ein Dandy, hin und wieder ein paar französische Wörter in seinen ansonsten bayerischen Sätzen, damit auch ja jeder merkte, dass er in der Pariser Künstler-Bohème gewesen war. Dabei war und blieb er doch einfach nur ein Bayer. Sohn eines Müllers! Und jetzt?

Mit feinem Schnurrbart und im Pelzmäntelchen ließ er sich in den Salons sehen, die man besuchen musste, wenn man dazugehören wollte. Eine Zigarettenspitze in der

Hand wie ein Weib, dem Absinth zugeneigt wie diese französischen Dichter allesamt, die sich an der Pariser Morgue für ihre Studien herumtrieben.

Stucks Vorliebe für den Abgrund und die Dekadenz war nicht seine Art. Und Gentils doch eigentlich auch nicht. Die meisten Werke, die er sich kaufte, waren welche, die sich Eberle mit dem nötigen Kleingeld auch selbst aufgehängt hätte. Nur seinem guten Freund Gentil zuliebe hatte er den Auftrag angenommen. Obwohl ihm nicht klar war, warum ihm so viel an diesem Motiv gelegen war. Vielleicht hatte er sich in das schöne, kalte Weib verliebt?

Eberle seufzte. Er wollte ihm den Gefallen tun. Dass es so schwer werden würde, hatte er nicht erwartet. Nun konnte er ihm immerhin einmal etwas zurückgeben für die vielen Einladungen, die er schon von ihm genossen hatte.

»Gib dir auch ja Mühe!«, hatte Gentil ihn aufgefordert. »Echt muss es aussehen, täuschend echt!«

»Wozu brauchst du es?«

»Für meinen Grünen Salon«, hatte Gentil widerwillig gebrummelt, sodass Eberle nicht weiter nachgefragt hatte. In Gentils Grünem Salon trieb sich so einiges an nackten Weibern herum, auf Leinwänden oder in Bronze gegossen. Auch eine Tänzerin von ihm.

Er erinnerte sich an die Abende, wenn er Gitarre spielte und Gentil und seine Freunde dazu sangen. Dann wurde das Zimmer nur von Antons selbst entworfenen Lampen erhellt, die ihr spärliches Licht in hellen Flecken über die Gemälde und Wände streuten. In diesen Momenten kam Leben in die Gestalten in ihren Rahmen und man war plötzlich in einer anderen Zeit.

Am besten gefiel ihm das große Gemälde in Antons Wohnstube. Ein Tableau wie aus der Renaissance. Die beiden Freunde hatten sich beim Entwurf einen Jux gemacht und Vorfahren ihrer beider Familien darauf verewigt. Er selbst war auch abgebildet. Neben Anton war dessen Sohn Otto zu sehen, diesen hatte Eberle wie einen altertümlichen Krieger mit Helm dargestellt. Hatte er nicht eine prophetische Vorahnung gehabt, indem er Otto als Krieger abgebildet hatte? Vater und Sohn standen auf dem Bild einander zugewandt da und blickten doch aneinander vorbei. Gentil hatte ihm von seinem Besuch bei Otto in München erzählt. Von dessen Umgang und Lebenswandel. Er wünschte seinem Freund wirklich, dass sein Sohn bald nach Hause und auf den rechten Weg zurückkam. Aber so war die Jugend; so war es im richtigen Leben; die Menschen hatten ihren eigenen Kopf und manchmal musste einer einen Umweg gehen, um auf den Pfad der Tugend zurückzufinden.

Echte Menschen, das war Eberles Welt. Wirkliche Menschen, wie die Wasserträger oder die Tänzerin, die ebenfalls seit Jahren aus Anton Gentils Villa nicht wegzudenken und von seiner Hand geschaffen worden waren.

Aber dieses abstoßende Motiv, das er nun vor sich hatte, war alles andere als ein Eberlesches. Hoffentlich würde er bald damit fertig sein.

Am schwierigsten war es, den Übergang zwischen den Schlangen und dem Hintergrund zu gestalten, denn sie schienen eine in die andere überzugehen und hoben sich dennoch voneinander ab. Eine besondere Schwierigkeit kam für ihn noch hinzu: Er hatte das Bild – also die erste Medusa – nur ein einziges Mal im Original gesehen. Jetzt malte er die zweite Medusa nach einem Foto in einem Katalog und den beschreibenden Aussagen seines Freundes Gentil. Gut, dass er hinsichtlich der Farbauswahl nicht viel falsch machen konnte, so dunkel, wie das Gemälde war.

Er musste zugeben, dass man von dem Motiv halten konnte, was man wollte – Stucks Ausführung war wahrhaft meisterlich. Und der eitle Geck aus München konnte sich auf seine Kunstfertigkeit durchaus zu Recht etwas einbilden; von seinen ganzen Sperenzchen mal abgesehen.

Wenige Tage später war er fertig, der Firnis war getrocknet und er konnte das Bild fachgerecht und sorgfältig verpacken. Nun musste es nur noch an seinen Bestimmungsort gelangen.

10

Gentils Reise nach München war jetzt zwei Wochen her. Otto war noch immer nicht in seine Heimatstadt zurückgekehrt. Dass er endlich seine Zelte dort abgebrochen hätte und auf der Heimreise wäre, dass er sich diese Tänzerin Mizzi aus dem Kopf geschlagen hätte, das wäre Gentil die liebste Nachricht aus München gewesen, aber stattdessen stand nun dieses Ungetüm wie ein Fremdkörper in seiner Küche.

Dem Paket war ein Brief beigelegt. Franz hatte in seiner wunderbaren Handschrift notiert:

Mein lieber Schandel,
nimm die Medusa an dich. Ich hatte sie dir
geschenkt und du hattest aus Rücksicht auf mich
darauf verzichten wollen. Doch was sich einmal
von mir gelöst hat, soll gelöst bleiben. Ich bin sicher,
sie findet bei dir einen Ehrenplatz. Lass mich auf
diese Weise etwas zu deiner Künstlervilla beitragen.
In treuer Verbundenheit,
dein Franz

Es war tatsächlich die Medusa! Gentil bemühte sich, seine
Rührung zu unterdrücken.

Franz war unbeirrbar, das musste man ihm trotz seines
ganzen Malerfürstgehabes zugestehen. Er überließ nichts
dem Zufall. Er hatte sich damals in den Kopf gesetzt, ihm
das Weib zu schenken, und hier war sie, obwohl er bei seinem letzten Besuch in München das großzügige Geschenk
abgelehnt hatte. Ihr Blick hatte ihn nicht mehr losgelassen. Jetzt besaß er tatsächlich einen weiteren echten Stuck,
mit dem Unterschied, dass er die Bacchantin gekauft, diese
Dame jedoch von selbst den Weg zu ihm gefunden hatte,
oder besser gesagt den Umweg.

Seine Weiber im Grünen Salon würden Zuwachs
bekommen von der Münchener Medusa. Es war höchste
Zeit, den Salon weiter herzurichten. Warum nicht ein bisschen münchenerisch? Damit sie sich zu Hause fühlte?
Er dachte an die schönen Kastensessel in der Stuckvilla.
Der Salon brauchte Möbel. Und noch mehr Verzierungen, mehr Schnitzereien; bislang hatte er nur eine grüne
Tapete und ein Alkoven-Bett mit einer raffiniert dahinter
versteckten Waschgelegenheit. Er würde sich schnellstens
an die Arbeit machen, wenn er die Damen oben miteinan-

der bekannt gemacht hatte. Die Tänzerin, die Bacchantin und die Medusa. Alles Weiber, die einen in den Abgrund ziehen konnten.

»Nicht einmal ordentlich bedankt hat er sich, der Kerl!«, schimpfte Berta, die wieder in der Küche stand.

»Das Trinkgeld hat er gar nicht verdient, Herr Schandel!«

Geräuschvoll stellte sie den leeren Teller und das Glas in den Spülstein. Gentil mahnte: »Nicht so grantig, Berta, hilf mir lieber, das Paket hochzutragen. In den Grünen Salon.«

»Hat's Ihnen heute nicht geschmeckt oder warum essen Sie nicht weiter?«

Seine Köchin sah ihn so angriffslustig an, dass er schnell seinen Teller auslöffelte, um des lieben Friedens willen. Hastig schlang er den restlichen Eintopf hinunter und reichte ihr artig wie ein Schulbub den leeren Teller zum Abräumen, bevor sie ihn mit einem zufriedenen Kopfnicken aus der Küche entließ.

Gemeinsam wuchteten sie das quadratische Päckchen durch die Halle und über die schmale Treppe nach oben. Berta wischte sich ächzend den Schweiß von der Stirn und grantelte weiter.

»Ich ertrage ja alle Ihre Marotten, Herr Schandel. Aber diese Frauenzimmer ... Wenn das Ihre Frau wüsste, dass hier lauter Nackte hängen und rumstehen. Wenn das Ihre Frau wüsste!«

»Sie weiß es aber nicht, Berta. Sie weiß es aber nicht. Und von mir wird sie es auch nicht erfahren. Von mir bestimmt nicht.«

Seine Mahnung hatte bei Berta Wirkung hinterlassen.

»Schon gut, schon gut, ich sag ja nix, ich mein ja bloß ...«, grummelte sie.

Schmunzelnd sah er ihr nach, wie sie kopfschüttelnd nach unten verschwand, das schmale Treppenhaus mit ihrem massigen, hin- und herschwankenden Leib fast völlig ausfüllend, bis sie im Dunkel der Halle verschwunden war.

Jetzt wandte er sich dem Paket zu. Vorsichtig löste er die Kordeln, entfernte das dicke Papier, schlug den Filz zurück, in den der massive Rahmen eingeschlagen war. Die feinen Ornamente traten hell auf dem dunklen Hintergrund hervor. Das bleiche Gesicht leuchtete ihm entgegen. Gentils Puls raste. Sie war wunderschön, noch schöner, als er sie in Erinnerung gehabt hatte. Immer plastischer wurde das fahle Antlitz. Der Blick ihrer aufgerissenen Augen durchbohrte ihn, wie Pfeile schoss es aus den kleinen Pupillen. Der Mund öffnete sich, rund und alles verschlingend wie ein Höllenschlund, zu einem Schrei geöffnet, alles Licht einsaugend, das um ihn herum durch die kleinen Butzenscheiben schimmerte. Waren es in der Gorgonensage die Feinde, die sie mit ihrem Blick versteinerte, so kniete jetzt Gentil wie versteinert vor ihr auf dem Fußboden, unfähig, sich von ihr zu lösen. Je länger er sie betrachtete, desto mehr Leben kam in das Dunkel um ihr starres, blasses Gesicht eines Nachtmahrs, eines Fabelwesens aus einer anderen, einer finsteren Welt. Kalt und seltsam unbewegt, Entsetzen starrend unter den ebenholzfarbenen Bögen ihrer Brauen, aus der weißen Iris, umgeben von einem Ring aus ungesundem Grün, mit Wimpern wie Zackenreifen. Erst jetzt traten aus der sie umgebenden Dunkelheit Schlangen hervor, ihr Haupt in einem wirren Auf und Ab umzüngelnd, die gefährlich smaragdgrünen Köpfe dem Betrachter zuwendend. Gentil konnte förmlich das trockene Rascheln hören, mit dem sich ihre schuppigen Leiber aneinanderrieben, zischend und gefährlich, abstoßend und packend schön zugleich.

Wohlig schaudernd überlegte Schandel, wovor sie ihn warnen wollte, ob sie ihn warnen wollte. Vor Tod, Verderben, drohendem Unheil wie in der Sage? Aber wehrte sie nicht genau das ab? Hatte Stuck nicht deswegen mit ihrem Antlitz seine Haustür bewehrt? Manchmal gefiel die Kopie besser als das Original. Bei der Medusa war das nicht der Fall. Ihrer Aura konnte man sich nicht entziehen. Gentil sah die anderen Gemälde und Skulpturen im Grünen Salon an, auch ihre Platzhalterin. Alles Weiber nach seinem Geschmack, wild und schön, wie die Natur sie geschaffen hatte. Aber die Medusa von Stuck war der Glanzpunkt, der ihm noch gefehlt hatte. Aus Respekt hatte er sie abgelehnt; nun hatte Franz ihn zu seinem Glück gezwungen – zu Recht! Sie aufzuhängen wäre, wie den Schlussstein in einem gotischen Gewölbe zu setzen. Die prunkvolle Verzierung eines wunderschönen Ensembles, die allem Zusammenhalt bot. Eine warme Welle des Glücks spülte in Gentils Bauch. Sie war vollkommen schön. Sie gehörte ihm allein. Seine Villa sollte sie bergen wie ein Schrein das Allerheiligste.

Teil 2

11

SCHANDEL KNIETE VOR dem Kastensessel, der der Medusa gegenüberstand, und ging mit einem feinen Schmirgelpapier zum wiederholten Male über die Blumenornamente, die er selbst in den hölzernen Rahmen hineingeschnitzt hatte. Er gefiel ihm sogar besser als die Möbel, die er bei seinem Freund Franz von Stuck so bewundert hatte, denn dieser Sessel hier war sein eigenes Werk und passte perfekt ins Ambiente; die Blumenornamente fand man überall im Haus. Sie waren nicht so düster wie bei Stuck.

Es tat gut, das Holz unter seinen Fingern zu spüren. Er hatte sich vorgenommen, den Tag zum Besseren zu wenden und den Brief zu vergessen. Sich mit seiner Kunst abzulenken. Aber es wollte ihm nicht so recht gelingen.

Er hielt plötzlich inne, dann ging er entschlossen auf sein Grammophon zu. Vielleicht lag es an der Musik. Er wechselte die Schallplatte. Weg mit dem dramatischen »Tannhäuser«. Gentil zog eine andere Schellackscheibe aus ihrem Papier, kurbelte noch einmal ordentlich und setzte vorsichtig den Tonarm in die Rillen. Fritz Grünbaum näselte die erste Strophe von »Ich hab das Fräul'n Helen baden seh'n«. Sofort hob sich seine Laune und Gentil pfiff leise die Melodie mit. Beflügelt von der Musik nahm er den letzten Feinschliff an seiner Sitzgelegenheit vor, von der aus er das dunkle Bild in Zukunft genießen wollte. Im Erker tanzte die schöne Nackte von Eberle, hinter ihm rekelte sich die Bacchantin auf der Leinwand und gegenüber strahlte die Medusa ihren geheimnisvollen Charme aus. Da passte das Fräul'n Helen doch bestens dazu. Diese Frauen waren nach seinem Geschmack. Lieber blieb er hier bei seinem kleinen Harem, als sich in der Wohnvilla drüben von seiner Frau und Berta herumkommandieren zu lassen. Nicht eine Straße trennte die beiden Häuser, sondern Welten.

Seit seinem letzten Besuch in München hatte er viel geschafft. Er hatte sich noch mehr als sonst von der Außenwelt abgeschottet und seine Villa nur verlassen, wenn ihn allzu dringende Angelegenheiten in der Fabrik forderten, und für das Treffen der Schlaraffen im »Frohsinn« jeden Mittwoch. Die Arbeit am Grünen Salon ging schließlich vor. Gentil ließ das Schleifpapier beschwingt über die Schnitzereien fliegen, während es aus dem Trichter dudelte. Seine gute Laune war wiederhergestellt, obwohl er den Tag griesgrämig begonnen hatte.

Ein Brief war eingetroffen und hatte ihm am frühen Morgen die Laune vermiest. Ausgerechnet in dem Moment, in dem er eines seiner Lieblingsstücke, eine von Otto geschaffene bronzene Reiterskulptur, an einem zentralen Platz positionieren wollte. Hier, im Herzen seiner Villa sollte sie stehen. Gentil hatte den Reiter auf einem Sims postiert, den Freiraum darum herum würden bald eine Orgel und später einmal, sollte er nicht mehr sein, seine Urne, ausfüllen. Bei seinen Kunstwerken wollte er bleiben und nicht auf dem Stadtfriedhof liegen und mit den Altvorderen vermodern. Seine Ruhe wollte er haben vor seinen Zeitgenossen, wie schon zu Lebzeiten und also auch im Tod. Der Platz hier war eine würdige und wahrhaftige Ruhestätte. Und nun hatte er sie mit einem ganz besonderen Stück verziert – dem auf seine wichtigsten Linien reduzierten Reiter mit dem Pferd, ein Knabe noch, den

Blick nach vorn gerichtet, stillstehend und doch voller Dynamik. Es war vielleicht das beste Werk seines Ältesten. Vorsichtig hatte er das Standbild mit den Fingerspitzen in die richtige Position gerückt. Eine Erinnerung an Tage, als sein Sohn den Hauch der Großstadt von der Akademie in die kleine Heimat getragen hatte.

Ausgerechnet in diesem Moment also, in dem der Sohn dem Vater ganz nah war, hatte ihn der Brief erreicht, in dem Otto ihm ausführlich erklärte, dass sich seine Heimkehr nach Aschaffenburg jetzt doch noch verzögerte, weswegen er um eine kleine Finanzspritze bat. Er wolle ein Abschiedsfest für seine Münchener Freunde veranstalten, bevor er sie vielleicht für immer aus den Augen verlöre. Derlei Sentimentalitäten gefielen Gentil ganz und gar nicht. Schließlich stand er bei der Steinmetzschule im Wort; dort warteten sie auch auf Ottos Ankunft, so wie er.

Was hatte er nicht in ihn investiert: Malunterricht schon als Schüler, die Ausbildung, die Akademie in München, erst Skulpteur, dann Ziseleur. Otto hatte das Zeug, den guten Ruf der Familie zu vergrößern. Doch dazu musste er endlich herkommen.

Mochten ihn, den alten Schandel, die Leute einen Griesgram oder komischen Kauz nennen, das nahm er als ein willkommenes Kompliment.

Allen seinen Kindern hatte er mitgegeben, dass der tugendhafte Weg immer der bessere war, auch wenn es schwerfiel. Dass man immer genug Selbstdisziplin aufbringen musste, wenn man aus dieser Familie kam, die es aus dem Nichts zu großem Wohlstand gebracht hatte, durch nichts als Schaffenswillen, Erfindergeist und die Kraft der eigenen Hände. An diesem Bild wollte er gemeinsam mit allen, auch mit Otto arbeiten.

Inzwischen ging ihm die fröhlich vor sich hin jazzende Musik auf die Nerven. Mit einem Ruck zog er den Tonabnehmer von der sich drehenden schwarzen Scheibe. Das Fräul'n Helen. Gentil fiel diese Mizzi wieder ein, die ihm in München begegnet war. Dieser Blick, mit dem sie Otto auf dem Fest den Kopf verdreht hatte.

Otto musste nach Hause zurückkommen. Er hatte sich ausgetobt. Gentil hatte ihn lange genug machen lassen; schließlich war der Junge Pionier im Großen Krieg gewesen, Frankreich.

Mürrisch ließ Gentil seinen massigen Körper in den Kastensessel sinken. Sofort würde er Otto schreiben und ihm ein Ultimatum setzen. Oder sollte er ihn besser gleich selbst abholen? Er zog seine Taschenuhr aus der Weste. Fast vier. Wenn er jetzt zum Marstall fuhr, war dort auf jeden Fall noch Betrieb. Er ließ das Werkzeug liegen, griff sich im Vorbeigehen seinen Mantel und die Lederkappe, streifte beides über und machte sich auf den Weg zu seinem Adler. Zusammen mit dem Leiter der Steinmetzschule würde er jetzt vollendete Tatsachen für Otto schaffen.

Der Motor röhrte auf, als er mit Vollgas die Grünewaldstraße hinunterraste.

12

Er versuchte sich vorzustellen, wie es sich anfühlen würde, in Mizzis üppiges Haar zu fassen, es ihr aus ihrem schönen Gesicht zu streichen und dabei in ihren blauen Augen zu versinken. Er malte sich aus, wie er sie mit seiner linken Hand an der Taille fasste und zu sich heranzog. Er konnte ihre Lippen schon fast auf seinen spüren, als es an seiner Tür klopfte. Ruckartig setzte er sich auf seinem Bett auf und kurz hatte er die Hoffnung, dass sich das begehrte Gesicht durch den Türspalt, der sich jetzt öffnete, zu ihm hereinschieben würde. Doch das mürrische Antlitz seiner Zimmerwirtin ließ ihn zurückschrecken: »Post!« Otto durchfuhr es wohlig. War der Brief von ihr? »Vom Herrn Papa«, setzte die Alte hinzu, drückte ihm den Umschlag in die Hand und verschwand wieder.

Er erkannte die akkurate Handschrift seines Vaters sofort und seufzte. Nicht von ihr. Warum nur meldete sich Mizzi nicht bei ihm?

Seit dem Abend, an dem sein Vater mit ihm ausgegangen war, hatte er sie nicht mehr gesehen. Sie war wie vom Erdboden verschluckt, auch im Theater nach ihren Vorführungen kam er nicht an sie heran. Sein einziger Trost war, dass die alten Geldsäcke und die jungen Lackaffen, die am Künstlerausgang mit üppigen Blumensträußen oder schmalen Nelkengebinden auf sie warteten, so leer ausgingen wie er und ihre Blumen wieder mit nach Hause nehmen mussten, wo entweder ihre Ehefrauen auf sie warteten oder gähnende Leere und die verzeh-

rende Sehnsucht eines aussichtslosen Verliebtseins. So
wie bei ihm.

War das ein Zeichen? Ein München ohne Mizzi, das
war wie Bayern ohne Weißwurst oder Aschaffenburg
ohne sein Schloss – das Wichtigste fehlte. Schwabing war
nur noch ein müder Abglanz dessen, wofür sein Name
gestanden hatte, als er hierhin gekommen war, denn die
Großen der Szene, die sich hier vor einigen Jahren getum-
melt hatten, waren längst weitergezogen nach Wien und
Berlin und hatten München der Bierseidel stemmenden
Bourgeoisie überlassen, an der trotz ihrer Finanzkraft
ein Hauch von Provinzialität haftete.

Er brauchte den Brief gar nicht zu öffnen, er konnte
sich den Inhalt denken. Alle Zeichen standen auf Abschied
und Neuanfang. Von der Großstadt in die Provinz, von
der Akademie an die Steinmetzschule, von Mizzi zu einem
bürgerlichen Leben als Junggeselle.

Otto schnappte Hut und Mantel und nach einigen
großen Schritten fuhr die Nachtluft schmerzhaft in seine
Lungen, er zündete sich eine Zigarette an und blies einen
grauen Rauchschleier vor den Sternenhimmel. Er musste
noch einmal alles auf eine Karte setzen. Ohne Mizzi würde
er nirgendwohin gehen.

Als er in die Türkenstraße einbog, sah er schon von
Weitem die von den Gaslaternen nur schlecht beleuchtete Szene vor dem Lokal. Instinktiv blieb er stehen und
drückte sich an die Hauswand. In eine Schlägerei verwickelt zu werden, war das Letzte, was er heute noch gebrauchen konnte. Er versuchte, die Streithähne zu erkennen,
aber es war einfach zu dunkel. Hinter den Silhouetten
hätte fast jeder der Stammgäste der Künstlerkneipe stecken können. Einzelne Satzfetzen drangen an sein Ohr.

Im Schatten der Fassaden wagte er sich vorsichtig etwas weiter nach vorne, Schritt für Schritt ließ ihn die Neugier einen Fuß vor den anderen setzen, bis er verstehen konnte, was gesprochen wurde.

13

»Habe die Ehre! Haben sich der Herr Baron amüsiert?«, konnte Otto hören. Welcher Baron? War der andere etwa Ludwig? Er schlich sich so nahe heran, bis er ihn erkennen konnte.

Mit einem theatralischen Kratzfuß verbeugte sich der Schatten vor von Simmerl und lüftete kurz seinen Trachtenhut.

Seine Stimme hatte provokant geklungen.

»Was willst du?«, begann von Simmerl, um Festigkeit bemüht.

»Oh, hat der Herr Baron da letztes Mal etwas missverstanden?« Die Gestalt ging auf den Baron zu.

Zwei weitere Schatten lösten sich schemenhaft von der dunklen Hauswand, bis sie links und rechts den Trachtenhut flankierten.

»Und ich dachte, wir hätten uns unmissverständlich ausgedrückt.«

Die drei Männer lachten, einer selbstgefälliger als der andere. Otto konnte sie jetzt genau erkennen, denn eine Gaslaterne beleuchtete ihre derben Gesichter. Der Linke war hünenhaft, unter seinem hochgekrempelten Leinenhemd zeichneten sich beeindruckende Muskeln ab. Der auf der rechten Seite war nur wenig schmächtiger. Auf seinem Lodenjanker prangte ein Abzeichen, das Otto schon einmal irgendwo gesehen hatte. Es war eine Swastika, wie sie viele Schläger neuerdings trugen.

Der mit dem Hut trat noch einen Schritt auf von Simmerl zu. Ludwig hob schützend den Arm vors Gesicht. Er fürchtete wohl das Schlimmste.

»Hast gedacht, wir finden dich nicht? Hast's drauf ankommen lassen. Mei, liab, der Bua.«

Der Schläger beugte sich zu von Simmerl hinunter, der versuchte zurückzuweichen, nahm ihn am Kinn und spöttelte weiter: »Nur weil bis jetzt ois guat gange is, hoaßt dös no lang nix, Herr Baron!«

Er packte ihn mit einem Griff, der keinen Zweifel an seiner Entschlossenheit ließ, am Revers seines Wolljacketts und zog ihn ganz dicht zu sich heran. Von Simmerls Jammern wurde lauter. Die zwei Schergen blieben rechts und links von dem Muskelpaket stehen, das dem Trachtenjanker zunickte und von Simmerl wie einen Spielball zu ihm hinüberschubste.

»Wo ist das Geld? Wir hatten eine Abmachung. Hat der feine Herr das vergessen?«

Er schüttelte ihn, sodass von Simmerl im wahrsten Sinne des Wortes den Boden unter den Füßen verlor. Seine Arme baumelten hilflos herab, er konnte sich aus dem schraubzwingenartigen Griff nicht herauswinden. Otto wich unwillkürlich zurück. Wie sollte er von Simmerl helfen? Allein konnte er es nicht mit den drei Schränken aufnehmen.

»Ich … Du bekommst dein Geld. Versprochen. Ver…«, Ludwig stammelte nur noch.

»Ich will es aber jetzt haben. Wir hatten eine Abmachung. Wo ist das Geld?«, wiederholte sein Widersacher, als ob er ihn gar nicht gehört hätte. »Die Geduld von meiner Chefin ist langsam überstrapaziert. Sie hat dir letztes Mal schon Aufschub gegeben.«

»Ich weiß. Ich weiß. Sie bekommt das Geld.«

Von Simmerl keuchte.

»Gib mir nur noch ein bisschen mehr Zeit. Nur noch ein einziges Mal. Ich zahle dir Zinsen, ich verspreche es. Und für dich fällt auch was ab. Nur noch dieses eine Mal.«

»Aufschub?«

Höhnisch drehte von Simmerls Peiniger die beiden Kragenenden von dessen Jackett so weit zu, dass er kaum noch Luft bekam.

»Du hast wohl etwas ganz Entscheidendes nicht verstanden: Ich bin nicht hergeschickt worden, um dir Aufschub zu geben, sondern um das Geld zu holen. Und zwar sofort.«

Otto zuckte zusammen, als die erste Ohrfeige in Ludwigs Gesicht klatschte.

»Bitte! Nur noch ein paar Tage, dann hab ich wieder genug verkauft und kann dir das Geld zurückgeben. Bitte!«, versuchte von Simmerl es mit Flehen.

»Ein paar Tage? Das habe ich doch schon einmal irgendwo gehört. Glauben wir ihm das?«

Seine Schergen lachten spöttisch. Die nächste Ohrfeige traf ihr Ziel.

»Du hast es gehört, Baron. Wir glauben es dir nicht mehr. Meine Chefin ist nicht die Einzige, der du etwas schuldest, was man so hört. Könnte sein, dass wir mehr Unterstützer haben als du, oder was meinst du, Baron?«

Genüsslich hatte er den letzten Satz gesprochen und von Simmerl dabei mit einem Stoß losgelassen, der ihn nach hinten taumeln ließ.

Auch Otto wich nach hinten zurück. Wie lange konnte er noch unentdeckt bleiben?

»Ich verkauf ein Bild und geb euch die Hälfte, davon bezahlt ihr meine Schulden und den Rest behaltet ihr.«

Die drei Muskelpakete zögerten. Sie tauschten wortlos ein paar Blicke aus.

»Na? Was sagt ihr? Die Hälfte.«

Der mit dem Abzeichen drohte ihm mit der Faust.

»Her mit dem Geld. Wir wollen die Scheine sehen. Und zwar jetzt.«

Er holte zum Schlag aus, aber auf ein Nicken des Trachtenhuts hin hielt der Hüne seinen Arm fest, sodass der Faustschlag in die Luft ging und von Simmerl verschont blieb.

»Halt die Schnauze, Sepp. Hier hab ich das Sagen.« Und zu von Simmerl gewandt sagte der Anführer der drei: »Nächste Woche. Wenn du dann wieder blank bist, kommt der Sepp mit seinen Kumpels. Und ich mach mir einen schönen Abend mit deinem feinen Fräulein Sedlmayr … Oh ja, das könnte mir gefallen.« Er brach in ein zynisches Lachen über seine Drohung aus.

Von Simmerl presste hervor: »Lass Mizzi aus dem Spiel.«

Mizzi? Auf keinen Fall würde er Mizzi diesen Kerlen überlassen. Otto war jetzt wild entschlossen, zusammen mit Ludwig die drei Schläger zu vertreiben. Gerade wollte er nach vorne preschen, als plötzlich ein Lichtstrahl auf ihn fiel. In der halb geöffneten Tür der Kneipe stand die Wirtin. Kathi.

Sie stemmte ihren rechten Arm in die Hüfte, das Geschirrtuch, das sie in der Hand hielt, baumelte an ihrem Rock nach unten. Ihre wuchtige Statur im Dirndl ließ zwar keinen Zweifel daran, dass sie eine Frau war, aber jeder wusste, dass sie nicht irgendeine Frau war. Sondern die Wirtin des »Alten Simpl«. Und damit so etwas wie die Autorität von Schwabing. Sie vertrieb eine ganze Horde betrunkener junger Männer, die sich gegenseitig stützten und zur Tür hinaus wankten. Ihre Jacken und Hüte warf sie ihnen hinterher, bevor sie sich lautstark an Ludwigs Peiniger wandte:

»Wos is'n los do heraus'd? Schert's eich weider, packt's eich!«

Dann ließ sie mit einem missbilligenden Blick die Lokaltür wieder hinter sich ins Schloss fallen. Von Simmerl versuchte im Kegel der Straßenbeleuchtung, wieder Haltung anzunehmen. Die drei Kerle hatten von ihm abgelassen und wandten sich zum Gehen.

»Und keine Fisimatenten. Wir finden dich.«

Während der Anführer sich in die nächtliche Türkenstraße entfernte, gab der Hüne Ludwig im Weggehen einen Stoß, der ihn nach hinten taumeln ließ.

»Heh, nimm deine dreckigen Finger von ihm!«, traute sich Otto aus seiner Deckung, mutig geworden, weil der Trachtenhut schon nicht mehr zu sehen war.

Doch er hatte die Rechnung nicht mit dem Schläger im Lodenjanker gemacht. Als er dessen rechten Haken in der Magengrube spürte, wusste er wieder, wo er das Abzeichen schon einmal gesehen hatte. Es war das Kennzeichen derjenigen, die sich als die Männer der Zukunft bezeichneten und ihrer Meinung gerne mit Fäusten Nachdruck verliehen. Die Anhänger der neuen Arbeiterpartei.

Er krümmte sich vor Schmerzen und sank auf die Knie, Ludwig traf es noch schlimmer.

»Da hast du, du Schwuchtel!«, teilte der Lodenjanker aus und schlug wiederum auf Ludwig ein, sodass dieser unter der Straßenlaterne zusammenbrach. Aus den geöffneten Wirtshausfenstern drang der heitere Lärm der Feiernden, der nicht stärker mit dem Bild des Jammers auf der Straße hätte kontrastieren können.

»Ludwig! Ludwig, hörst du mich? Bist du bei dir?«

Otto packte ihn am Ellenbogen des Armes, mit dem er sich den schmerzenden Magen hielt, und zog ihn nach oben.

»Otto.«

Von Simmerl stöhnte.

»Steh auf, Ludwig. Du musst aufstehen.«

Otto zog stärker und ließ erst los, als von Simmerl stand und sich am Laternenpfahl abstützte.

»Otto. Gut, dass du da bist.«

»Was wollten die von dir? Warum schlagen die dich zusammen?«

»Weg. Weg von hier, bitte. Komm!«

Von Simmerl ließ den Pfahl los und schwankte sofort wieder. Mit beiden Armen hielt er sich jetzt den Bauch. Otto sprang ihm zur Seite und stützte ihn, so gut es mit seinem gequetschten Magen ging.

Sie schleppten sich in einen Hinterhof zu einer kleinen Wohnung. Als zu Ottos Erstaunen Mizzi die Tür öffnete, erinnerte er sich, dass er schon einmal hier gewesen war. Er hatte gedacht, dass Mizzi inzwischen mit Ludwig im Hotel wohnte und nicht mehr in dieser ärmlichen Behausung.

»Oh mein Gott, Ludwig! Was ist passiert? Wie siehst du denn aus?«

Mizzi war das Entsetzen über den Anblick ihres Geliebten anzusehen.

»Otto! Was ist hier los? Wo kommt ihr her?«

Von Simmerl schleppte sich, sich noch immer den Bauch haltend, in den hinteren Teil des Zimmers, schob einen Vorhang zur Seite und ließ sich ächzend auf das dort befindliche Bett sinken.

Mizzi eilte zu ihm.

»Ludwig, mein lieber Ludwig! Du blutest ja!«

Er wich zurück, als sie die aufgeplatzte Stelle unter seinem linken Auge betasten wollte.

»Lass das! Mizzi. Hör auf!«

Unwirsch zog er den Kopf weg.

»Aber Ludwig! Das muss versorgt werden.«

Schnell huschte Mizzi zum Wasserstein. Sie suchte im Regal darunter nach einem sauberen Küchentuch, ließ Wasser darüber laufen und wrang es hastig aus. Dann kramte sie im Oberschrank neben dem Fenster so hektisch herum, dass das wenige Geschirr klapperte, und zog ein kleines braunes Fläschchen heraus.

Ludwig stöhnte noch immer, als Mizzi zurück in ihr Schlafabteil eilte und sich neben Ludwig aufs Bett setzte.

»Hier! Ich habe etwas Jod gefunden. Dreh dich her zu mir!«

Wie eine Krankenschwester sah sie nicht aus, auch wenn sie so klang. Sie trug einen seidenen Morgenrock; ihre nackten Beine endeten in zierlichen Pantoffeln, auf denen ein Büschel Straußenfedern in der Zugluft wippte.

Sie wirkte wie ein Fremdkörper in ihrer ärmlichen Wohnung.

»Mizzi! Ah, pass auf! Muss das sein?«

Ludwig hielt ihren Arm fest und verhinderte damit, dass Mizzi mit dem feuchten Lappen in seinem Gesicht herumfuhrwerkte.

»Aber Ludwig, Luckilein. Sei nicht albern. Wir müssen deine Verletzung versorgen. Halt jetzt still. Es wird auch nicht lange wehtun.«

Mit einem beherzten Ruck drehte sie ihr Handgelenk aus der Umklammerung und betupfte die Platzwunde. Der Baron autschte wie ein Bauernbub.

Otto betrachtete die Szenerie von seinem Platz aus. Er hatte sich auf einem der beiden Küchenstühle niedergelassen und sah sich in der Wohnung um. Neben Herd und Spüle stand eine Zinkwanne, eine Milchglasscheibe trennte die Kombination aus Küche und Bad vom Rest der Wohnung ab. Zwischen dieser Scheibe und dem Vorhang, hinter dem sich das Bett befand, strahlte ein kleines Kanapee den Charme besserer, aber längst vergangener Tage aus, daneben befand sich ein Tischchen, auf dem einige Moderevuen lagen. Einziges Prunkstück in diesem Ambiente war ein riesiger bemalter Bauernschrank, aus dessen angelehnter Tür einige Kleidungsstücke quollen. Otto erkannte auch das Kleid, das sie auf dem Fest getragen hatte, als er mit seinem Vater unterwegs gewesen war. Wie bei einer großen Künstlerin und zukünftigen Baronin sah es hier wahrhaftig nicht aus. Wieso hatte von Simmerl sich hierherbringen lassen und nicht zu sich nach Hause oder ins Hotel? Otto fiel auf, dass er gar nicht wusste, wo Simmerls Zuhause eigentlich war.

»Autsch! Mizzi! Pass doch auf! Es reicht jetzt!«

Simmerl schnickte Mizzis Hand grob weg.

»Ludwig! Du tust mir weh! Ich mein es nur gut mit dir.«

»Ja doch«, erwiderte er unwirsch und stöhnte wieder auf. Er hielt sich die Stirn.

»Ach, Ludwig, Geliebter!«, säuselte Mizzi.

»Ruh dich aus! Du hast Schmerzen! Ein bisschen Ruhe wird dir guttun.«

Sie küsste ihn vorsichtig auf die Lippen und stöckelte zu Otto in die Küche, wo sie das Tuch auswusch und das Medizinfläschchen zurück in den Schrank räumte. Dann ließ sie sich auf den zweiten Küchenstuhl fallen.

»Und du, Otto, Schatz, sagst mir jetzt, was passiert ist. Wer hat Ludwig so zugerichtet?«

»Das weiß ich nicht, Mizzi.«

»Wieso nicht? Du warst dabei! Du musst doch gesehen haben, was passiert ist.«

»Ich bin erst dazu gekommen, als die Kerle Ludwig schon in der Mangel hatten.«

»Die Kerle? Waren es denn mehrere?«, fragte Mizzi mit schreckgeweiteten Augen, die bei Otto sofort den Beschützerinstinkt weckten.

»Ja, es waren drei Typen, einer davon war ziemlich groß, der hat Ludwig eine verpasst. Und ein anderer, der hatte so ein Abzeichen an seiner Joppe. Von der Arbeiterpartei. Eine richtige Schlägervisage hatte der. Und der dritte Kerl hat das Wort geführt. Ich hab nur gesehen, dass er auf Ludwig eingeredet hat.«

»Eingeredet? Was denn?«

Mizzi fuhr sich durch ihre offenen Haare.

»Das konnte ich nicht hören. Ich war zu weit weg. Es ging offenbar um Geld.«

»Um Geld? Ach was! Der Ludwig ist doch Baron!«

Sie sah in Richtung Bett, von wo aus Ludwig müde winkte und nickte, bevor er die Augen wieder schloss und wegdämmerte.

Otto betrachtete Mizzis schönes Gesicht. Sie sah angespannt aus.

»Mizzi, soll ich noch hierbleiben? Kann ich irgendwas für dich tun? Soll ich zur Polizei gehen? Oder machst du das?«, wandte er sich in fürsorglichem Ton an sie.

»Polizei?«

Mizzi richtete sich mit einem Ruck auf. Sie hatte überrascht geklungen.

»Ja, Polizei. Die müssen doch wissen, dass hier harmlose Bürger auf dem Gehweg zusammengeschlagen werden!«, brauste Otto betont besorgt auf. Die Beschützerrolle gegenüber Mizzi gefiel ihm.

Mizzi zögerte einen Augenblick, dann schnurrte sie Otto wie ein Kätzchen an: »Ach, Otto. Das war doch nicht so schlimm. Deshalb muss man nicht gleich zur Polizei gehen.«

Mizzi stand auf und glitt geschmeidig hinter Ottos Stuhl. Dabei ließ sie ihren rechten Zeigefinger über seine Schulter bis zu seinem Nacken gleiten. Sie massierte ihn mit beiden Händen zwischen seinen Schulterblättern.

»Du wirst sehen, morgen wacht Ludwig auf und hat die Sache wieder vergessen. Und die Polizei kann sowieso nichts mehr machen. Das wäre ja, wie die Nadel im Heuhaufen zu suchen.«

Otto war hin- und hergerissen. Wieso wollte Mizzi nicht zur Polizei gehen? Vielleicht hatte es Ludwig mit Kleinkriminellen zu tun bekommen. Dann musste die Polizei doch die Täter ausfindig machen und bestrafen. Schließlich war Ludwig nicht irgendwer, sondern ein Baron. Er hörte Mizzi flüstern:

»Glaub mir, Otto. Was soll dabei schon herauskommen? Wir gehen nicht zur Polizei.«

Es war zu verführerisch. Otto schloss die Augen. Mizzis Hände, die seinen Nacken massierten, und die Wärme ihres Körpers, die er spürte, lösten bei ihm ein Gefühl aus, das ihn seine Magenschmerzen vergessen ließ. Sollte sie bekommen, was sie wollte. Dann eben keine Polizei.

Eine Weile stand nur die Stille der Wohnung zwischen ihnen. Dann ließ Mizzi ihn leider wieder los und setzte sich auf ihren Küchenstuhl. Als sie die Beine übereinanderschlug, rutschte ihr Seidenmantel etwas auseinander. Zufall oder Absicht? Otto konnte sich nur schwer von dem verlockenden Anblick lösen, der mehr versprach. Der Brief seines Vaters fiel ihm wieder ein, dessentwegen er das Haus verlassen hatte. Er hatte Mizzi suchen wollen und sie gefunden. Keinesfalls durfte er sie hier in München zurücklassen. Da konnte er leider auch keine Rücksicht auf Ludwig nehmen. So ergriff er die Flucht nach vorn:

»Du solltest mit mir kommen, Mizzi«, hörte er sich plötzlich mit weicher Stimme vorschlagen.

»Mit dir kommen?«

Mizzis Augenaufschlag gab das kalte Blau ihrer Iris frei.

»Mit mir, ja. Weg aus dem München, in dem wehrlose Bürger zusammengeschlagen werden. Ich gehe zurück.«

»Nach Aschaffenburg? In dieses Nest?«

»Ja, zu meiner Familie.«

»Aber ich weiß ja noch nicht einmal genau, wo das ist. Geschweige denn, ob es dort ein Theater gibt, in dem ich auftreten könnte.«

Otto steigerte sich, von plötzlichem Mut gepackt: »Gibt es, sogar ein sehr schönes. Vom Kurfürsten Dalberg gebaut.

Aber wenn du mit mir zusammen bist, musst du nicht arbeiten. Mein Vater hat genug Geld.«

»Genug Geld? Was soll das heißen, dein Vater hat genug Geld?«, fragte Mizzi. Ihr unwilliger Tonfall ließ keinen Zweifel daran, dass das Gespräch ihr zunehmend unangenehm wurde.

»Mein Vater hat genug Geld. Eine Fabrik, Häuser, Kunst. Du hast es doch gehört.«

»So. Hat er das? Und was hat das mit mir zu tun? Otto. Einer Künstlerin wie mir kann man nicht einfach das Auftreten verbieten. Ich bin eine unabhängige Frau. Ich will arbeiten.« Sie raffte den Ausschnitt ihres Morgenmantels zusammen und fuhr fort: »Und außerdem: Auch wenn dich das kränkt, Otto-Schatz. Ich weiß, dass du mich verehrst. Aber Ludwig hat versprochen, mich zu heiraten. Und Ludwig ist nicht nur reich, sondern auch ein Baron.«

»Mizzi. Komm mit mir. Ich bin kein Baron, aber ich kann dir viel bieten«, lockte Otto, der so schnell nicht aufgab, und setzte hinzu: »Und unser Theater wird dir gefallen.«

Doch seine flehentliche Gebärde löste bei Mizzi nicht aus, was sie sollte.

Empört rief sie: »Otto! Was fällt dir ein? Dahinten liegt der verletzte Ludwig und kann sich nicht wehren und du machst mir hier das Angebot, ihn zu verlassen und mit dir zu kommen?« Wie eine Diva warf sie nun den Kopf in den Nacken und stemmte die Hände in die Hüften. »Nur weil dein Vater reich ist?«

»Wir könnten heiraten.«

»Du? Mich heiraten?«

Mizzis Entrüstung sollte echt wirken. Trotzdem war es Otto, als ob sie kurz über seinen Vorschlag nachgedacht, ja sogar einen Moment gezögert hätte. Er wusste auch nicht, was in ihn gefahren war. Warum er sich das getraut hatte. Ein solches Angebot hatte er noch keiner Frau gemacht. Aber eine wie Mizzi fand er nicht noch einmal.

»Mizzi! Ich wollte doch nur …«, setzte er an, kam aber sofort wieder ins Stocken. Ja, was wollte er eigentlich? Herrje, in ihrer Gegenwart konnte er nicht klar denken. In drei Tagen musste er München verlassen haben. Er wusste, dass er mehr als nur das Vater-Sohn-Verhältnis aufs Spiel setzte, wenn er dem Willen des Alten nicht entsprach.

»Es ist besser, wenn du jetzt gehst, Otto.«

Mizzis Resolutheit duldete keinen Widerspruch. Was hatte Ludwig, was er nicht hatte?

»Ludwig braucht seine Ruhe. Er bleibt heute Nacht hier.«

Otto stand auf. »Mizzi! In drei Tagen bin ich schon weg. Komm mit mir, ich bitte dich ein letztes Mal. Wir können glücklich werden!«

Mizzi lachte. »Du kommst hier mit meinem verletzten Ludwig her und nutzt die Situation aus, um mich zu bekommen? Otto! Es tut mir leid für dich, dass du in drei Tagen wegmusst. Und vielleicht werde ich dich sogar vermissen, schließlich bist du mir nicht gleichgültig. Wenn Ludwig nicht wäre … Aber es ist nun mal, wie es ist.«

Sie schob ihn entschlossen zur Tür. Galant hielt sie ihm ihre schmale Hand hin.

Ottos Handkuss endete in einem ungelenken Versuch, die schlanken Finger entglitten ihm schneller, als er erwartet hatte. »Du darfst mir schreiben«, flüsterte sie, nachdem sie sich mit einem Schulterblick versichert hatte, dass Ludwig sie nicht hörte. Otto machte einen Schritt auf sie zu.

Aber sie erwiderte seinen Blick nicht, als sie ihm die Tür vor der Nase zuschlug.

14

GENTIL LIESS ES sich schmecken. Eben hatte Berta ihm eine großzügige Portion Spiegeleier mit Speck aus der Pfanne auf einen Steingutteller geschaufelt und zusammen mit einem dicken Kanten Brot vor ihm abgestellt.

»Berta! Es geht doch nichts über ein ordentliches Frühstück von dir«, schwärmte er, während seine Köchin ihm eine Tasse Kaffee eingoss.

»Hm.«

Geräuschvoll stellte sie die Kanne ab. An der Zutte bildete sich ein großer Tropfen.

»Nanu, Berta, warum so kurz angebunden?«

Schandel kannte seine Köchin genau. Irgendetwas stimmte nicht mit ihr. Sie war schlecht gelaunt.

»Ist dir eine Laus über die Leber gelaufen?«, neckte er sie.

»Meine Leber ist völlig in Ordnung«, knurrte sie und verrückte die Kanne noch einmal. Der Tropfen war nun so schwer geworden, dass er platzte und ein braunes Rinnsal die graue Emaille hinunterlief.

»Oberflächenspannung«, kommentierte Schandel fachmännisch.

»Eine Sauerei gibt das.«

Berta tupfte mit ihrem grau-blau karierten Küchenhandtuch den Kaffee weg, war aber nicht schnell genug. Es hatte sich bereits ein Rand um den Fuß der Kanne gebildet. Sie hob sie also hoch und wischte über die blankgescheuerte Tischplatte.

»Oberflächenspannung. Dass ich nicht lache.«

»Nanu, Berta. Was ist los? Ist doch ein herrlicher Tag heute«, sagte Schandel betont jovial. Es gefiel ihm, sie ein bisschen hochzunehmen.

»Ein herrlicher Tag? Was ist an diesem Tag herrlich? Waschtag ist heute.«

Daher wehte der Wind. Gentil musste grinsen. Berta hasste den Waschtag. Sie stand nicht gerne im heißen Dampf und hantierte mit den schweren, vollgesogenen Leintüchern. Das wusste er. Wie ein Pendel nach beiden Seiten ausschlägt, so wackelte sie jetzt an den Herd zurück, schüttelte geräuschvoll das Handtuch aus und hängte es über die Messingreling. Gentil nahm einen großen Schluck Kaffee:

»Ah, das tut gut. Dein Kaffee weckt Tote auf, Berta. Genau das, was ich heute brauche.«

»Kein Wunder.«

»Wie, kein Wunder?« Gentil zog fragend die Augenbrauen hoch. Berta zupfte jetzt schon über Gebühr lange an dem Küchentuch herum.

»Wenn Sie bei den Schlaraffen waren, haben Sie immer einen Kater am nächsten Tag.«

Gentil lachte. Berta waren seine Männerabende ein Dorn im Auge. Da hielt sie ganz zu seiner Frau Elise.

»Ach, Berta. Das muss ab und zu mal sein.«

»Geht mich ja auch nichts an.«

Sie drehte sich wieder zu ihm um.

»Noch ein Spiegelei, Herr Schandel?«

»Nein danke, Berta. Du kannst jetzt gehen.«

»Sicher?«

»Sicher!«

Gentil verkniff sich ein Lachen, als sich Berta schweren Herzens zur Tür begab, um den Wäschekorb aufzunehmen, der dort schon wartete. Er tupfte mit dem Rest seines Brotstücks den fettigen Eidotter vom Teller und ließ ihn genüsslich in seinem Mund verschwinden.

»Hier. Die Zeitung, Herr Schandel.«

Berta schnaufte noch einmal von der geöffneten Hintertür zu ihm zurück. Sie ächzte wie eine Dampfmaschine von seinem Mechanikermeister Keller.

»Lassen Sie einfach alles stehen. Ich räume es dann schon ab. Nach den Tischdecken und den Bettlaken.«

Berta schnaubte verächtlich und murmelte etwas von »Köchinnen« und von »kochen« und »waschen«.

Geräuschvoll fiel die schwere Tür hinter Berta und dem Wäschekorb ins Schloss. Gentil war allein. Er schenkte sich Kaffee nach und breitete die Zeitung auf der Tischplatte aus. Auf der ersten Seite das übliche Blabla aus Politik und Wirtschaft. Er überflog nur ein paar Schlagzeilen. Mit der Wirtschaft stand es nicht zum Besten seit der Inflation. Wohl dem, der ein krisensicheres Geschäft hat, so wie ich, dachte er zufrieden. In Berlin stritten sich die Politiker der Mitte wie gewohnt um irgendwelche Kleinigkeiten mit der SPD. Die NSDAP gewann immer mehr Anhänger. Es hatte eine Straßenschlacht zwischen den Kommunisten und der Polizei gegeben. »Wohl dem, der in einer beschaulichen Kleinstadt lebt, so wie ich«, bestätigte er sich weiter selbst.

Er blätterte sich durch den Lokalteil. Auch hier gab es nichts Außergewöhnliches zu berichten. Ein paar Prügeleien vor dem »Lido« und dem »Frohsinn«, ein Unfall mit einem Pferdefuhrwerk am Freihofplatz und die Ankündigung eines Vortrags von Professor Dingler über heimische Schmetterlinge.

Gerade wollte er das langweilige Blatt zuschlagen, als eine Randnotiz seine Aufmerksamkeit erregte. »Peruggia in Saint-Maur-des-Fossés gestorben«, stand über dem kurzen Artikel. Peruggia? Den Namen hatte er schon einmal gehört, konnte sich aber nicht erinnern, wo. Er las weiter. »Vincenzo Peruggia, der Dieb der Mona Lisa, ist mit 44 Jahren an einer Bleivergiftung gestorben ...«

Richtig! Daher war ihm der Name ein Begriff! Er konnte sich noch genau erinnern, wie schockiert er gewesen war, als er damals von dem Diebstahl gehört hatte. Er kannte das Gemälde gut, jeder kannte das Gemälde, selbst die ungebildetsten Ascheberscher, es war schließlich nicht umsonst weltberühmt. Aber er, Anton Gentil, hatte es zum Zeitpunkt des Diebstahls sogar schon mit eigenen Augen gesehen. Bei einer seiner Reisen. In Paris. Im Louvre. Mehrmals hatte er den Eintrittspreis bezahlt und die Kunstwerke bestaunt. Es war ein inneres Fest für ihn gewesen. Unvorstellbar, wie sich jemand an so etwas Heiligem wie einem weltbekannten Werk eines weltbekannten Künstlers vergreifen konnte. Unvorstellbar aber auch, dass es gelungen war, das Bild zu entwenden. Beim Weiterlesen wurde auch seine Erinnerung wieder lebendig:

»... Peruggia, der im Jahr 1911 das berühmte Gemälde ›Mona Lisa‹ von Leonardo da Vinci aus dem Pariser Louvre gestohlen hatte, verbüßte von 1913 an eine Gefängnisstrafe. Weil er wegen Glaserarbeiten in dem wichtigsten Museum der französischen Hauptstadt zu tun gehabt hatte, war es ihm gelungen, sich seine Ortskenntnisse zunutze zu machen und sich über Nacht dort einschließen zu lassen. Am nächsten Morgen spazierte er in aller Seelenruhe mit dem Gemälde unter dem Arm aus dem Museum heraus. Sein Beweggrund für diesen spektakulärsten Kunstraub aller Zeiten war ein patriotischer: Er wollte dem italienischen Volk zurückgeben, was sich seiner Meinung nach unrechtmäßig in Frankreich befunden hatte ...«

Es folgte eine genaue Abhandlung darüber, wie der Dieb das Bild nach dem Raub zwei Jahre in einem Koffer mit doppeltem Boden in seiner Wohnung aufbewahrt hatte und trotz einer Überprüfung nicht geschnappt worden war. Die Italiener feierten ihn wie einen Nationalhelden. Dabei hatte da Vinci das Bild selbst an den französischen König verkauft. Nichts weiter als ein Krimineller war er, dieser Peruggia! Von wegen Nationalheld.

Der Kunsthändler, dem Peruggia das Bild hatte verkaufen wollen, hatte Verdacht geschöpft. Gut gelaunt schmunzelte Gentil in sich hinein. Wohl dem, der sich mit Kunst auskennt, so wie ich, dachte er. Das war nun schon das dritte Mal heute, dass er feststellte, dass er mit sich und seinem Leben mehr als zufrieden war.

Dennoch wurde er nachdenklich und faltete die Zeitung zusammen. Ein Kunstraub war etwas Fürchterliches. Er konnte sich kaum etwas Schlimmeres vorstellen. Undenkbar, wenn hier jemand in die Villa einbrechen und ihm etwas stehlen würde. Allein die Vorstellung schlug ihm auf den Magen und er setzte die Kaffeetasse, die er gerade hatte zum Mund führen wollen, wieder ab. Egal welches Kunstwerk – es wäre für ihn wie der Verlust eines nahen Verwandten, das war klar. Schmerzhaft fuhr es ihm noch einmal in die Magengrube: die Medusa! Sein kostbarstes Stück! Seine neueste Errungenschaft. Er musste sie schützen!

Er schob die Reste seines Frühstücks, das er eben noch mit Genuss verspeist hatte, von sich weg.

In diesem Moment schlug die Tür geräuschvoll auf und hinter einem Berg weißer Bettwäsche trottete eine sichtlich schlecht gelaunte Berta in die Küche. Ihre Backen waren rot und ein paar Haarsträhnen hatten sich aus ihrem geflochtenen Dutt gelöst und hingen ihr feucht und wirr in die Stirn. Keine Medusa, aber auch keine Mona Lisa, dachte Gentil.

»Fertig?«

Sie zeigte mit dem Kinn in Richtung Frühstücksgeschirr. Er nickte wortlos. Berta ächzte mit dem Korb an ihm vorbei und stellte ihn vor dem Herd ab. Sie begann, im Küchenschrank zu kramen. Offensichtlich suchte sie etwas.

»Hab das Soda vergessen. Wo ist es bloß? Ich hatte doch noch eine Packung. Verdammt und zugenäht!«

»Berta! Wie oft hab ich dir schon gesagt, du sollst nicht fluchen!«

Gentil schaute ihr belustigt zu, doch sein Grinsen gefror, als Berta ihn anfunkelte.

»Ach was! Gehen Sie lieber los, anständige Menschen arbeiten um die Zeit längst. Oder bleiben Sie wieder den ganzen Tag hier? Kann ich jetzt abräumen?«

Mit einem energischen Handgriff und ohne eine Antwort abzuwarten, packte sie die Zeitung und pfefferte sie auf die Eckbank. Es wurde schlagartig ungemütlich. Gentil nahm seine Mütze und seinen Mantel. Wohl dem, der eine Fabrik hat, in die er sich zurückziehen kann, wenn die Köchin schlechte Laune hat, dachte er und schmunzelte in sich hinein.

15

MIZZI WAR AUS und von Simmerl genoss es, allein zu sein. Es ging ihm wieder gut. Nur, weil er auf Mizzis Fürsorge nicht verzichten wollte, tat er ihr gegenüber so, als ob er noch Schmerzen hätte. Aber im Moment war sie nicht hier. Vor ihm stand eine Kanne mit dampfendem Kaffee und er hatte sich eine Zeitung besorgt. Er zündete sich eine Zigarette an und sog den Tabakgeschmack gierig ein. Die ärmliche Umgebung in Mizzis Küche blendete er einfach aus. Er blätterte durch die ersten Seiten der Zeitung, bis er zum interessanten Teil kam: »Vermischtes aus München und dem Rest der Welt«. Er überflog die Schlagzeilen. Wilhelm von Hohenzollern war auf Kur; der ehemalige Kronprinz Rupprecht und seine Frau, Prinzessin Antonia, waren zu Besuch in München. Abgesehen davon war absolut nichts los, es war die einzige Meldung, die aus dem Münchener Gesellschaftsleben berichtete. Keine neuen Möglichkeiten in Sicht also. Es würde wohl in nächster Zeit keine Bälle oder rauschenden Feste geben, auf denen er reiche Bekanntschaften machen konnte – reich an Einfluss und reich an Geld. Flaute. Es war wie verhext. Keine Aufbesserung seiner Kasse zu erwarten.

Enttäuscht wandte sich von Simmerl den Nachrichten aus aller Welt zu und blieb an einem Artikel hängen: »Peruggia gestorben«. Wer war das denn? Musste man den kennen? Es ging um Vincenzo Peruggia, den Dieb, der die Mona Lisa aus dem Louvre gestohlen hatte. Die Mona Lisa war gestohlen worden? Von Simmerls Interesse war geweckt. Ein so berühmtes Gemälde – gestohlen? Wie hatte Peruggia das geschafft? Und was war für ihn dabei herausgesprungen? Bestimmt hatte er sie gegen ein Lösegeld wieder herausgegeben. Oder war er nur im Gefängnis gelandet? In dem Artikel ging es darum, dass Peruggia in Saint-Maur-des-Fossés an einer Bleivergiftung gestorben war. Von Simmerl las, wie es Peruggia gelungen war, die Mona Lisa 1911 zu stehlen. Von Simmerl feixte. Genial! Ein echter Geniestreich! Der Auftraggeber war spurlos verschwunden und Peruggia war bei dem Versuch, das Original an einen italienischen Kunsthändler zu verkaufen, aufgeflogen, denn dieser hatte die Behörden alarmiert und der Dieb war im Gefängnis gelandet. Offensichtlich hatte er nicht mit der Rechtschaffenheit und dem Patriotismus des Kunsthändlers gerechnet.

Von Simmerl ließ das Zeitungspapier sinken. Wem es gelang, ein derartiges Kunstwerk zu stehlen, der hatte finanziell ausgesorgt. Aber es war schon etliche Jahre her. Inzwischen wurden die Werke in den Museen viel besser bewacht. Man müsste ein bekanntes Bild stehlen, das nicht so gut bewacht war. Aber wo? Die abgescheuerte Tischplatte, die trüben Fenstergläser, die abgestoßene Emaillewaschschüssel – all das fiel ihm auf einmal ins Auge. So konnte es nicht weitergehen. Er musste dringend an Geld kommen. Der Druck der Gläubiger war groß, aber der Druck, den von Simmerl jetzt rund um sein ehrgeiziges Herz spürte, war noch größer.

Er brauchte Geld für sich und Mizzi. Für seinen Plan von Italien. Seinem neuen italienischen Leben mit Mizzi an seiner Seite. In der Alten Pinakothek hingen schon ein paar Prachtstücke herum, mit denen er es machen könnte wie Peruggia mit der Mona Lisa. Aber er war kein Glaser. Nicht einmal ein Baron, genau genommen, aber das wusste ja keiner. In die Münchener Gemäldesammlung einzubrechen, war mehr als riskant. Er schob den Gedanken von sich weg. Am besten, er machte so weiter wie bisher, solange es noch ging. Wo blieb Mizzi nur? Sie ließ sich doch nicht etwa von diesem verliebten Otto einlullen? War der überhaupt noch in der Stadt? Otto! Natürlich! Er war vielleicht der Schlüssel zur Lösung all seiner Probleme.

16

DIE TIEF STEHENDE Abendsonne goss ihr gleißendes Orange über den Horizont jenseits des Mains, als Otto den Hof des ehemaligen Marstalls überquerte. Die Wärme des schönen Herbsttags hielt sich zwischen den Gebäuden auf dem Schlossberg und umfing Otto auch noch, als er das hufeisenförmige Gebäude verlassen hatte und das Torgitter hinter sich schloss. Aus den geöffneten Türen der Werkstatt hörte man einzelne Hammerschläge und den metallischen Klang der Meißel auf den Werkstücken der Steinmetzschüler. Ein Lehrling fegte Staub und Gesteinsbrocken zusammen und schielte zu den Arbeitenden hinüber; er wollte Feierabend machen, das sah man ihm an. In München wäre der ehemalige Pferdestall trotz seiner herrschaftlichen Ausmaße in der monumentalen Architektur der Stadt kaum aufgefallen. Aber hier dominierte er den Vorplatz des Schlosses und thronte auf dem Dreieck, das Weber- und Schlossgasse bildeten, in denen sich die bunten Fachwerkhäuser der Altstadt duckten. Der rote Sandstein des gewaltigen Schlosses Johannisburg wärmte Otto anheimelnd in seinem Rücken.

»Auf Wiedersehen, Herr Gentil!«, rief ihm der Lehrbub zu, der ihn durch das Quietschen des Tors bemerkt hatte. Otto hob seine Hand zum Gruß und musterte die majestätische Fassade des prächtigen Gebäudes nach Stellen, die er mit seinen Schülern ausbessern könnte. Noch keine Woche war er wieder hier, aber er ging bereits in seiner neuen Rolle als Lehrer auf, stellte er verwundert fest. Nach seinen eigenen Lehrjahren in München hatte er zwar abrupt die Seiten gewechselt, aber es fühlte sich gut an, nicht mehr Schüler zu sein und sein Wissen vermitteln zu können.

Man hatte ihn mehr als freundlich empfangen, bestimmt auch wegen des guten Rufs seines Vaters in der Stadt. Otto lenkte seine Schritte durch das steinerne Tor und die Treppe hinunter auf die Schlossterrasse. Unter ihm glänzte der Main wie ein metallisches Band, am Floßhafen war noch allerhand Betrieb, aber das Krappbad war bereits geschlossen. Eine moderne Badeanstalt hatten sich seine Ascheberscher geleistet, mit Umkleiden und großem Lehrschwimmbecken. Er dachte daran, wie er als Kind unterhalb der Mainbrücke mit seinen Schulkameraden geschwommen war, hinüber auf die schmale Insel, die das Altwasser begrenzte. Sie hatten sich manchmal geklaute Äpfel auf einen Draht gefädelt und um den Bauch gebunden, Schwimmhilfe und Proviant in einem. Da hatte es noch keine moderne Badeanstalt gegeben. Er genoss die Abendluft und ließ seinen Blick jetzt in die andere Richtung schweifen. Der Frühstückspavillon stand wie eh und je waghalsig auf der Ecke der Schlossparkmauer. Dahinter, vor dem Pompejanum, sah er ein Paar flanieren. Mit der römischen Villa hatte König Ludwig I. der Stadt ein besonderes Geschenk hinterlassen, das Abendlicht schmeichelte dem gelben Putz mit dem weißen, floral verzierten Fries und Otto spürte ein ungewohntes Gefühl: Zuhause. Zwar war ihm der Abschied aus München schwergefallen, aber seine Wurzeln steckten noch tief in der Ascheberscher Erde. Er sog tief die Abendluft ein, ließ den Blick schweifen. Das Maintal breitete sich in seiner Großzügigkeit vor ihm aus.

Erst nach einer ganzen Weile stieg er die Treppe zum Schlossplatz wieder hoch und schlenderte ziellos durch die Gassen. Er wollte noch nicht nach Hause gehen. Vielleicht würde er im »Frohsinn« ein paar alte Freunde treffen. Als er hinter dem Stadttheater vorbeiging, dachte er wehmütig an Mizzi. Wäre sie hier, wäre sein Glück perfekt. Aber sie hatte ihn abblitzen lassen. Sie hatte von dieser namenlosen Stadt, die sein Heimatstädtchen war, nichts wissen wollen, München den Vorzug gegeben.

Und Ludwig. Otto unterdrückte seine aufkeimende Eifersucht. Die einzige Frau, die es bis jetzt geschafft hatte, ihn in der Hand zu haben, hatte einen verzärtelten Baron ihm, einem gestandenen Mannsbild, Rudersportler und Ringer, vorgezogen. Auf zu neuen Ufern, hatte er sich wohl oder übel trösten müssen. Dem Mainufer. Auch andere Mütter hatten schöne Töchter, schließlich hatte es auch ein Aschaffenburger Mädchen in König Ludwigs Schönheitsgalerie geschafft. Aber ganz vergessen konnte er die schöne Mizzi noch nicht.

Inzwischen hatte er den Landing überquert und vor ihm lagen nur noch wenige Schritte den steilen Beginn der Sandgasse hinauf. Die Tanzmusik bahnte sich ihren Weg durch die enge Häuserschlucht. Als ein Tusch den letzten Schlager beendete, betrat er sein ehemaliges Stammlokal. Suchend sah er sich nach Hans Helfrich um, seinem Kameraden aus der Pionierzeit.

Kaum vorstellbar, dass hier vor ein paar Jahren Charlie Chaplin aufgetreten war. Nicht der echte natürlich. Der kam nur in Großstädte. Aber immerhin ein verdammt gutes Double. Heute war dem Tanzsaal deutlich anzusehen, dass er seine besten Tage hinter sich gelassen hatte, doch das tat der guten Stimmung der Ascheberscher keinen Abbruch. An einem Ende des Raumes schoben ein paar junge Burschen ihre Mädchen über das abgetretene Parkett. Eine in die Jahre gekommene Tanzkapelle dröhnte dazu Schlager durch den Raum. Den größten Teil des Saales aber nahmen die vielen Biertische ein, an denen die Arbeiter am Zahltag ihren Lohn verprassten. Nicht zuletzt deshalb ging es heute hoch her. Wenn er Helfrich nicht fand, würde sich Otto stattdessen eben neue Freunde machen. Er erkannte ein paar Gesellen aus der Pumpenfabrik und setzte sich zu ihnen, bestellte eine Runde für alle und war sofort mitten im Geschehen. Sie zechten bis weit nach Mitternacht, bis die Bedienung ihn aufforderte zu zahlen.

An der Tischplatte, an der er sich festhielt, konnte man den Verlauf des Abends ablesen: Ein abgegriffenes Kartenspiel lag über das grob gescheuerte Holz verstreut zwischen Pfützen aus Bier und leeren Schnapsgläsern, die jungen Männer, seine Saufkumpane, teils aus gutem Haus, teils einfacher Herkunft, hingen sichtlich angeschlagen in den Stuhllehnen, die Hemdkragen lose, der Blick nicht mehr gerade. Zwei schunkelten Arm in Arm den Schlager mit, der von der Tanzfläche herüberwummerte, einer lag mit dem Kopf auf dem Tisch.

Otto fasste in seine Westentasche, um die letzten Scheine herauszuholen, und lallte der Bedienung zu: »Else, zusammen, bitte!« Dann zog er weiter.

Mit einer ausholenden Armbewegung nahm er sein Jackett und verließ konzentrierten Schrittes, aber dennoch bedenklich schwankend den Saal.

Die alte Holztür schwang auf und er stolperte die drei Stufen auf das Kopfsteinpflaster hinunter. Die frische Nachtluft füllte seine Lungen und rasch war er ein wenig klarer im Kopf. Was nun? Er wollte noch immer nicht nach Hause, sondern sein neues Leben feiern. Wo könnte er jetzt hin? In den »Hopfengarten«? Der war nicht weit weg und das Bier war gut. In den »Wurstbendel«? Aber wenn er jetzt runter in die Fischergasse ging, müsste er nachher den ganzen Löhergraben wieder bergauf gehen. Der »Rote Kopf« fiel aus dem gleichen Grund aus. Trotz seines Rauschs konnte Otto seine Kondition noch ganz gut einschätzen. In den »Hopfengarten« also. Es waren nur wenige Hundert Meter. Selbst im Dunkeln konnte er die aufdringliche Bemalung des Hauses sehen. Genauso sahen die Brauereigaststätten in München aus.

Er drückte die Tür auf und hatte im nächsten Moment Mühe zu atmen. In dicken Schwaden waberte der Rauch durch den Gastraum, der aus allen Nähten zu platzen schien. Eine Luft zum Schneiden. Durch den grauen Schleier hindurch suchte er, unter dem Türsturz stehend, die angetrunkene Gesellschaft nach einem bekannten Gesicht ab.

War Helfrich hier?

17

IHM BRUMMTE DER SCHÄDEL. Immerhin konnte er sich noch daran erinnern, dass er einen formidablen Abend verbracht hatte. Er dachte an die Steinmetzschule und den »Frohsinn«. An die schöne Bedienung im »Hopfengarten«. Und dann an Helfrich, den er zu guter Letzt doch noch getroffen hatte.

Mühsam wälzte sich Otto aus dem Bett, zog sich an und überquerte den Hof in Richtung Hintereingang der Villa. Es schien ein düsterer Tag zu werden, das Abendrot gestern war der letzte Abglanz einer Schönwetterperiode gewesen. Die kalte Morgenluft tat seinem dröhnenden Kopf zwar gut, aber er fror. Vielleicht hatte die alte Berta einen Kaffee für ihn, in der Küche brannte Licht. Als er um die Ecke bog, sah er, dass die Küchentür weit geöffnet war. Berta machte sich gerade am Eisschrank zu schaffen, der auf dem Treppenabsatz stand. Sie wischte auf, was unten an Schmelzwasser heraustropfte. Otto räusperte sich.

»Jessesmariaundjosef! Otto! Erschreck mich doch nicht immer so, Bub!«

Berta hatte die Hand mit dem nassen Putzlappen auf ihr Herz gedrückt und schnauzte Otto an. Er war den Ton gewohnt, sie schien gute Laune zu haben.

»Berta! Tut mir leid.«

Er reichte ihr die Hand zum Aufstehen und sie wuchtete ihren massigen Körper mit seiner Hilfe hoch. Auf ihrer Brust breitete sich ein nasser Fleck aus.

»Na, Schoppen gemacht? Man riecht's noch. Bist auch nicht mehr der Jüngste, Otto; da geschieht dir dein Brummschädel ganz recht.«

Bevor er sichs versah, hatte sie ihn in die heimelige dunkle Küche geschoben. Er setzte sich an den Tisch und sie stellte ihm eine Tasse Muckefuck hin. Weil er wusste, dass es gut gemeint war, bemühte Otto sich, keine Miene zu verziehen. Aber Muckefuck würde ihm jetzt gar nicht helfen. Ein ordentlicher Mokka schon eher. Das gab es hier aber nicht. Erstens Provinz. Zweitens Vater. Und der mochte keinen Mokka, wie er seit dessen letztem Besuch in München wusste. Er sah, dass Mütze und Wolljoppe nicht am Kleiderhaken hingen.

»Ist mein Vater da?«

»Schon weg. In die Fabrik.«

Otto nickte. Durch die Butzenscheiben hatte das spärliche Licht des Tages keine Chance. Es war finster hier drinnen. In seinem Zustand ganz angenehm. Dazu ein gemütliches Feuerchen im Herd. Sein Vater wusste, wie er es sich gut gehen lassen konnte, hier in seinem Reich.

»Wann kommt er wieder?«

»Hat er nicht gesagt. Hat nur gesagt, dass er heute Abend nicht gestört werden will. Er ist in Damengesellschaft.« Berta rollte die Augen und stemmte kopfschüttelnd beide Arme dahin, wo bei schlankeren Frauen die Taille war. Das Wort »Damen« hatte sie besonders gedehnt.

»In Damengesellschaft? Mein Vater?«, setzte Otto an.

Doch Berta kam in Fahrt: »Ein scheußliches Weib, seine Neue. Ganz weiße Haut. Grauenhafte Haare. Eiskalte Augen. Und ein Blick, der einem durch und durch geht.«

»Seine Neue? Berta, wovon sprichst du?«

»Und die anderen Weiber, ganz nackig. Splitterfaser, sozusagen. Schamlos. Wenn das deine Mutter wüsste!«

»Berta, was redest du da? Mein Vater? Seine Neue? Und welche nackten Weiber? Ich versteh nicht.«

»Na, seine Weiber. Oben. Im Grünen Salon.«

Sie deutete mit dem Finger ins obere Stockwerk.

»Im Grünen Salon. Seine Weiber. Aha. Berta, ich habe keine Ahnung, wovon du sprichst.«

Berta sah sich um, als ob noch jemand außer ihnen beiden in der Küche wäre, und beugte sich dann verschwörerisch zu Otto hinunter. Mit gesenkter Stimme flüsterte sie jetzt: »Die Eisige, Bleiche. Die, die sich schamlos nackt rekelt. Und auf dem Tisch im Erker: eine Tänzerin. Auch nackt. Wie Gott sie schuf.«

»Eine Tänzerin? Oben?«

Otto stand auf und wollte aus der Küche in die Halle, um nachzusehen, was da oben los war. Aber Berta hielt ihn am Arm zurück.

»Nein, Otto. Der Herr Gentil lässt niemanden hoch. Außer mir zum Saubermachen. Daher weiß ich alles.«

»Aber Berta, ich bin doch sein Sohn.«

»Tut mir leid, auch niemanden aus der Familie.«

Sie hatte Kraft, das musste er ihr lassen. Otto versuchte es noch einmal.

»Berta, lass mich hochgehen. Ich war doch schon so lange nicht mehr hier. Ich verrate es auch keinem. Das bleibt unter uns. Komm schon. Ich bin's doch nur. Dein kleiner Otto.«

Mit dem letzten Satz hatte Otto bei Berta den entscheidenden Punkt getroffen. Sie war in Verlegenheit geraten. Ihr Blick wurde weich.

»Ich verrate es wirklich niemandem. Du und ich, wir haben doch noch mehr kleine Geheimnisse, oder, Berta?«

Otto schnurrte wie ein Kätzchen, seine Neugier war zu groß geworden. Was ging da oben im ersten Stock vor? Er wusste, dass sein Vater nur in wohlüberlegten Ausnahmefällen Gäste in seine Villa ließ und nicht einmal seine Mutter ihn hier stören durfte.

»Und die Gelegenheit ist günstig. Du hast doch gerade gesagt, dass er in die Firma gefahren ist. Komm schon, Berta.«

Er sah der Köchin, die so manchen seiner Jungenstreiche gedeckt hatte, in die Augen und sie schmolz dahin wie die Butter in einer ihrer Bratpfannen.

»Sag's keinem. Mir ist das nicht recht. Bitte, wenn du partout nicht nachgibst, dann geh hoch. Aber sag's keinem.«

Noch einmal sah sie sich um, ob auch wirklich niemand in der Küche war.

»Ich sag's nicht, Berta. Hab ich doch versprochen.«

Otto schob sich an ihr vorbei und verließ die Küche über die kleine Treppe. Durch den schmalen, kurzen Gang kam er in die eindrucksvolle große Halle im Zentrum des Hauses. Hier hatte sich einiges verändert, seit sein Vater ihn zuletzt hereingelassen hatte. Er sah einen Ritter, ein fast lebensgroßes Nagelbild. Und kastige Sessel, die mit Schnitzereien versehen waren, in denen er die Handschrift seines Vaters erkannte. Während er im hinteren Teil des Raumes die Treppe hochstieg, wurde Bertas Grummeln aus der Küche immer leiser.

Er war nun am Ende der Treppe angelangt und betrat das Lieblingszimmer seines Vaters mit dem Gefühl, in ein Allerheiligstes einzudringen wie ein Frevler. Seine Augen mussten sich erst an das schummerige Licht gewöhnen. Er drehte die Lampe an, doch es wurde nicht wirklich heller. Der Raum gab seine Ecken nicht preis. Die Mitte war menschenleer. Keine fremden Frauen. Was hatte Berta nur geschwätzt?

Reflexartig kontrollierte er den Alkoven rechts von der Treppe, doch es lag niemand darinnen – sein Vater nicht und auch kein bisher unbemerkt gebliebener Gast. Oder meinte Berta sie? An der Wand gegenüber hing auf der grünen Tapete das Gemälde einer selbstverliebten nackten Frauenbüste. Es handelte sich um eine Bacchantin. Sehr gut ausgeführt, dynamische, kraftvolle Pinselstriche, der Körper war nur angedeutet. Sein Vater hatte es vor einigen Jahren von seinem Münchener Freund Franz von Stuck erworben, hier aufgehängt und unzählige Stunden damit verbracht. Jetzt bemerkte Otto auch einen Frauenakt, fast lebensgroß und in der Bewegung sehr realistisch. Die Tänzerin, die Berta gemeint hatte! Sie stand auf einem Tisch im Erker. Nicht übel, aber der Stuck gefiel ihm besser. Er drehte sich um und erschrak, denn im ersten Augenblick hatte er Mizzi gesehen, aber die konnte natürlich nicht hier sein.

Neben dem Art-déco-Spiegel hing links an der Wand ein fast schwarzes Bild. Im Gegensatz zur Bacchantin war das Frauengesicht, das hier abgebildet war, mit feinsten Strichen gezeichnet, fast hätte man es für eine bearbeitete Fotografie halten können. Das Gesicht schien zu schweben und Ottos Augen brauchten eine Weile, bis sie noch mehr Details entdeckten, die von einem breiten, mit Ornamenten verzierten Holzrahmen abgeschlossen wurden. Er ging einen Schritt darauf zu und ein kleiner grüner Fleck erregte seine Aufmerksamkeit. Es war das Auge einer Schlange, das ihn direkt ansah. Ottos Blick wanderte um das weiße Gesicht. Schlangen, immer mehr Schlangen tauchten vor dem Dunkel auf, ein bläuliches Muster auf der Haut. Sie wanden sich um das betörend schöne Frauengesicht, das seinen Mund wie ein schwarzes Loch, das alles einsog, geöffnet hatte. Die Augen waren weit aufgerissen, in der Mitte der weißen Iris stachen kleine schwarze Pupillen hervor. Ein Medusenhaupt! Das Weib gefiel ihm, er konnte den Blick nicht von ihr abwenden. Das also war das dritte Weib, von dem Berta eben gesprochen hatte. Er war sich sicher, dass die meisten Betrachter es abstoßend und furchteinflößend finden würden. Er aber, Otto, hatte den nötigen Kunstverstand, um zu schätzen zu wissen, was hier in seines Vaters Haus an der Wand hing. Es war ebenfalls ein Stuck, so wie die freizügige Dame, die ihr gegenüber hing. Das düstere, mythische Thema war typisch für ihn, unter den Frauendarstellungen im Grünen Salon wirkte sie jedoch unheimlich. Trotzdem ergänzte sie die übrigen Medusendarstellungen, die sein Vater an und in der Villa verteilt hatte. Schon an der bronzenen Eingangstür wehrte eine davon Eindringlinge ab. Sein Vater hatte die beiden Stuck-Gemälde kraftvoll postiert, sodass die Frauen Zwiesprache miteinander halten konnten. Im Gegensatz zur unbekannten Bacchantin, die ihren Wert auf dem Kunstmarkt zweifelsohne hatte, war die Medusa ein Meisterwerk, das sah er auf den ersten Blick. Sein Vater müsste sie für ein Vermögen erstanden haben, so viel stand für Otto fest. Das Begehren pochte in ihm wie ein schneller Puls.

Gehörte sie ihm, könnte er sie verkaufen, hätte er mit einem Schlag genug Mittel, um bei Mizzi landen zu können. Er könnte ihr ein elegantes Leben bieten, sich mit ihr eine Zukunft aufbauen und sie würde sich Ludwig aus dem Kopf schlagen. Er würde mit ihr weggehen, nach Italien vielleicht, ins Land der Künste, oder nach Berlin, Wien, Paris reisen, weg vom Einfluss seiner bürgerlichen Mutter und seines eigenwilligen Vaters, für die sie eine »Amüsierdame« blieb, auch wenn sie sich der Kunst verschrieben hatte wie er. Tänzerin am Theater in München. Italien – Sonne, Meer, ein unglaubliches Licht. Wie oft hatten sie zu dritt davon geschwärmt, Ludwig von Simmerl, Mizzi und er.

Otto stand in sich gekehrt im Raum, während seine Träume sich verselbstständigten und seine Gedanken benebelten. In der pomadisierten Frisur zitterten helle Flecken, die die orientalisch anmutende Deckenleuchte über den Raum verteilte. Es war ein Modell, das sein Vater selbst entworfen und gießen lassen hatte, seinem Geschmack und der Innenausstattung des Grünen Salons angepasst. Ihr Licht erzeugte im Salon eine besondere Atmosphäre.

Er stellte sich nun direkt vor die Leinwand, sah die Linien und Schwünge der Ölfarbe, die mal dicker, mal weniger stark aufgetragen worden war. Erst jetzt fielen ihm die geschmeidigen Bewegungen der Schlangenkörper auf. Überhaupt schien die Medusa mehr und mehr zum Leben zu erwachen, je länger er sie betrachtete. Er sah sie an und sah Mizzi ins Gesicht. Sie zu besitzen war so verlockend, wie Mizzi zu besitzen. Die Medusa könnte ihn zu ihr führen. Aber sie gehörte ihm nicht, so wie Mizzi einem anderen Mann gehörte.

Sollte er versuchen, seinen Vater zu überreden, sie ihm zu überlassen? Fieberhaft suchte er nach einem Grund, der seinen Vater davon überzeugen würde. Erfolglos. Das Argument, dass der Alte genug andere Werke besaß und morgen schon nach dem nächsten Stück für seine Sammlung Ausschau halten würde, zog bestimmt nicht. Wenn er sie haben könnte, hätte sie für ihn, Otto, lebensverändernde Bedeutung. Und für Mizzi.

Vorsichtig strich er mit den Fingerspitzen über das Gesicht. Todbringend waren die Gorgonen der Sage nach. Ihm aber könnte diese Gorgonin ein neues Leben schenken.

Freiwillig würde sein Vater das Bild ihm nicht überlassen, das war klar. Er fühlte sich ertappt wie ein Verbrecher. Schamesröte stieg ihm ins Gesicht. Zweifelsohne war dieses Bild der wertvollste Besitz seines Vaters. Hatte er sich einen Ruck gegeben und die Medusa doch noch von seinem Freund Stuck gekauft? Er hatte ihm doch in München erzählt, dass er das Geschenk ausgeschlagen hatte. Otto wunderte sich. Seitdem hatte sein Vater kein Wort mehr über das Bild verloren. Und es vermutlich auch niemandem gezeigt. Stillschweigend hatte er ihm einen Ehrenplatz in seiner privaten, persönlichen Walhalla eingeräumt. In die er, Otto, jetzt unerlaubt und heimlich eingedrungen war. Würde diese Frau sein Leben verändern? Fühlte er sich doch jetzt schon wie ein Einbrecher, wie sollte er dann zu einem derartigen Frevel fähig sein, seinen eigenen Vater zu bestehlen? Er war kein Dieb.

Als er zurück in die Küche kam, war Berta nicht mehr da. Schnell machte er sich auf den Weg ins Atelier. Er wollte nicht unpünktlich in der Steinmetzschule sein. Und ein wenig Abstand zwischen sich und die Medusa bringen.

18

Neugierig sah von Simmerl aus dem Fenster, aber außer Bäumen und grünen Wiesen war weiterhin nichts zu sehen, was ein wenig Abwechslung geboten hätte. Kaum zu glauben, dass hier bald eine Stadt kommen sollte, sie kündigte sich nicht einmal durch breitere Straßen oder mehr Fuhrbetrieb an. Es war einfach nur alles grün. Von einer beruhigenden Wirkung dieser Farbe spürte von Simmerl allerdings nichts – im Gegensatz zu Mizzi. Sie war durch das gleichmäßige Ruckeln des Waggons und das dumpfe Rollen der Räder schon kurz nach der Abfahrt in Würzburg eingeschlafen.

Von Simmerl fächelte sich mit seinem Hut Luft zu und betrachtete ausgiebig Mizzis Schönheit. Ihr blasses Gesicht war zur Seite geneigt und stützte sich mit der Stirn an die Fensterscheibe, sodass der Blick auf ihren schlanken Hals und den üppigen Haarknoten im Nacken freigelegt war. Wie immer hatte sie sich die Lippen knallrot geschminkt und das Rot wiederholte sich auch im Muster ihrer Handtasche, die wie ein Kissen auf ihrem Schoß ihre zarten weißen Hände trug. Ihre zierliche Erscheinung war so vornehm, dass die bessere Gesellschaft es in einem feinen Salon für einen Witz gehalten hätte, wenn man die Wahrheit über ihre einfache Herkunft erzählt hätte. Sie waren also in München geradezu gezwungen gewesen, sie als Frau Baronin auszugeben. Das hatte natürlich nur außerhalb Schwabings funktioniert, wo niemand sie als Tänzerin kannte. Die perfekte

Partnerin an seiner Seite. Wenn sie erst einmal in Italien wären, würde niemand auch nur im Geringsten daran zweifeln, dass sie seine rechtmäßige, adelige Ehefrau war. Dass sie sich begegnet waren, war wohl vom Schicksal gefügt worden.

Jetzt kam Bewegung in sie, sie streckte ihre Arme nach oben und gähnte herzhaft, bevor sie sich von Simmerl zuwandte.

»Hach, Ludwig, ich bin wohl eingeschlafen. Wo sind wir? Wie weit ist es noch?«

Indem sie sich ihre Cloche wieder zurechtrückte, die im Schlaf verrutscht war, strahlte sie von Simmerl mit ihrem überwältigenden Lächeln an.

»Es kann nicht mehr weit sein. Du hast den Großteil der Strecke verschlafen.« Er lächelte zurück. »Und verpasst hast du auch nichts. Nichts als Bäume, hellgrüne Bäume, dunkelgrüne Bäume, Laubbäume, Nadelbäume. Ein regelrechter Dschungel ist das hier.«

Mizzi lachte. »Ach Ludwig, du bist wohl nach der Großstadt die Natur nicht mehr gewohnt. Schau, hier sind auch schöne Wiesen. Und sind wir nicht nach der Abfahrt aus Würzbach an einem Fluss entlanggefahren?«

»Würzburg.«

»Meine ich ja. Würzburg. Da war doch ein schöner breiter Fluss, fast so wie die Isar. Wie heißt der Fluss noch gleich? Der Rhein, oder?«

»Main, nicht Rhein.«

»Main, ach ja, genau. Das hat Otto erwähnt. Dass seine Stadt am Main liegt.«

Sie ließ ihren Blick aus dem Fenster schweifen. Ludwig gefiel das gar nicht. Wieso schaute sie jetzt so verträumt nach draußen, nachdem sie Otto erwähnt hatte?

»Der Otto hat viel erzählt, wenn der Tag lang war, nicht wahr, Mizzilein?«

Sie wandte sich wieder Ludwig zu.

»Mach dich nicht lustig, Luckilein. Hätte er nicht viel erzählt, wenn der Tag lang war, dann säßen wir jetzt hier nicht in diesem Zug, hab ich recht?«

Schon wieder nahm sie ihn in Schutz.

»Das kann ja heiter werden. Er gefällt dir wohl mehr, als du bisher zugegeben hast, Mizzi. Sei ehrlich!«

Ludwigs Versuch, seine Eifersucht zu verhehlen, war gründlich gescheitert. Mizzi reagierte sofort und grinste undamenhaft.

»Ein gestandenes Mannsbild ist er halt!«, stieß sie amüsiert hervor und ließ dabei den Blick ihrer unerbittlichen Augen an Ludwigs Statur entlanggleiten.

»Wie er wohl reagieren wird, wenn er uns wiedersieht? Du hast uns doch angekündigt, Ludwig, oder?«

»Keine Zeit mehr.«

»Er hat also keine Ahnung, dass wir kommen?«

»Nein. Keine Ahnung. Genauso wenig, wie er weiß, warum wir kommen.«

Von Simmerl hatte dem Wort »warum« eine besondere Betonung verpasst. Der verschwörerische Unterton verfehlte bei Mizzi seine Wirkung nicht. Sie schenkte ihm ein komplizenhaftes Lächeln. Er hatte sie in seine Pläne eingeweiht. Schließlich konnte er eine Verbündete gut gebrauchen, wenn er sein Vorhaben so schnell wie möglich verwirklichen wollte. Und Mizzi war nun einmal die Frau seines Lebens, eine Frau für alle Lebenslagen.

Ludwig versuchte, die Erinnerung an seine überstürzte Abreise zu verdrängen. Mizzi hatte offensichtlich nichts davon bemerkt, dass die Gläubiger ihm immer stärker auf die Pelle gerückt waren. Die Schlägerei vor dem »Simpl« hatte sie wohl auch nicht mit seinen Geldproblemen in Verbindung gebracht. Wie dringend er Geld brauchte, hatte sie noch nicht verstanden, dabei hätte sie nur eins und eins zusammenzählen müssen. Bald, ganz bald schon würde er diesem Versteckspiel ihr gegenüber ein Ende bereiten. Wenn sich alles zum Besten gewendet hatte, in Italien.

Er fuhr sich mit Zeige- und Mittelfinger der rechten Hand in den Vatermörder und versuchte, ihn etwas zu lockern. Dann nahm er sein gelbseidenes Einstecktuch und tupfte sich ein paar Schweißtropfen von den Schläfen.

»Verdammt stickig hier drin.«

Mizzi reagierte nicht. Gelangweilt drehte sie sich wieder Richtung Fenster.

»Da, schau, Ludwig! Jetzt kommen Wiesen und Häuser. Bestimmt sind wir gleich da.«

Sie begann, an ihrer Handtasche herumzunesteln, und zog einen Taschenspiegel heraus. Eingehend musterte sie sich, spitzte die Lippen, besah sich von rechts und links und zupfte ein paar Locken zurecht, die unter der Hutkrempe hervorspitzten.

Ludwig stand auf und schob das Fenster nach unten. Der Fahrtwind pfiff ihm ins Gesicht. Tatsächlich zeichneten sich jetzt auf dem Boden weitere Gleise ab und er konnte in der Ferne ein paar Backsteingebäude sehen. Mehrere hohe Häuser, vermutlich Lager oder Werkstätten, und einen Ringlokschuppen von durchaus beeindruckender Größe. Schien nicht ganz unbedeutend zu sein, das Städtchen. Immerhin lag es an einer wichtigen Bahnstrecke. Die Lok stieß eine große rußige Wolke aus, die am Zug entlang nach hinten zog, und Ludwig schloss geistesgegenwärtig das Fenster wieder, bevor sie ihn erreichte.

»Ach, Herr Baron, wie sehen Sie denn aus?«, flötete Mizzi und richtete seine zerzausten Haare. Dann hauchte sie ihm einen Kuss auf die Lippen.

Die Bremsen des Zugs begannen laut quietschend, die Fahrt zu verlangsamen, und als sie endlich im Bahnhof standen, fauchte die Lok noch ein paarmal, bis sie genug Dampf abgelassen hatte und das mächtige Gefährt endgültig zum Stillstand kam.

Mizzi hatte sich den Bügel ihrer Tasche über den linken Unterarm gelegt und stöckelte bereits durch den engen Gang an den Abteilen entlang zum Ausgang. In der Tür blieb sie stehen und schaute sich suchend um. Von Simmerl war direkt hinter ihr, und was er über ihrer Schulter draußen erkannte, überraschte ihn angenehm: Über dem Bahnsteig wölbte sich ein Dach, das von gusseisernen Säulen gehalten wurde, die sich elegant nach oben schwangen und in korinthischen Kapitellen endeten. Chic und modern. Das Bahnhofsgelände konnte zwar nicht mit München verglichen werden, war aber größer, als er sich das für die Provinz vorgestellt hätte. Ein Blick nach rechts und links, den Bahnsteig entlang, ließ von Simmerl jedoch erkennen, wonach Mizzi Ausschau hielt. Ein freier Gepäckbursche war unter den sich tummelnden Passagieren nicht in Sicht. Ludwig stieg aus und reichte Mizzi die Hand, die nach einem großen Schritt kurz taumelte, sich dann aber geschickt wieder auf ihren Absätzen fing. Sie war eben Tänzerin.

»Nanu? Kein Gepäckbursche zu sehen? Was soll das? Wo sind wir denn hier gelandet?«

Pikiert sah sie sich um.

»Vielleicht in der Halle?«

Von Simmerl schüttelte den Kopf.

»Nein, schau! Es gibt schon welche. Aber nicht genug.«

Er zeigte auf ein älteres Ehepaar, dem ein Jüngling vor-
anging, der an jeder Seite einen Koffer trug und die Hut-
schachtel der Frau unter den Arm geklemmt hatte.

»So muss ich es wohl auch machen.«

Mizzi schüttelte ungläubig den Kopf.

»Aber du willst doch nicht etwa unser Gepäck selbst
tragen, Herr Baron?«

»Baron hin oder her. Wenn ich es nicht mache, dann
fahren unsere Koffer weiter nach Darmstadt. Warte hier,
bin gleich wieder da.«

Ludwig wuchtete sich an den eisernen Griffen die
wenigen Stufen nach oben in den Waggon und verschwand. Kurz darauf erschien er mit leicht geröteten
Wangen wieder in der Tür und sah aus wie der Gepäckbursche, der inzwischen mit seinen Kunden den Bahnsteig verlassen hatte: Rechts zog er Mizzis riesigen Koffer hinter sich her, links trug er seine Reisetasche und
zwei Hutschachteln, die er mit dem Kinn übereinander
festgeklemmt hatte.

»Ah, da bist du ja wieder! Dann gehen wir mal!«

Mizzi hatte ihn nur eines kurzen Blickes gewürdigt und
stolzierte nun voran durch die Bahnhofshalle und auf den
Vorplatz. Ludwig schnaufte hinterher.

»Und nun?«, fragte sie, als sie, nachdem sie sich umge-
schaut hatte, feststellte, dass hier keine schicken Taxi-
droschken warteten wie in München.

»Keine Ahnung«, ächzte Ludwig, »tragen kann ich das
Zeug jedenfalls nicht. Hast du Wackersteine eingepackt,
Mizzi? Wieso ist dein Koffer so schwer?«

»Ich habe eben alles eingepackt, was eine Dame so
braucht, Luckilein.«

Auf dem Bahnhofsvorplatz herrschte reges Treiben, Leute liefen durcheinander in alle Richtungen und das Ehepaar, das den einzigen Gepäckburschen für sich beansprucht hatte, stieg gerade in ein Automobil, auf das ihr Gepäck aufgeschnallt wurde. In einiger Entfernung befand sich eine Baustelle, vermutlich eine Erweiterung des Bahnhofs. Das Automobil rollte inzwischen vom Platz und bog nach links ab, wo von Simmerl ein Paketfahrzeug der Post sehen konnte, das sich ebenfalls gerade in Bewegung setzte. Der Postillion in seiner schneidigen Uniform wirkte wie aus der Zeit gefallen. Das Horn glänzte an seiner Seite. Auf der gepflasterten Straße vor ihm: nichts. Kein Omnibus, keine Straßenbahn, keine Taxis. Lediglich ein paar Handkarren und zwei Pferdefuhrwerke zockelten vom Bahnhof weg. Was tun? Ratlos blieb er neben Mizzi stehen und stellte die Hutschachteln zu Reisetasche und Koffer auf den Boden.

»Warten wir ein Weilchen«, schlug er vor, »vielleicht kommt ja noch ein Taxi.«

Aber es tat sich nichts. Dafür kam der Gepäckträger, den sie vorhin auf dem Bahnsteig beobachtet hatten, zurück.

»He, du da!«, rief von Simmerl in dessen Richtung. Doch der Junge reagierte nicht.

»He! Hallo! Gepäck!«, probierte er es noch einmal.

In diesem Moment gellte ein Pfiff über den Bahnhofsvorplatz. Mizzi. Ihr früheres Leben hatte sein Gutes, dachte sich Simmerl, denn der Junge drehte sich jetzt tatsächlich zu ihnen um, taxierte sie verwundert und näherte sich langsam, wobei er mit den Fingern seiner rechten Hand auf sich deutete und einen fragenden Gesichtsausdruck aufgesetzt hatte.

»Meinen Sie mich?«

Er sah abwechselnd von Mizzi zu ihm und zurück.

»Gepäck. Unser Gepäck. Wir brauchen ein Taxi«, räusperte sich von Simmerl.

»Die Herrschaften sind wohl nicht von hier? Hier gibt's kein Taxi. Aber ich kann Ihnen einen Handkarren besorgen, wenn Sie wollen. Oder Sie fahren mit dem Omnibus.« Der Junge zuckte die Achseln. Neugierig setzte er nach: »Wo wollen Sie denn hin?«

»Ins ... äh ... Hotel. Ins Hotel. Das wird es ja wohl hier geben, wenn's schon kein Taxi gibt? Ein Hotel?«, antwortete Simmerl mit einer Gegenfrage, um Selbstbewusstsein bemüht.

»Ein Hotel? Na sicher! Ganz viele sogar! Gleich da drüben ist unser vornehmstes Hotel, das ›Luitpold‹. Oder wollen Sie lieber an den Main, in den ›Wilden Mann‹? Ist auch sehr gut. Ich kann Sie hinbringen«, schlug der Junge vor und grinste unverhohlen Mizzi an. Diese lächelte künstlich zurück.

»Das beste Hotel am Platze, natürlich. Oder sieht man das nicht?«, fragte sie mit betont pikiertem Unterton, wobei sie ihre Hüfte vorschob und sich in Szene setzte. Der Junge hob seine Schiebermütze und kratzte sich am Haaransatz seines blonden Wuschelkopfes.

»Und ob! Sie sehen nicht grad billig aus, gnädige Frau! Das beste Hotel ist das ›Luitpold‹.«

Wieder grinste er Mizzi an und von Simmerl meinte, etwas Anzügliches in seinem Blick zu sehen.

»Wir nehmen das Hotel am Main«, bestimmte von Simmerl. »Hast du einen Handkarren fürs Gepäck? Wir gehen zu Fuß hinterher. Wird ja nicht so weit sein, hier in der kleinen Stadt. Nicht wahr? »Von Simmerl hatte den frechen Knaben mühelos in seine Schranken verwiesen.

»Wie Sie wollen. Aber die ganze Hautevolee steigt im ›Luitpold‹ ab. Ist nach unserem Prinzregenten benannt. Der hat uns gern besucht in unserer schönen Stadt. Also, dann bring ich Sie jetzt in den ›Wilden Mann‹. Hol nur schnell den Handkarren. Bin gleich wieder da.«

Er zog die Mütze ganz ab, nickte den beiden zu und sie konnten beobachten, wie er auf einen Gleichaltrigen einredete und ihm seinen Handkarren abschwatzte.

Kurz darauf hatte er die Hutschachteln, den Koffer und die Reisetasche neben einem Kartoffelsack auf dem Karren verstaut und nahm die Holme vom Boden auf. Rumpelnd und quietschend setzte er das Gefährt in Bewegung und Mizzi und von Simmerl folgten ihm in gebührendem Abstand, damit sie nicht völlig vom Staub der Straße bepudert wurden.

Es ging erst ein Stück geradeaus, dann bog der Junge nach rechts in eine schmale Straße ab. Sie passierten das »Luitpold«, das wirklich ein äußerst elegantes Hotelgebäude war, wie von Simmerl zugeben musste. Es sah teuer aus. Während Mizzi neugierig in die Auslagen der Schaufenster spähte, wanderte von Simmerls Blick an den Häuserfassaden nach oben. Es waren prächtige Bürgerhäuser, Geld zu verdienen gab es offenbar im Städtchen. Die Häuser waren eher dunkel, aber freundlich, was wohl am roten Stein lag, aus dem sie gebaut waren. Die meisten waren nämlich nicht hell verputzt. Aus demselben Stein verbaute ein massiges Schloss den Blick in die Ferne. Es war riesengroß, geradezu überdimensioniert angesichts der kleinstädtischen Straßen, die es umgaben. Auch der Verkehr war kleinstädtisch an diesem Nachmittag: ein paar Pferdefuhrwerke, Handkarren, Laufburschen, ein Omnibus fuhr vorbei, wenige Automobile. Von Simmerl

134

fiel auf, dass etliche Frauen, die große Bündel schleppten, die Straße belebten, dazu kamen einige Passanten. Er sah genauer hin und erkannte, dass es Schneiderinnen waren, die genähte Kleidung abgaben und neuen Stoff mitnahmen. Alle Passanten hatten eines gemeinsam: Sie musterten ihn und vor allem Mizzi neugierig. Hier kannte wohl jeder jeden. Sie fielen in ihren schicken Kleidern nach der neuesten Mode auf wie ein Hahn auf dem Hühnerhof. Mizzi war etwas zurückgefallen, sie hatte zu lange die Auslage eines Hutgeschäfts studiert. Er drehte sich zu ihr um, lief aber weiter geradeaus, was ein Fehler war, wie sich sogleich herausstellte. Mit der Fußspitze war er an etwas Schweres, Weiches gestoßen. Von Simmerls Schuh steckte in einem Haufen Pferdeäpfel.

»Kruzitürken! Das kommt davon, wenn man mitten auf der Straße laufen muss, weil es keinen Gehweg gibt«, schimpfte er wie ein Rohrspatz. »So eine Sauerei!«

»Aber Ludwig! Deine schönen neuen Schuhe! Kannst du denn nicht besser aufpassen?«

Mizzi, die der Grund für sein Missgeschick war, überholte ihn kopfschüttelnd. Mit traumwandlerischer Sicherheit setzte sie ihre zierlichen Füße zwischen den Häufchen mit Pferdemist aufs Kopfsteinpflaster und schwenkte ihren Schirm lässig vor und zurück. Ihr Kopf mit der Cloche drehte sich nach rechts und links und nickte ihren Bewunderern zu. Sie genoss ihren Auftritt sichtlich. Ein entgegenkommender junger Mann im schwarzen Anzug lüftete seinen Hut und grüßte sie lächelnd. Von Simmerl kratzte notdürftig den Mist mit der Spitze seines Gehstocks vom Leder herunter und folgte missmutig dem ungleichen Gespann aus rumpelndem Handkarren und tänzelnder Tänzerin. Das fing ja gut an, hier. Ihm kamen Zweifel an seiner Idee, sein Glück in der Kleinstadt zu suchen. Er würde seinen Plan so schnell wie möglich in die Tat umsetzen und dann auf Nimmerwiedersehen mit Mizzi verschwinden. Sie hatten das Hotel erreicht. Von Simmerls Laune hob sich. Es sah hervorragend aus.

19

Otto schnitzte gerade mit einem kleinen Küchenmesser, das er Berta abgerungen hatte, an einem Tonmodell für eine neue Reiterskulptur herum, als er draußen im Hof einen Schatten wahrnahm, der die Garagenauffahrt entlang und auf die Ateliertür zuhuschte. Es war ein etwa zwölfjähriger Junge, unter dessen Schiebermütze ein blonder Lockenkopf hervordrängte. Völlig außer Atem klopfte er nun an die Tür.

»Herr Gentil? Herr Gentil? Ich habe einen Brief für Sie.«

Einen Brief, der nicht mit der Post kam? Ungewöhnlich. Otto stutzte, legte das Messer weg, bedeckte das Tonmodell mit einem feuchten Lappen, damit es nicht austrocknete, und wischte sich die Hände an seiner Schürze ab. Er öffnete die Tür.

»Ja bitte?«

»Sind Sie der Herr Gentil?«, wollte der Laufbursche mit einem aufrichtigen Augenaufschlag wissen.

»Bin ich. Fragt sich nur: Welcher?«

Der Junge wunderte sich: »Wieso welcher?«

»Na, hier gibt es mehrere Herren Gentil. Ganz einfach.« Otto stemmte seine linke Hand in die Hüfte.

»Ich such den Otto Gentil. Sind Sie das oder nicht?«, ließ sich der Junge nicht einschüchtern.

»Bin ich.«

»Hier, bitte schön. Der Brief ist nämlich für Sie. Für Herrn Otto Gentil. Vom ›Wilden Mann‹.«

Otto nahm ihm den Brief ab und fragte nach: »Vom wilden Mann? Von welchem wilden Mann denn? Die Schrift sieht mir doch sehr zivilisiert aus. Wer hat dich geschickt?«

»Na, die feinen Herrschaften aus dem ›Wilden Mann‹. Sind mit dem Zug gekommen. Ich hab sie hingebracht, mit ihrem ganzen Gepäck. Für ein ordentliches Trinkgeld. Hat sich gelohnt.«

Er sah Otto auffordernd an und streckte seine rechte Hand aus.

»Feine Herrschaften im ›Wilden Mann‹?«

Otto kramte in seiner Hosentasche nach ein paar Pfennigen, legte sie auf die schwielige Handfläche und drehte den Brief herum. Kein Absender. Merkwürdig.

»Danke. Wenn Sie mich brauchen, jederzeit wieder, Herr Gentil.«

Der Junge lupfte seine Mütze und verließ zufrieden den Hof, während Otto zurück ins Atelier ging und mit dem vom Ton verklebten Messer den Briefumschlag aufschlitzte. Otto überlegte. Sie erwarteten in der Steinmetzschule den Besuch des Leiters der Steinmetzschule in Demitz zu einem fachlichen Austausch. Aber der hatte sich eigentlich erst für Dreikönig angekündigt, wenn es im Geschäft wieder ruhiger wurde. War er doch schon früher gekommen? Neugierig entfaltete Otto das Papier. Es war in der Tat eine Männerhandschrift. Die Buchstaben hatten jedoch nichts Grobes, wie man es von einer Männerhand, die zupacken und Stein behauen konnte, erwarten würde. Sie waren eher zierlich geschwungen und verschnörkelt. Kein Wunder, wie Otto an der Unterschrift ablesen konnte. Der Brief war von Ludwig von Simmerl. Was zum Teufel machte der denn im »Wilden Mann«? Eilig flogen seine Augen von Zeile zu Zeile. Ludwig war tatsächlich zu Besuch in Aschaffenburg, auf der Durchreise nach Frankfurt, wo er Geschäfte machen wolle. Da habe er unbedingt seinen alten Freund Otto besuchen wollen. Er bleibe ein paar Tage in der Stadt, um ihn zu sehen, und hoffe, er käme einigermaßen gelegen. Otto lebe doch sicherlich weiter sein Künstlerleben und habe für ihn Zeit.

Otto ließ das Blatt sinken. Ludwig von Simmerl! Der Baron aus München in der Stadt! Das war wirklich eine gelungene Überraschung. Wehmütig erinnerte er sich an die Schwabinger Zeit, an biergeschwängerte Abende im »Simpl« mit von Simmerl und den anderen und natürlich an Mizzi! Von ihr war im Brief keine Rede. Hatten sie sich getrennt? Kurz keimte Hoffnung in Otto auf, die seine Vernunft aber im Keim erstickte. Sicher war Mizzi in München geblieben wegen eines Engagements. Und weil von Simmerl sie bei seinen Geschäften in Frankfurt sowieso nicht brauchen konnte. Er würde ihn am besten selbst danach fragen. Zu dumm, dass er den Laufburschen gleich wieder hatte abziehen lassen. Aber solche Post war er nicht gewohnt. Er fummelte seine Taschenuhr aus der

Westentasche und unter der Schürze hervor. Kurz vor fünf. Er könnte sich umziehen, zum »Wilden Mann« gehen und von Simmerl zum Abendessen ausführen. Sonst hatte er sowieso nichts vorgehabt heute Abend. Und seit er Lehrer der Steinmetzschule war, war er immer flüssig und bei den Wirten ein gern gesehener Gast. Für den Baron würde er etwas tiefer in die Tasche greifen. Er wollte ihn mit seiner ganzen bürgerlichen Existenz beeindrucken, den feinen Herrn aus München. Er löste den Knoten seiner Schürze und streifte sie sich über den Kopf. Ausgehen im Abendanzug! Endlich mal wieder. Hoffentlich passte der ihm noch.

Am »Wilden Mann« angekommen, lehnte er sein Fahrrad unter den Bogen des Hintereingangs und betrat das Hotel von dort. Schon oft hatte er mit seinem Vater Gäste besucht, meist Firmenkunden der Pumpenfabrik. Das lag aber lange zurück. Erst die Münchener Zeit und nun seine Arbeit in der Steinmetzschule, die ihm bis jetzt keine Gelegenheit dazu geboten hatte.

Der Rezeptionist begrüßte Otto zurückhaltend und leicht irritiert.

»Ah, der Herr Gentil junior. Sie wünschen ein Zimmer?«

Otto schüttelte den Kopf.

»Ich mache einen Besuch. Bei einem alten Freund aus München.«

Die Selbstverständlichkeit, mit der ihm das Wort »Freund« über die Lippen gekommen war, erstaunte ihn selbst. War von Simmerl ein Freund? Eher ein Konkurrent. Ein befreundeter Konkurrent also. Aber das konnte er dem Rezeptionisten nicht auf die Nase binden. Weil der keine Reaktion zeigte, sondern stattdessen betont höflich zu Otto aufblickte, setzte er hinzu: »Ein allein reisender Herr aus München. Vornehm. Melden Sie mich bitte an.«

»Wie meinen? Ein vornehmer Herr aus München? Alleinreisend? Haben wir nicht.«

Die letzten drei Worte hatten blasiert geklungen. Otto wurde ungeduldig.

»Herr von Simmerl. Herr Baron Ludwig von Simmerl.«

Das Wort »Baron« hatte er besonders betont und nach der ersten Silbe eine theatralische Pause gesetzt. Dabei lehnte er sich lässig an das Rezeptionsmöbel, nahm seinen Hut vom Kopf und drehte ihn nonchalant über die Finger seiner rechten Hand. Sein Auftritt verfehlte seine Wirkung nicht, denn jetzt hellte sich die Miene des Hotelangestellten auf und er blätterte hektisch in seinem dicken Buch mit den Reservierungen.

»Der Herr Baron, ach so! Sie meinen den Herrn Baron! Die Herrschaften sind erst heute Mittag angereist. Ich lasse sofort nach ihnen schicken.«

Beflissen wandte er sich daraufhin an einen Knaben, der in der Ecke der Hotelhalle mit einem Straußenfederwedel gerade dabei war, eine Messinglampe abzustauben. Anders als in den großen Hotels Münchens trug er keine Pagenuniform, sondern die einfache Kleidung eines Arbeiterkindes: Knickerbocker, Hemd ohne Kragen und ein dickes schwarzes Jackett darüber, das seine besten Tage schon gesehen hatte und so wirkte, als habe er es von einem älteren Bruder geerbt. Otto erkannte den Jungen, der ihm den Brief von Ludwig gebracht hatte.

»Rudi, sag dem Herrn Baron und seiner Begleitung, dass Besuch für ihn da ist. Der Herr Otto Gentil.«

Jetzt klang der Rezeptionist ein wenig schleimig. Ein Baron und der Sohn vom Pumpenanton gleichzeitig in seinem Hotel, das hatte etwas Glamouröses und war alles andere als alltäglich.

Otto jedoch schenkte ihm keine Beachtung. Hatte er richtig gehört? Die Herrschaften? Begleitung? War etwa Mizzi dabei? Sein Herz machte einen kleinen Hüpfer, ob aus Freude oder aus Nervosität. Mizzi! Er hätte nicht gedacht, sie so schnell wiederzusehen. Sie überhaupt wiederzusehen. Hinter dem Rezeptionstisch war ein Spiegel in den Wandschrank eingelassen, in dem er sogleich seine Frisur überprüfte und mit der Handfläche sein volles dunkelblondes Haar an den Seiten zurückstrich. Hätte er gewusst, dass Mizzi dabei war, hätte er Pomade benutzt. War Mizzi mitgekommen, um ihn wiederzutreffen? Auch wenn sie an von Simmerls Seite angereist war, wollte Otto die zarte Hoffnung darauf nicht so schnell aufgeben.

Aus dem Treppenhaus näherten sich jetzt Schritte, gedämpft von dem dicken, in die Jahre gekommenen Teppich, der den Holzfußboden zwischen Flur und Stufen bedeckte. Es waren eindeutig kleine, tippelnde Schritte und größere, weit ausholende. Kein Zweifel, Ludwig kam mit Mizzi die Treppe zu ihm in die Halle hinunter. Otto zupfte seinen Kragen zurecht und schnippte mit dem Zeigefinger eine Hautschuppe von der linken Schulter, die ihm beim Richten der Frisur aus dem Haar gefallen sein musste. Aus dem Augenwinkel prüfte er noch einmal schnell den Sitz seines Abendanzugs. Tadellos. Seine muskulöse Brust wurde durch den schmalen Schnitt und die Tatsache, dass er durchs Rudern, Fahrradfahren und nicht zuletzt die Arbeit mit den Steinen gut trainiert war, vorteilhaft in Szene gesetzt. Sie kamen den letzten Treppenabsatz herunter, das Stampfen der Schritte wurde lauter und gleich würde er Mizzi wiedersehen! Dabei war er wegen von Simmerl hier. Aber was führte sie aus München nach Aschaffenburg? Als er hörte, dass sie die Hotelhalle mit der Rezeption erreicht hatten, drehte er sich schwungvoll und freudig in ihre Richtung um und wollte mit offenen Armen auf Mizzi und Ludwig zugehen, bis er stutzte und bemerkte, dass die kleineren, leichteren Schritte gar nicht von Mizzi stammten. Der Knabe, den der Rezeptionist nach oben geschickt hatte, eilte zurück zu seinem Staubwedel und fuhr schwungvoll über die Fensterbänke.

Er hätte sich ohrfeigen mögen. Wie konnte er nur so dumm sein? Wie einen Narren hatte der Gedanke an Mizzi ihn sofort wieder aus dem Konzept gebracht.

Ludwig von Simmerl jedoch bemerkte seine Erstarrung nicht oder ging weltmännisch darüber hinweg, denn er öffnete nun seinerseits seine Arme und ging federnden Schritts auf Otto zu.

»Otto! Welch eine Freude, dich zu sehen. Komm her, mein Freund!«

Er drückte ihn flüchtig an seine Brust und Otto konnte sein Parfum riechen. Für einen kurzen Moment schloss er die Augen und war im »Simpl«. Doch die schwere Hand, die Ludwig auf seine Schulter sinken ließ, holte ihn sofort wieder zurück ins Hier und Jetzt.

»Ludwig! Wie schön!«

Die beiden Männer sahen sich an. Der Rezeptionist, der heimlich die Szene beobachtete, räusperte sich verlegen. Wo war Mizzi? War sie doch nicht mitgekommen? Aber der Hotelangestellte hatte von »den Herrschaften« gesprochen. Oder hatte Ludwig vielleicht eine Neue? Und was glotzte er ihn so an wie ein Verliebter? Otto trat einen

Schritt zurück und sagte so freundlich, wie er es nach dieser ersten Enttäuschung und vor dem dämlichen Portier vermochte:

»Was treibt dich nach Aschaffenburg, in die Provinz, weg aus deinem geliebten München?«

»Oh, Geschäfte, Geschäfte. Ich bin auf der Durchreise. Und da wollte ich mir einen Besuch bei meinem alten Freund Otto nicht entgehen lassen.«

Ludwig strahlte ihn an. Otto konnte nicht anders. Er fühlte sich geschmeichelt von diesem Kompliment des gut aussehenden Großstädters.

»Was immer es sein mag: Willkommen in meiner Heimat, die dein Namensvetter, der König Ludwig, so gerne besucht und mit Nizza verglichen hat«, begrüßte er ihn nicht ohne Charme.

Ludwig hatte sich bei Ottos Worten geziert ans Herz gefasst und antwortete nun, um Ergriffenheit im Ton bemüht:

»Otto, hab Dank für deine warme Begrüßung, vergelt's Gott, sozusagen. Es ist schön, dich wiederzusehen. Wie lange ist es her seit unserer letzten Begegnung? Zwei Monate? Drei?«

»Schon länger, Ludwig, schon viel länger. Es war noch Sommer, als ich München den Rücken gekehrt habe.«

Der Rezeptionist lauschte dem Gespräch gebannt und machte keinen Hehl mehr daraus, dass er an der Unterhaltung dieser beiden Herren sehr interessiert war. Auch der Junge wedelte wieder auf der Messinglampe herum, bewegte sich aber nicht weg, obwohl sie bereits in vollem Glanz erstrahlte. Otto wand sich. Die Situation war ihm unangenehm. Sicher würde es spätestens morgen Stadtgespräch sein, dass er Herrenbesuch aus München hatte. Von einem zwar nicht schwulen, aber immerhin recht schwülen Baron.

Bevor Ludwig noch weiter ausholen und Anspielungen auf ihre Münchener Zeit machen konnte, wollte er hier raus. Das ging niemanden etwas an. Schließlich war er in diesem Moment nicht Otto, der Skulpteur und Ziseleur, der Lebemann, sondern Otto Gentil, der Sohn vom Pumpenanton und einem der einflussreichsten Bürger der Stadt. Und Lehrer der Steinmetzschule war er obendrein. Einen Skandal mit Klatsch und Tratsch aus seiner wilden Münchener Feierlaune konnte und wollte er sich in seinem Heimatstädtchen nicht leisten. Das war er seinem Vater und seiner Zukunft schuldig. Er räusperte sich vernehmlich und drehte dabei seinen Kopf Richtung Rezeption. Ertappt vertiefte sich der Hotelangestellte in seine Bücher.

»Komm! Gehen wir aus! Du hast bestimmt Hunger?«, wandte er sich fragend an von Simmerl und setzte nach: »Oder sollen wir noch auf Mizzi warten?«

Es war ein Volltreffer. Er hatte diese Frage nachgeschoben, weil ihn die Antwort viel mehr interessierte als zu erfahren, was Ludwig nun wirklich in Aschaffenburg wollte.

Überrascht antwortete dieser: »Oh, Mizzi hat sich schon hingelegt. Sie fühlt sich nicht gut. Ist unpässlich.«

Otto wusste, was er wissen wollte. Sie war also dabei! Er würde sie wiedersehen. Vielleicht nicht heute, aber sicher in den nächsten Tagen; es war nur eine Frage der Zeit. Umso leichter fiel es ihm daher, mit Ludwig aufzubrechen.

»Oh, die Ärmste. Dann lass uns gehen, Ludwig. Ich freue mich auf einen unterhaltsamen Abend mit dir!«

Gemeinsam verließen die beiden eleganten Herren

das Hotel. Otto führte von Simmerl erst zum Essen aus, danach ließen sie die Münchener Tage wieder aufleben und tranken sich durch die Schankwirtschaften. Im Hopfengarten trafen sie Helfrich.

20

Widerlich, dieser Fischgestank! Gentil hatte den Schönborner Hof noch nicht einmal ganz erreicht, aber die Ware der Fischweiber konnte er jetzt schon riechen. Was mussten die heute ihren Fischmarkt am Freihofsplatz abhalten? Hier war doch sonst der Dibbemarkt. Das würde sich hoffentlich nicht dauerhaft einbürgern. Mitten in der Stadt. Moderner Kokolores oder wie der Ascheberscher sagen würde: »Förz mit Krücke«. Wenn es nach ihm ginge, sollten die Fischer bleiben, wo sie hingehörten – in der Fischergass'. Eben am Main unten. Jetzt bog er vor dem gelb verputzten Schlösschen links ab und trat aufs Gas. So schnell wie möglich wollte er am Freihofsplatz vorbei. Nicht nur er hielt dabei die Luft an. Dass ein paar Dienstmädchen wegen seines rasanten Tempos zur Seite hüpften und kreischten, machte ihm nichts aus, es gefiel ihm sogar.

Ehre, wem Ehre gebührt, und seinem Wagen gebührte Ehre. So einen Adler hatte hier sonst keiner.

Rechts und links der Straße herrschte reges Treiben, Kindermädchen schoben Säuglinge in riesigen »Kinnerscheesen« hinter ihren Dienstherrinnen her, Köchinnen trugen voll bepackte Körbe nach Hause und ein paar besser gekleidete Herren standen vor dem »Hopfengarten« und unterhielten sich. Ein Zeitungsjunge pries lauthals den Aschaffenburger Anzeiger an und auf der neuen Litfaßsäule am Eingang der Herrschelgass' prangten kreischend bunte Werbeplakate – Odol, Persil, Margarine vom Adlerwerk in Frankfurt. Vergnügt ließ Gentil das Schloss links liegen und dachte sich, dass sein Städtchen hier einen Hauch von Welt verströmte – vom heutigen Fischmarkt einmal abgesehen.

Jetzt fuhr er auf den neuen Hauptbahnhof zu. Gut, dass er seinen Staubmantel und seine Fahrerhaube angezogen hatte, denn die Erweiterung des Hauptbahnhofs machte jede Menge Lärm und Dreck und schließlich hatte er einen offenen Wagen. Es war guter Dreck, den er hier sah. Es ging voran mit der Stadt. Die Industrie boomte und man brauchte eine bessere Verkehrsanbindung. Dazu hatte er auch seinen Beitrag geleistet. Die Papierfabrik, die Lenkradfabrik, seine Pumpenfabrik – sie waren ordentliche Arbeitgeber und es ging immer bergauf mit den Aufträgen. Von der Wirtschaftskrise, die die Zeitungen im Land heraufbeschworen, war hier noch nichts zu spüren.

Kaum hatte der Lärm der Baustelle abgenommen, wurde es schon wieder laut. Die Glattbacher Überfahrt mit ihrem Kopfsteinpflaster konnte man schon von Weitem hören. Sie war die Einfallschneise für die Dämmer Bauernburschen, die mit ihren Handkarren voller Kartoffeln und Rüben die Eisenbahnüberführung hinaufrumpelten. Er versprengte einen Trupp von drei Buben, die ihre mit schweren Säcken beladenen Karren nebeneinander herzogen. Fröhlich grüßte er sie, obwohl sie ihm hinterherschimpften. Gleich war er da, die Herbstsonne leuchtete das Fabrikgebäude an und spiegelte sich in den großen Fenstern. Es war so modern, dass es auch in Frankfurt hätte stehen können. Stolz bog Gentil auf das Fabrikgelände ein, klopfte sich den staubigen Mantel aus und betrat noch mit Fahrerhaube auf dem Kopf den Bürotrakt. Gegen das Rumpeln der Karren und die schwer stampfenden Baumaschinen klang das Tippen der Bürofräuleins auf ihren Schreibmaschinen wie eine feine Melodie. Auftragsmelodie. Musik in seinen Ohren.

Er wollte direkt in seine Metallgießerei, um zu sehen, ob das neue Pumpenteil, das er mit seinem Meister Keller ausgetüftelt hatte, schon fertig war. Ging er aus dem kleinen Bürotrakt heraus, stand er mitten in der großen Halle mit der Dampfmaschine, die zischend ihren Druck in Maschinenbewegungen umleitete. Überall sausten Schwungräder durch die Luft, ratternde Keilriemen aus dickem Leder trieben glänzende Pleuel an und es roch nach Öl, Schmierfett und Kohle – herrlich. Gentil war in seinem Element. An ein paar Arbeitern vorbei, die mannshohe Kolben begutachteten und ihr Gespräch kurz unterbrachen, um ihn zu begrüßen, kam er an die Lehrlingswerkstatt. Er öffnete die grau lackierte Tür und fand sich in einem kleinen Raum wieder, in dem er schon viel Zeit verbracht hatte. Das war das Herz seiner Firma, besser gesagt das Gehirn, denn hier tüftelte er mit seinem alten Weggefährten Franz Keller an der Verbesserung seiner Kreiselpumpentechnik herum. Nur im ständigen Fortschritt, im Fleiß lag eine gesicherte rosige Zukunft. An der gegenüberliegenden Wand war eine weitere Tür und mehrere große Fensterscheiben, die bis auf Hüfthöhe hinabreichten, gaben den Blick in die Lehrlingswerkstatt frei. Dort stand Keller mit dem Rücken zu ihm und erklärte einigen jungen Burschen etwas. Sie hatten große Metallfeilen in den Händen und standen jeder an einem Schraubstock, in den schmale Metallröhren eingespannt waren. Die Lehrlinge hingen an seinen Lippen. Keller wurde von ihnen nicht nur als Vorgesetzter geschätzt, sondern auch als Meister seines Fachs. Seine Geschicklichkeit als Feinmechaniker war in der Stadt gefragt. Gentil wusste, dass in seinem Keller eine riesige massive Werkbank stand, die er selbst gebaut hatte. Dort stellte er in seiner Freizeit mechanisches Spielzeug für reiche Aschaffenburger und deren Kinder her. Seine besondere Spezialität waren Dampfmaschinen. Davon hatte er schon etliche gebaut. Ganz stolz war er, dass jedes Einzelteil von ihm handgefertigt war. Keller drehte seinen Kopf, denn ein Lehrling hatte ihn darauf aufmerksam gemacht, dass Gentil im Vorraum stand. Keller nickte ihm lächelnd zu. Gentil zog seinen Staubmantel und die Kappe aus und hängte beides an einen Nagel, den er einmal zu diesem Zweck in die Wand geklopft hatte. Er war Keller ein Dorn im Auge.

»Da bauen wir die tollste Pumpentechnik und exportieren sie in fremde Länder, und dann so ein Garderobenhaken! Unwürdig ist das!«, hatte er kopfschüttelnd gesagt.

Jetzt kam er herein; im Hintergrund feilten die Lehrlinge drauflos.

»Ah, der Schandel ist da! Wie geht's?«, grüßte er jovial.

»Könnte nicht besser sein, Franz!«

Auch Gentils Laune war zum Besten.

»Was macht unser Werkstück aus der Gießerei? Schon geholt, Franz?«

»Ja, hier ist es!«

Keller deutete auf den Tisch in der Ecke des Raumes, auf dem einige Motorenteile einer Pumpe zwischen Werkzeugen herumlagen.

»Es ist genauso geworden, wie wir es uns vorgestellt haben. Aber die Herstellung ist sehr aufwendig«, fachsimpelte er sofort drauflos.

Die beiden Männer beugten sich über den Tisch und begutachteten ihre neueste Erfindung, begleitet vom rhythmischen Stampfen der Maschinen, das gedämpft aus der Halle hereindrang. Gentil war in seinem Element. Besser konnte der Tag für ihn nicht mehr werden, dachte er. Er ahnte nicht, wie recht er damit hatte.

Am Nachmittag verschaffte er seinem Gesellen Helfrich eine echte Sternstunde: Er nahm ihn im Adler mit zu einer Baustelle in der Nähe des Floßhafens, wo er mit ihm die Endmontage einer großen Brunnenpumpe kontrollieren wollte. Helfrich platzte fast vor Stolz auf der Fahrt durch die Stadt. Sie sausten den Löhergraben hinunter. Über dem spiegelglatten Main schwebte ein dünner grauer Schleier, rechts lag das Schloss und bei den Flößen herrschte reges Treiben. Rund um den Brunnen ebenfalls. Hier standen einige ölverschmierte Arbeiter in ihren blauen Kitteln, sie waren muskelbepackt, um die harte Arbeit mit den schweren Pumpenteilen bewerkstelligen zu können. Es waren echte Kaventsmänner. Dazwischen standen zwei schmächtige, schmale Bübchen, etwa zwölf bis vierzehn Jahre alt. Gentil betrat die Baustelle, Helfrich stolzierte hinter ihm her. Die Arbeiter wichen kaum zurück, nickten ihnen nur zu.

»Gab's Probleme?«, wollte Gentil wissen.

Die Arbeiter verneinten.

»Alles montiert?«

»Nur noch die Flansche festziehe. Des mache unserne Spezialiste«, dröhnte der eine und ließ seine schwielige Pranke so schwer auf den schmächtigen Knaben neben ihm sinken, dass dieser in die Knie ging. Er war ein wenig blass um die Nase.

»Na dann. Kann's losgehen?« Gentil rieb sich die Hände. Was er gleich genießen würde, war eines seiner liebsten Schauspiele.

Die Arbeiter knoteten den zwei Buben jeweils ein dickes Seil um den Bauch und drückten jedem einen riesigen Schraubenschlüssel in die Hand. Dann begann das oft geübte, gut eingespielte Manöver: Die beiden Jungs wurden langsam, in einer gleichmäßigen Bewegung, in die schmalen Kolben hinabgelassen. Stück für Stück verschwanden sie im Brunnen, erst war noch der Oberkörper, dann nur noch der Kopf, der Haarschopf und schließlich war nichts mehr von ihnen zu sehen. Die Arbeiter gaben Stück für Stück Seil nach. Die dicken Seilenden hatten sie sich um die Hüften gelegt, die Hände rechts und links hielten, in großen Arbeitshandschuhen verpackt, das Gewicht der Buben. Bei jedem Stück, das zugegeben wurde, stemmten sich die Männer gegen den Ruck und ihre Beine schienen, knorrigen Eichen gleich, im Boden verwurzelt zu sein. Gentil sah mit Genugtuung zu, wie jedes Mal, wenn es um die Endmontage eines Brunnens ging.

»Noch Seil!«, dröhnte es von unten aus dem rechten Kolben hallend herauf.

Die Stimme des Knaben schallte metallisch. Der Arbeiter gab zu. Es war nicht mehr viel Seil übrig.

»Noch!«, setzte die scheppernde Stimme nach.

»Jetzt genug?«, rief der Arbeiter nach unten.

»Noch!«

»Bist du noch nicht unten? Wird's bald, Stiftekopp?«, wurde der Arbeiter ungeduldig. Es kam keine Antwort mehr. Der Junge schien unten angekommen zu sein. Rhythmisch fiel er in das Klimpern und Dröhnen aus dem anderen Kolben ein. Minutenlang schraubten sie an den Flanschen. Gentil konnte auf den angespannten Muskeln der Männer sehen, wie sich eine schweißig glänzende Schicht bildete. Auch auf den Stirnen standen ihnen die Schweißperlen. Ihre Schuhe stützten sie jeweils gegen die eines Kollegen. Hätten sie jetzt aus Versehen oder weil die Kräfte nachließen, einen Schritt nach vorn gemacht, wären die Buben in den Kolben ruckhaft nach unten gestoßen und womöglich in eine gefährliche Situation gebracht worden. Die Klopf- und Drehgeräusche verhallten allmählich und erst aus dem linken, dann aus dem rechten Kolben erklang das Kommando zum Hochziehen. Zu mehreren zogen die Arbeiter nun an den Seilen die beiden Knaben nach oben, wobei sie sich mit »Hau Ruck«-Rufen anfeuerten und einen gleichmäßigen Rhythmus vorgaben. Zuerst spitzten ein blonder und ein rötlicher Haarschopf über den Kolbenrand. Dann erschienen die zarten Gesichter der Stifte. In diesem Moment ertönte ein spitzer Schrei.

Die auf der Baustelle anwesenden Männer erschraken: Einer der Arbeiter machte überrascht einen Schritt nach vorne und der Bub verschwand wieder so weit in der Röhre, dass nur noch die Haarspitzen herausschauten. Zwei Kollegen stürzten sich auf den Mann und hielten ihn fest, damit der Junge nicht noch weiter hineinrutschte. Dieser schrie auf: »Halt! Heh, halt! Was soll das?«

Gentil löste seinen Blick von den Kolben und schaute suchend über seine Schulter. Und was er sah, mochte er kaum glauben, ja, er konnte seinen Augen nicht trauen. Der spitze Schrei kam von einer Dame, deren elegante Aufmachung hier so wenig her passen wollte wie ein ölverschmierter Mechanikerlehrling in eine Opernvorstellung. Sie hielt sich ihre zierliche, ledern behandschuhte Hand vor die rot geschminkten Lippen, wie um einen weiteren Aufschrei zu verhindern. Über dem Handgelenk ihrer anderen Hand hing der hölzerne Griff ihrer Handtasche, die aussah wie ein Gobelinkissen. Sie erinnerte Gentil spontan an die bestickten Monster, die seine Frau zu Hause auf ihrem Kanapee drapierte. Die hübsche junge Frau trug einen modern geschnittenen Mantel, der unterhalb der Hüfte lediglich von einem breiten Riegel zusammengehalten wurde und so kurz war, dass er ungehörig viel von ihren schlanken Beinen enthüllte. Ihre Füße steckten in Absatzschuhen, die um die Knöchel von einem schmalen Riemchen gehalten wurden, auf das von der Mitte des Fußausschnitts her ein t-förmiges Lederband zulief. Diese Lederriemchen waren cremefarben und setzten sich dadurch auffällig vom Schwarz der Schuhe ab. Gentil ertappte sich dabei, wie er verzückt auf das Muster der kunstvollen Nahtstiche starrte. Irgendwo hatte er das schon einmal gesehen, aber wo? Auch die Handschuhe kamen ihm bekannt vor, feinstes Ziegenleder. Ziege! Genau! Das war's! Er kannte diese Dame aus München. Es war diese dumme Ziege, die Otto an dem Abend, an dem er sich den Nonnenbruch hatte aufschwatzen lassen, schöne Augen gemacht hatte. Diese Alpenmadonna. Und richtig: Hinter ihr kamen Otto und der Möchtegern-König an die Baustelle heran, dieser Ludwig von Simmerl. Was zum Teufel wollten die in Aschaffenburg?

Gentils Laune, die eben noch prächtig gewesen war, befand sich schlagartig in etwa in den Gefilden, in denen gerade noch die schmalen Lehrlinge herumgeschraubt hatten. Was wollten die drei hier und wie wurde er sie auf schnellstem Weg wieder los? Er fühlte sich wie Diogenes in seiner Tonne.

»Hach, der Herr Gentil! Grüß Sie Gott, mein Herr, grüß Sie Gott!«, flötete Mizzi ihn an und hielt ihm nach ein paar vorsichtigen, stöckelnden Schritten in seine Richtung erwartungsvoll ihre Hand zum Kuss hin. Ihre Körperhaltung strahlte etwas Huldvolles aus. Die Arbeiter raunten, die Dame machte Eindruck.

Gentil versuchte sich zu erinnern, inwieweit Archimedes damals mit seinem »Störe meine Kreise nicht« Erfolg gehabt hatte, ergriff dann aber notgedrungen unter den Augen seiner Männer die schmale Hand des Fräuleins. Sie stand nun einmal wie aus dem Boden gewachsen vor ihm, es war unmöglich, sie zu ignorieren. Schließlich wusste er, was sich gehörte. Gentil drückte seine Lippen auf das weiche Leder. Die Arbeiter feixten und tuschelten. Mizzi zog mit gehobenen Augenbrauen ihre Hand zurück.

»Huch, wie ungestüm, der Herr Gentil!«, lächelte sie gezwungen.

Von Simmerl, der direkt hinter ihr gestanden hatte, trat nun einen Schritt zur Seite und lupfte zum Gruß den Hut.

»Herr Gentil! Habe die Ehre!«

Ein angedeuteter Kratzfuß folgte.

Habe die Ehre? Habe die Masern, machte sich Gentil innerlich über diesen bajuwarischen Gruß lustig, was er mit einem lauten: »Grüß Gott!« verhehlte.

In der nun entstehenden Pause nickte er den Ankömmlingen zu, die wie Fremdkörper auf seinem Terrain herumstanden. Sein Tonfall ließ keinen Zweifel darüber zu, wer hier zu Hause war, als er sie warnte:

»Vorsicht! Gehen Sie nicht zu dicht an die Brunnenschächte heran! Nicht, dass es zu einem Unglück kommt! Und ihr«, wandte er sich an seine Arbeiter, die wie die Zuschauer eines Theaterstücks um das Geschehen herumstanden, »weitermachen. Ihr werdet nicht fürs Rumstehen bezahlt.«

In etwas milderem Ton lobte er die Lehrlinge, die inzwischen unbeachtet über den Kolbenrand zurück in die Freiheit geklettert waren und die Knoten der Seile gelöst hatten.

»Gut gemacht! Gibt am Zahltag was extra.«

Aus der Männermenge löste sich nun jemand, den Otto zu kennen schien, wie sein überraschter Blick verriet.

»Grüß dich, Otto!«

»Hans!«, nickte Otto knapp zurück und wandte sofort den Blick ab.

Dafür wandte sich Gentil jetzt an seinen Sohn: »Was verschafft mir die Ehre? Otto, du hast deinen Besuch aus München gar nicht angekündigt.«

Bei der Erwähnung von »München« drehte sich Helfrich, schon zum Gehen gewandt, noch einmal um.

»Ich bin selbst überrascht worden, Vater«, antwortete er etwas hölzern und fügte hinzu: »Der Baron und seine charmante Begleitung sind nur auf der Durchreise. Sie haben beruflich in Frankfurt zu tun und wollten mir aus alter Verbundenheit einen Besuch abstatten.«

»So«, schnaufte Gentil ratlos auf.

»Herr Gentil, wir wollten es uns nicht entgehen lassen, Ihren Sohn und Sie zu besuchen. Otto hat uns ja schon so viel erzählt von dieser schönen Stadt. Schloss Johannisburg, das Pompejanum, alles reizend, ganz reizend. Otto führt uns gerade herum. Besser gesagt, er fährt uns herum.«

Otto musterte seine Schuhspitzen. Gentil runzelte die Stirn. Das sah seinem Sohn ja ähnlich, dass er zu diesem Zweck ein Automobil angemietet hatte. Was für eine Geldverschwendung! Die feinen Herrschaften hätten auch zu Fuß gehen können.

»Ja, ganz entzückend!«, fiel die dunkelhaarige Schönheit in den Lobgesang des Barons ein. »Die schöne Altstadt, die Stiftskirche, überaus entzückend.«

Sie klimperte mit den Augendeckeln, aber Gentil ließ sich nicht betören. Als ob die Madonna sich etwas aus Kirchen machen würde! Der sah man ihren Lebenswandel doch schon an. Was er in München nur unterschwellig gespürt hatte, wurde hier augenfällig. Die Tänzerin hatte ein lukratives Nebengewerbe: Herren mit Vermögen um eben dieses bringen. Sollte sie den Baron ausnehmen wie eine Weihnachtsgans, aber an Otto käme sie hoffentlich nicht heran. Er würde seinem Sohn noch einmal die Leviten lesen müssen, jetzt, wo die beiden aufgekreuzt waren.

»Ja, schön ist unser Städtchen. Wo geht's als Nächstes hin?«, wandte er sich an Otto.

Dieser verstand sofort, dass seine Anwesenheit mit den Gästen auf der Baustelle nicht länger erwünscht war.

»In den Schönbusch. Eine kleine Ausfahrt durch die Pappelallee. Ein wenig frische Luft für die Großstädter«, antwortete er und zwinkerte Mizzi und von Simmerl zu.

Diese lächelten zurück.

»Überaus beeindruckend, Ihre Arbeit! Sie leisten Großartiges für den Fortschritt, das sehe auch ich als Laie sofort.« Mit seinem Gehstock deutete von Simmerl einen Halbkreis über der Baustelle an und ließ seinen Blick über Rohre und Werkzeuge, die Abraumhalde, gusseiserne Kauschen und Schrauben gleiten, die auf dem Gelände in einer Unordnung herumlagen, in der nur Eingeweihte ein exaktes System erkennen konnten.

»Nun, wir wollen nicht länger stören, Vater. Lass uns unser Gespräch heute Abend weiterführen. Ich habe mir gedacht, wir könnten Ludwig und Mizzi zu uns zum Essen einladen?«, wandte sich Otto in fragendem Tonfall an seinen Vater.

Zum Essen einladen? Gentil zuckte innerlich zusammen. Nicht genug, dass Otto ihn hier auf der Baustelle, auf die er sich nichtsahnend und bester Laune begeben hatte, überfiel. Jetzt wollte er auch noch, dass er die beiden ungebetenen Gäste einlud. Er sah Ottos flehentlichen Blick. Er hatte für heute Abend schon etwas anderes geplant: seine Ruhe. Sein Freund Eberle war zu Gast in der Villa. Er wollte es sich mit ihm gemütlich machen. Eine peinliche Pause war entstanden. Seine drei Gesprächspartner schauten ihn erwartungsvoll an.

»Oh, das ist überaus entzückend von Ihnen, Herr Gentil! Eine Einladung in Ihr Privathaus, obwohl Sie ein so viel beschäftigter Mann sind. Welch eine Ehre!«, strahlte Mizzi ihn an.

Ludwig von Simmerl fiel ein: »Das ist wirklich mehr, als wir erwarten konnten! Vielen, vielen Dank!«

Er deutete eine knappe Verbeugung an. Gentil heulte innerlich auf. Jetzt gab es kein Zurück mehr für ihn.

»Um acht in der Lindenallee. Sag Berta Bescheid, Otto«, sprach er die Einladung aus, bemüht, einigermaßen freundlich zu klingen. Und zu von Simmerl und Mizzi gewandt verabschiedete er sich mit den Worten: »Sie entschuldigen mich? Ich habe zu tun. Einen schönen Tag noch und bis heute Abend. Gnädiges Fräulein! Herr Baron! Ich empfehle mich!«

Geschäftig ging er, ohne eine Antwort abzuwarten, auf seine Arbeiter zu, während die drei Ausflügler sich ihren Weg zurück zum gemieteten Automobil suchten. Ludwig stieg neben den Chauffeur, Otto half Mizzi in den Fond und setzte sich selbst auf Tuchfühlung daneben.

Endlich, dachte Gentil, als der Wagen außer Sichtweite geriet. Das Abendessen würde er so schnell wie möglich hinter sich bringen. Hoffentlich würde die Münchener Bagage bald wieder abreisen. Es war doch nicht zu fassen! Kaum hatte er gedacht, dass jetzt alles in ruhigere Fahrwasser kam und Otto als Lehrer und in seinem Atelier ein neues, solides Leben beginnen würde, tauchte diese ausgeschamte Alpenmadonna mit ihrem parfümierten Gecken wieder auf. Mehr als die Schuldigkeit als einmaliger Gastgeber war er nicht bereit aufzubringen. Er würde ihnen das Weiterreisen schmackhaft machen, da fiel ihm bestimmt etwas ein.

21

Der Abend wäre sicherlich etwas munterer verlaufen, wenn Gentils Stimmung nicht bereits vor dem Treffen ihren Tiefpunkt erreicht hätte. Er saß am Esstisch in seinem Wohnhaus wie auf Kohlen. Es hätte alles so schön sein können. Seine Frau war verreist, Besuch bei ihrer Schwester. Unter dem Vorwand, wegen des Brunnenbaus am Floßhafen nicht weg zu können, war er zu Hause geblieben. Er konnte seinen Schwager nicht ausstehen, seine Schwägerin schon eher, wahrscheinlich, weil sie seiner Frau ähnlich war. Aber so ein Verwandtschaftsbesuch war einfach nichts für ihn. Ständig dieses Geplauder über nichtige Dinge, diese zwanghafte Geselligkeit. Das war seine Sache nicht. Er brauchte seine Freiheiten. Wie hieß es doch gleich über der Wiener Secession? »Der Zeit ihre Kunst, der Kunst ihre Freiheit«. Genauso war es. Auch für ihn. Kunst und Freiheit, eine herrliche Kombination. Und wenn schon erzwungene Gespräche, dann wenigstens über Kunst.

Immerhin hatte Berta sich selbst übertroffen und einen saftigen Braten mit Klößen und Kraut aufgetischt. Dazu gab es wahlweise süffiges Bier oder Apfelwein. Der Äppelwoi, den die beiden Münchener Gäste nicht gewohnt waren, stand in einem grauen Steinzeug mit blauer Bemalung von einem befreundeten und künstlerisch nicht ganz unbegabten Hafner auf dem Tisch. Gentil musste innerlich grinsen, als er dem Baron zuprostete. Dieser hob ebenfalls sein Glas und nahm durstig einen tiefen Schluck, während Mizzi nur kurz nippte.

Von Simmerl verzog das Gesicht zu einer schiefen Fratze und presste zwischen den Zähnen hervor: »Vorzüglich, ganz vorzüglich, dieser Apfelwein.«

Er zog sein Taschentuch aus dem Jackett und wischte sich damit über die Stirn, bevor er hastig das halbe Wasserglas hinunterstürzte. Seine Worte wurden von Mizzis Hüsteln und Räuspern übertönt, die sich mit ihrer Serviette den Mund tupfte. Berta, die mit der frisch gefüllten Kloßschüssel aus der Küche zurückkam, warf ihm einen vielsagenden Blick zu, bevor sie in ihrem wiegenden Schaukelgang kopfschüttelnd wieder in der Küche verschwand.

Ein allgemeines Gerede über die Sehenswürdigkeiten des Städtchens schloss sich an, die der Baron in den höchsten Tönen lobte. Gentil hatte seine Ohren auf Durchzug geschaltet und warf ab und zu eine höfliche Floskel ein, um interessiert zu wirken. Währenddessen dachte er darüber nach, wie er diesen Besuch so schnell wie möglich wieder loswerden konnte.

Mizzi, die neben Otto saß, unterhielt sich mit ihm über seinen schwarz-weißen Ring, den er am kleinen Finger der linken Hand trug. Sie hatte ihren schönen Kopf vertraulich nahe zu Otto geneigt und ließ sich von ihm direkt ins Ohr flüstern.

»Yin und Yang, das männliche und das weibliche Prinzip, zwei und doch eins …«, wisperte Otto und Mizzi warf ihm aus weit geöffneten Augen mit Augendeckeln wie aus dem Künstlerkatalog einen schmachtenden Blick zu, dass es Otto sichtlich blümerant wurde.

Nun räusperte sich Gentil absichtlich geräuschvoll und so laut, dass Mizzi zusammenzuckte und Otto sich wieder in seinem Stuhl aufrichtete. Von Simmerl bemerkte Gentils kritischen Blick und versuchte, an das Gespräch über die Sehenswürdigkeiten anzuknüpfen, über das Pompejanum und dessen Ausstattung.

»Und diese Lage!«, schwärmte er gerade. »Traumhaft! Links das Schloss, rechts unterhalb der Main in seiner behäbigen Pracht, ein wirklich schönes Fleckchen Erde, das Sie hier haben, wissen Sie das eigentlich zu schätzen?«

»Weiß ich.« Gentil nickte pflichtschuldig.

»Der Wein, der unterhalb wächst, ist das ein guter Tropfen oder ein arger Kremser? Ich meine, die Stadt ist ja vom Klima verwöhnt, hat Otto erzählt. Dann schmeckt er also sicher gut, der Wein, oder?«

»Pompejaner«, antwortete Gentil.

»Ah ja, der Pompejaner, nicht wahr, Mizzi, den müssen wir unbedingt probieren.«

»Schmeckt.«

»Den Pompejaner gibt es nur zu besonderen Anlässen. Aber den Main weiter aufwärts wächst der schönste Weiß- und Rotwein. Vater, willst du unseren Gästen nicht ein Fläschchen anbieten?«

»Zum Braten gibt es Bier und Apfelwein.«

Gentils Antwort war deutlich und eine Spur zu hart. Die drei jungen Leute sahen von ihren Tellern auf. Otto blickte verlegen vom einen zum anderen.

»Na, morgen ist ja auch noch ein Tag«, bemühte er sich jovial vom unhöflichen Tonfall seines Vaters abzulenken, der nun etwas Unverständliches grummelte.

Gentil riss sich seinem Sohn zuliebe zusammen, aber innerlich rollte er mit den Augen. Wie lange wollten die eigentlich bleiben? Mit dieser Einladung war es doch wohl hoffentlich getan.

»Ja, morgen, ähem.«

Eine Zeitlang war nur das Kratzen des Bestecks auf den

Tellern zu hören. Der Löffel schmatzte, als Gentil sich einen weiteren Kloß auf den Teller lud und auch Mizzi einen anbot. Sie nickte. Einen gesunden Appetit hatte sie, die bayerische Maria, das musste man ihr lassen. Handfest. Wieder wurde kein Wort gewechselt und nur das Klappern der Gabeln und das Schaben der Messer erfüllte den hohen Raum.

»Wie steht es um Ihre Kunstsammlung, von der uns Otto erzählt hat?«, durchbrach von Simmerl das Schweigen und setzte nach, als Gentil nicht reagierte: »Wie macht sich denn der Nonnenbruch, zu dem ich Ihnen verholfen habe, in Ihrer Kunstsammlung?«

Dieser abrupte Themenwechsel überraschte Gentil. Er verkrampfte sich. Eine weitere Pause entstand. Otto räusperte sich.

»Vater«, er sah ihn erwartungsvoll an, »der Nonnenbruch?«

»Wunderbar.«

Gentil hatte sich wieder gefangen. Schließlich wusste er, was sich gehörte.

»Ah ja? Das freut mich aber! Ich will mal sehen, was ich für Sie tun kann. Wenn Sie Interesse an der Münchener Schule haben, da kann ich sicher noch etwas auftreiben. Ich habe meine Verbindungen, wie Sie ja wissen.«

Von Simmerl hatte ihm bei den letzten Worten vertraulich zugeblinzelt. Gentil konnte sich nicht erinnern, dass er und dieser Baron sich so gut kennengelernt hätten, dass dieses komplizenhafte Grinsen und Blinzeln angebracht gewesen wäre. Gut konnte er sich hingegen daran erinnern, dass er sein Atelier nicht gefunden hatte.

»In Ihrem Atelier in der Römerstraße?«, fragte er pflichtbewusst, um die Konversation aufrechtzuerhalten.

Von Simmerl sah erstaunt von seinem Teller auf, schaute zunächst zu Otto, dann zu Mizzi. Diese presste die Lippen zusammen und schüttelte kurz den Kopf, bevor sie von Simmerl einen eindringlichen Blick zuwarf.

»In meinem Atelier, ja. Und wie geht es dem werten Herrn von Stuck, Ihrem Freund? Man munkelt in letzter Zeit in München, es ginge ihm nicht besonders gut? Die Nerven.«

Wie zu seiner Absicherung sah er erneut in Mizzis Gesicht, die zustimmend ihr Kinn nach vorne schob und ein Nicken andeutete.

Wieder hatte von Simmerl abrupt das Thema gewechselt. Was ging ihn der Zustand von Stuck an? Gentil hatte keine Ahnung, wie es seinem Freund ging. Das Letzte, was er von ihm gehört hatte, waren die paar Zeilen, die er der Medusa beigefügt hatte. Und daraus konnte er nicht wirklich erkennen, wie es ihm ging.

»Es geht ihm gut, soweit ich weiß«, behauptete er daher einfach.

»Nicht zu glauben, dass nicht weit von hier einige seiner Werke hängen«, bemerkte von Simmerl. Er legte Messer und Gabel feinsäuberlich auf seinem blank geputzten Teller auf vier Uhr zusammen und wandte sich Gentil zu.

Dieser erwiderte den Blick und zuckte mit der rechten Schulter. Dann widmete er sich dem letzten Stück Kloß auf seinem Teller. Kraftvoll streifte er es durch die Soßenreste, bevor er es sich genüsslich in den Mund steckte, sich diesen noch kauend mit seiner Serviette abwischte und sie links neben den Teller legte.

»Ein prächtiges Gebäude, Ihre Künstlervilla!«, versuchte von Simmerl es noch einmal.

»Mein Vater hat sie selbst entworfen«, schaltete sich Otto stolz ein. »Unser Wohnhaus hier übrigens auch.«

»Ach, Herr Gentil! Sie haben so viele Talente! Ihre Kreiselbrunnen und auch noch die Architektur! Kein Wunder, dass aus Otto ein Künstler geworden ist.« Mizzi hatte die Worte »Talente« und »Künstler« besonders betont, das war Gentil nicht entgangen, dabei strahlte sie abwechselnd Vater und Sohn an.

Im Gegensatz zu Gentil ließ sich sein Sohn allerdings für seinen Geschmack eine Spur zu sehr von der zugegebenermaßen blendend aussehenden Dame betören. Was glotzte er so dämlich verliebt? Er musste Otto ins Gewissen reden. Die war nichts für ihn. Sie passte besser zu dem Duftbaron. Und als typisches Weib verstand sie natürlich auch nichts von Technik.

Dennoch um einen verbindlichen Ton bemüht, wandte er sich an Mizzi: »Es sind Pumpen, die ich baue. Auch für Brunnen. Aber nicht nur. In erster Linie sind es ...«

In diesem Moment wurde die Tür zum Esszimmer geräuschvoll geöffnet und Berta kam mit einem Tablett herein. Sie begann, den Tisch abzuräumen.

»Kreiselpumpen«, beendete Gentil seinen Satz, während er beobachtete, wie seine Haushälterin argwöhnisch Otto und seine Tischnachbarin beäugte.

»Ach, natürlich!«, kicherte Mizzi jetzt. »Wie konnte ich das nur schon wieder verwechseln? Pumpen. Sie bauen Pumpen. Aber dass Sie Talent haben, stimmt doch immerhin. Da habe ich nichts Falsches gesagt, was, Otto, mein Schatz?«

Sie ließ ihre Hand auf seinen Unterarm fallen und dort liegen. Von Simmerl stierte darauf. Otto wurde rot.

»Entschuldigung! Ich muss da mal durch!«

Berta schob ihren dicken beschürzten Leib resolut zwischen ihrem Otto und diesem Frauenzimmer hindurch und griff nach Tellern und Besteck, die sie geräuschvoll aufeinanderstapelte. Es klapperte nicht schlecht. Gentil musste grinsen.

»Oh ja! Ein überaus talentierter Mensch sind Sie, Herr Gentil. Ich würde nur zu gerne einmal das Innere Ihrer Villa sehen. Otto hat mir schon so viel davon erzählt! Wie aufregend, nun der Villa so nahe zu sein!«, schwärmte von Simmerl in seinem klebrigen Pathos.

Damit hatte er ausgesprochen, was Gentil schon hatte kommen sehen. Jetzt schaltete sich auch noch dieser Baron ein und wollte in die Villa. Kurz spielte er mit dem Gedanken, seinem Sohn Otto den Gefallen zu tun und dessen Münchener Bekanntschaften durch sein Kunsthaus zu führen. Als Kunstkenner wäre von Simmerls Meinung für ihn vielleicht sogar interessant. Aber er hatte nun einmal seine Prinzipien. Und außerdem: War von Simmerls Einschätzung für ihn wirklich maßgeblich? Was hieß hier »Kunstkenner«? Wohl eher die Einschätzung eines Hinterhof-Galeristen. Schließlich hatte er die Galerie in München nicht gefunden, vermutlich lag sie also in einem Hinterhof. Wie dem auch sei, er wollte nun einmal keinen ungebetenen Besuch in der Villa. Und schon gar keinen, der sich selbst einlud.

Berta hatte den Tisch abgeräumt und unterbrach Gentils Gedankengang, noch bevor er antworten konnte: »Darf's noch ein Schnaps sein für die Herrschaften?«

Mizzi quiekte, von Simmerl lachte konsterniert: »Ein Schnaps? Köstlich, Ihre Haushälterin, Herr Gentil, köstlich! Ein Schnaps!« Und zu Berta gewandt sagte er: »Die charmante Dame hier hätte gerne einen Mokka.«

Das letzte Wort betonte er deutlich, sodass Mizzi wieder zu kichern anfing. Berta sah Gentil an, der zuckte mit den Schultern. Dann sagte sie lapidar: »Gibt's hier nicht.«

Ächzend griff sie ihr voll beladenes Tablett und schwankte mit dem Geschirrberg aus dem Zimmer.

»Wirklich, zu köstlich! Gibt's hier nicht. Herrlich!«

Jetzt konnte von Simmerl nicht mehr anders und schüttelte sich vor Lachen, dass seine dunklen Locken zitterten.

Otto wechselte mit seinem Vater einen Blick, sah dann zu von Simmerl und Mizzi, dann wieder zu seinem Vater. Dieser gab sich einen Ruck: »Ist noch nicht fertig.«

»Wie meinen?«, fragte von Simmerl nach, wobei er sich mit seinem Einstecktuch über die Stirn wischte.

»Die Villa. Ist noch nicht fertig.«

»Ach so!«, entfuhr es von Simmerl. »Ach so meinen Sie das. Herrlich. Wirklich erfrischend, Ihre Art. Und die Ihrer Haushälterin. Die Villa ist noch nicht fertig. Das Problem kenne ich. Hat man jemals das Gefühl, fertig zu sein, wenn man kreativ ist? Wenn man sich mit Kunst beschäftigt? Nein, das Gefühl des Unfertigen begleitet den Künstler. Und das ist schließlich auch gut so, sonst würde er ja nicht immer weiter schaffen. Nicht wahr, Otto, mein Lieber?«

Otto zog flugs seinen Arm unter Mizzis Hand weg, die sie wieder vertraulich bei ihm abgelegt hatte.

»Oh ja, immer unfertig, immer unfertig. Das Leiden des Künstlers, da hast du recht, Ludwig«, antwortete er, nach Orientierung im Gespräch suchend.

»Ach Otto! Wie charmant! Das Leiden des Künstlers!«, gackerte Mizzi dazwischen.

»Vielleicht könnte ich ja morgen unseren Gästen aus München kurz die Villa zeigen, Vater? Sie sind doch so interessiert!«, wandte Otto sich an Gentil.

Gentils Puls stieg ruckartig an. Unseren Gästen? Was hieß hier »unseren Gästen«? Ottos Gäste waren es. Ganz eindeutig. Um Zeit zu gewinnen, sagte er lapidar: »Interessiert?«

Fieberhaft überlegte er: Seinem Sohn vor den Fremden über den Mund fahren wollte er nicht. Aber bevor er Otto mit den beiden allein in die Villa ließ, führte er sie lieber selbst herum. Wieso bildete sich Otto überhaupt ein, dass er ihn in die Villa lassen könnte? Er wusste doch genau, dass er das sonst auch nicht tat. Wie kam er auf die Idee? Seine drei Tischgäste sahen ihn erwartungsvoll an. Ihm blieb nur die Flucht nach vorn: »Warum nicht gleich? Sozusagen als Verdauungsspaziergang?«

»Jetzt gleich?«, fragte Otto ungläubig.

»Ja, jetzt gleich. Oder haben die Herrschaften noch etwas anderes vor?«, kam es forsch von Gentil zurück.

Otto drehte seinen Kopf zu Mizzi, die ihm entgegenlächelte, danach zu von Simmerl. Der wandte sich an Gentil: »Wie überaus reizend von Ihnen, Herr Gentil! Was für eine entzückende Idee! Ein Verdauungsspaziergang in Ihrer Villa. Sehr originell, wirklich, sehr originell.«

»Na dann. Worauf warten wir noch?«, entgegnete dieser.

»Ja, worauf warten wir noch?«, fiel Otto ein und schob seinen Stuhl zurück. Er eilte hinter Mizzis Sitzplatz und bot ihr galant seine Hand zum Aufstehen an. Mizzi tupfte sich noch einmal ihre Lippen mit der Serviette, legte sie auf dem Tischtuch ab und wand sich zwischen Tischplatte und Armlehne heraus, wobei sie ihre linke Hand in Ottos gelegt hatte und mit ihrer rechten den Knoten ihrer langen Perlenkette an ihr Kleid presste. Dabei kitzelte die Feder ihres Kopfputzes Otto in der Nase. Er ließ Mizzis Hand los und versteckte sein Gesicht in einer Armbeuge, weil er niesen musste. Als er wieder aufsah, hatte von Simmerl seinen Platz verlassen, den Tisch umrundet und bot Mizzi gerade seinen Arm, in den sie sich bereitwillig einhakte. Seine andere Hand legte er nun schwer auf ihre und sah dabei Otto in die Augen. Gentil war diese Geste ebenso wenig entgangen wie Ottos Enttäuschung.

»Dann bitte schön, die Herrschaften. Folgen Sie mir.«

Er öffnete die Tür zum Garten und führte das Dreiergespann in Richtung Tor zur Grünewaldstraße. Es war stockfinster, die Dunkelheit der langen Herbstnächte schien sich vertieft zu haben und eine anthrazitfarbene Wolkendecke absorbierte das Mondlicht ebenso wie die Sterne. In den hohen Linden raschelten, von einem leichten Wind bewegt, die letzten welken Blätter. Auf der anderen Seite der Schießhausbrücke hörte man leise einen einsamen Hund jaulen, ein Streuner vermutlich, der sich in der Fasanerie herumtrieb.

»Nach Ihnen!« Gentil deutete auf den gepflasterten Gartenweg an den Eibenhecken entlang. Mizzi führte mit von Simmerl die kleine Prozession an, gefolgt von einem missmutig dreinschauenden Otto und einem nachdenklichen Gentil. Er überlegte, wie er die Hausführung so kurz wie möglich halten könnte. In diesem Moment stieß Mizzi einen ihrer spitzen Schreie aus wie am Nachmittag auf der Baustelle: »Da! Da steht einer!«

Sie deutete vor sich, von Simmerl fuhr herum. Auch Otto wirkte erschreckt und sah in die Richtung, in die ihr Zeigefinger wies. Gentil, der ebenfalls kurz zusammengezuckt war, als er ihre gellende Stimme gehört hatte, konnte nichts erkennen, was ungewöhnlich sein sollte.

»Keine Angst, gnädiges Fräulein. Der, der da steht, tut uns nichts. Der ist sozusagen festgewachsen. Nicht wahr, Otto?«

»Ach so, das meinst du, Mizzi! Das ist nur eine Skulptur. Ein Athlet aus Bronze. Der ist nicht echt. Ein bewegungsloser Athlet.«

Otto versuchte ein verkrampftes Lachen, von Simmerl fiel ein, aber Mizzis Gesicht wirkte peinlich berührt. Ihr Gesichtsausdruck verriet, dass sie erst jetzt langsam begriff, was sie gesagt hatte.

»Ach so, wie dumm von mir«, hauchte sie in Ottos Richtung.

»Sie gestatten?«, fragte Gentil und überholte sie rasch. Das Gartentor quietschte in den Angeln. Müsste mal wieder geölt werden, dachte er. Meistens ging er direkt von der Firma in die Villa. Den Weg durch den Garten nahm er so gut wie nie. Der Rest der Familie ebenfalls nicht. Wozu auch? In der Villa waren sie nicht erwünscht, das wussten sie. Und der Weg in die Stadt war über die Lindenallee kürzer. Sie überquerten die Grünewaldstraße, an deren gegenüberliegender Seite dunkel und massig die Villa ihre majestätische Faszination verbreitete. Sogar nachts war das Gebäude imposant, bemerkte Gentil voller Stolz. Im Gänsemarsch folgten die drei Gäste, die sich selbst eingeladen hatten, ohne aufzuschauen. Sie konzentrierten sich auf ihre Schritte über das dunkle Pflaster. Gentil huschte durch das Tor in der Bruchsteinmauer und sprang behände die Stufen zur Haustür des Vordereingangs hinauf. Dort wartete er, bis die anderen angekommen waren, und tastete dabei seinen Schlüsselbund nach dem richtigen Schlüssel ab. Es war stockfinstere Nacht. Neumond, vermutlich. Obwohl der leichte Wind sachte durch die Lindenwipfel rauschte, war er nicht stark genug, um die Wolkendecke zu verschieben. Seine Augen hatten sich an die Dunkelheit gewöhnt, er konnte die Wappen und Embleme auf der Bronzetür genau erkennen, auch die Medusa mit dem breiten Maul, mit dem sie die Briefe verschlang, die der Postbote brachte. Sie würde heute ihre Aufgabe, Fremde abzuschrecken, nicht erfüllen. Er würde sie gegen seinen Willen hineinlassen. Doch es war wie verhext. Er fand den richtigen Schlüssel nicht, nur den für die Hintertür konnte er erfühlen. War die Medusa doch am Werk?

»Ähem, wir müssen durch die Hintertür. Wir müssen noch einmal die Treppe herunter und ums Haus herum, bitte.«

Er zwängte sich vorbei und ging voran. Der Schlüssel schabte im Schloss und mit einem satten Schmatzen schob sich die schwere Tür nach innen. Er drehte das Licht an. Spärliche Lichtflecken beleuchteten die ungebetene Gesellschaft. Er ging schnellen Schrittes voran durch die Küche in seine Wohnstube.

»Ahhh, fantastisch!«, schwärmte von Simmerl. »Wie in einer anderen Zeit! Sieh nur, Mizzi!«

Er deutete an die Wände rechts und links und trat hinter Gentil ein.

»Wir werden schon erwartet«, kicherte Mizzi wieder in ihrer albernen Art.

Von Simmerl sah sich um. »Erwartet? Von wem?«

»Na, von denen da!«

Mizzi nickte mit dem Kinn in Richtung eines riesigen Wandbilds, aus dem etliche bleiche Gesichter die Besucher musterten. Im Dämmerlicht wirkte es so, als ob sie schweben würden, denn die Körper tauchten erst nach und nach auf, wenn sich die Augen an das Licht gewöhnt hatten.

»Willkommen«, rang sich Gentil eine Begrüßung ab. Das »herzlich« hatte er nicht über die Lippen gebracht. »Willkommen im Haus Gentil! Das hier ist meine bescheidene Wohnstube. Und diese Menschen dort, die das Fräulein meint, sind meine Ahnen und Freunde.«

»Das da bin ich«, schaltete sich Otto stolz ein, »der mit dem Helm.«

»Nun ja«, räusperte sich Gentil, der keine Lust hatte, das Bild weiter zu erklären. Was ging das die beiden Münchener auch an? »Wenn Sie mir folgen möchten? Ich zeige Ihnen jetzt die Halle.«

Er kam sich vor wie ein Fremdenführer, was er im Grunde genommen auch war. Sie bogen ab und standen in der riesigen Halle. Er wollte sie eines Tages effektvoll ausleuchten, momentan war sie nur schlecht beleuchtet und Gentil merkte, dass ihn der Ehrgeiz gepackt hatte. Wenn sie nun schon einmal hier waren, in seinen heiligen vier Wänden, dann wollte er sie wenigstens beeindrucken mit seinem Besitz. Er legte los und erklärte, was er sich beim Bau der Halle gedacht hatte, zeigte nach oben auf die Galerie und auf die Kirchenfenster, die er hatte einbauen lassen, war so gesprächig, wie den ganzen Abend noch nicht. Otto ergänzte hin und wieder eine Erklärung und sie bewunderten zusammen die zahlreichen Skulpturen, die hier standen, die heiligen Georgs und Martins und das riesige Nagelbild, das im Düsteren etwas Beängstigendes hatte.

Von der Galerie ließen sie einen Rundumblick schweifen und von Simmerls blumiger Redefluss klang gut in Gentils Ohren.

»Und was ist in den oberen Stockwerken?«, beendete dieser gerade eine Lobhudelei über eine mittelalterliche Plastik, die er merkwürdigerweise als barock eingestuft hatte. Ob das am Licht lag? Hatte er vor einer Viertelstunde noch genau diese Frage befürchtet, gab Gentil jetzt bereitwillig darüber Auskunft. Es sei wie im richtigen Leben, je weiter man sich hineinbegebe, desto lohnender sei, was man erblicke. Dass er damit von Simmerls Neugier anstachelte, war ihm bewusst. Aber es machte ihm nichts mehr aus, im Gegenteil. Sein Stolz führte die Besuchertruppe voran über die schmale Treppe nach oben, bis hinein ins Herzstück, bis hinein in den Grünen Salon. Nicht nur Otto sah sich aufmerksam um. Mizzi wandelte langsam wie in einem Museum umher und blieb schließlich vor dem silbernen Spiegel stehen. Sie richtete ihr Stirnband mit der Feder und zupfte sich an den Haaren, schob einzelne Strähnen zurecht. Ihr hübscher Kopf fand in dem ziselierten Silber einen würdigen Rahmen. Sie machte sich gut unter den anderen Damen, die den Raum einnahmen. Von Simmerl stand mit Otto vor der Medusa.

»Tatsächlich. Ein echter Stuck. Nicht zu fassen.«

»Die Bacchantin hier ist auch von Stuck«, erklärte Otto und zeigte auf die Wand gegenüber. Aber von Simmerl reagierte nicht. Angewurzelt und bewegungslos wie der Athlet im Garten des Wohnhauses, vor dem Mizzi und er zuvor erschrocken waren, stand er vor dem Bild. Nur seine Augen wanderten vom aufwendig verzierten Rahmen nach innen, über die mäandernden Schlangen und das bleiche Gesicht und wieder nach außen. Gentil beobachtete ihn und bemerkte auf einmal eine Veränderung in seinem Ausdruck. Die weichen Züge des Barons hatten sich verhärtet, er hatte seine Augen zu Schlitzen verengt und öffnete langsam den Mund, um sich mit der Zungenspitze genüsslich über die Lippen zu fahren, so, als ob vor ihm ein schmackhaftes Gericht stehen würde, das er sich gleich einverleiben wollte. Völlig in den Anblick der

Medusa versunken hielt auch die Zungenspitze am linken oberen Lippenrand inne.

»Ein Meisterwerk«, hauchte er ihr schließlich entgegen. »Fantastisch.«

Mizzi war herangekommen und hatte sich zwischen ihn und Otto gestellt.

»Grausig!«, entfuhr es ihr. »Was für ein eisiger Blick! Schaurig.«

»Schaurig schön, nicht wahr?«, stimmte Otto zu und wartete auf eine Reaktion von Simmerl.

»Ja. Schaurig schön. Und zugleich verheißungsvoll«, antwortete dieser noch immer gedanklich entrückt.

»Verheißungsvoll?«

Ottos Frage blieb unbeantwortet, denn Gentil wurde ungeduldig.

»Nun, das wäre es. Jetzt haben Sie die Villa gesehen. Wurden Ihre Erwartungen erfüllt?«, wandte er sich an von Simmerl, denn Mizzi stand nur so dabei und ließ ihren Blick durchs Zimmer schweifen. Sie schien sich mehr für die Fenster und den Alkoven zu interessieren als für die Kunstwerke.

»Meine Erwartungen?«

Von Simmerl löste sich endlich vom Anblick des Gemäldes und drehte sich langsam zu Gentil um. Dabei suchte er die Wände ab.

»Erfüllt?«, überlegte er laut, bevor er ergänzte: »Ich würde sagen, übertroffen. Sie ist eine absolute Schönheit!«

Gentil sah, dass Otto bei diesen Worten nickte, während er Mizzi anlächelte.

»Die Villa? So hat sie bisher keiner bezeichnet!«, sagte Gentil, noch jovial gestimmt.

»Die Medusa. Der Stuck. Eine absolute Schönheit«, versetzte von Simmerl und sah sich interessiert die Fenster an, bevor er zu Mizzi in den Alkoven trat und ihr etwas zuraunte. Die schmale Holztür zum Abtritt dahinter quietschte leise.

Gentil fand in diesem Moment zu seiner alten Form zurück. Hatte dieser Kerl gerade von seiner Medusa geschwärmt? Eifersüchtig musterte er den Baron. Seinen Pelzkragen am Mantel, seine geckenhafte Aufmachung. Plötzlich fiel ihm alles wieder auf. Wieso hatte er sich nur dazu hinreißen lassen, die Münchener hier hereinzuführen? Ernüchtert stieß er hervor: »Dann können wir ja jetzt gehen!«

Er nickte eindeutig in Richtung Treppenabgang und machte einen Schritt auf das Pärchen und Otto zu, der seine Wirkung nicht verfehlte. Sie setzten sich in Bewegung, er trieb sie vor sich her dem Ausgang zu, wie ein Hütebub seine Gänse. Nachdem sie das Haus verlassen hatten und sich von Simmerl überschwänglich für die private Führung bedankt hatte, empfahl sich Gentil, ging zurück ins Wohnhaus und machte sich bettfertig. Mit widerstreitenden Gefühlen legte er sich hin: dem Stolz, den Münchener Lackaffen gezeigt zu haben, wozu er es gebracht hatte, und dem schlechten Gewissen sich selbst gegenüber, dass er mit seinen Prinzipien gebrochen und sie in seine Villa gelassen hatte. In dieser Nacht wälzte er sich rastlos hin und her und fand lange keinen Schlaf. Die Bilder des Abends spielten in seinem Kopf Räuber und Gendarm und trieben ihn um. Verheißungsvoll, erinnerte er sich. Das hatte von Simmerl gesagt, dieses Wort ließ ihm keine Ruhe. Er wusste jetzt, was er zu tun hatte.

22

»Wie viele Fenster?«

»Mehrere im Erker. Keins rechts, keins links. An der Rückwand ein Alkoven. Aber dahinter ist ein Abtritt. Und unter dessen Fenster ist ein Spalier bis nach unten!«

»Mizzilein, du bist genial! Was täte ich nur ohne dich?« Von Simmerl fasste zusammen: »Dann kommen wir nur durch die Erkerfenster rein, was schwierig ist, weil sie vorstehen. Das ist gefährlich mit der Leiter. Abgesehen davon, dass wir bis jetzt noch gar keine Leiter haben.«

Er ging mit weit ausholenden Schritten im Zimmer auf und ab, sein Haar stand wirr nach allen Seiten ab und über dem Schnurrbart trug er noch den nächtlichen Bartbinder. Die Zipfel seines Morgenmantels flatterten hinter ihm her. Mizzi konnte bis ins Bett den Lufthauch spüren, den er verursachte.

»Aber wie kriegen wir die Fenster auf? Wir brauchen Werkzeug, Mizzilein.«

»Ich hab nur meine Nagelfeile«, kicherte sie.

»Deine Nagelfeile. Herrlich! Mizzi, du bist unbezahlbar!«, amüsierte sich von Simmerl und sinnierte weiter: »Aber der Erker – auf welcher Seite der Villa ist der noch mal? Ich kann mich nicht erinnern. Und der Abtritt? Ist der von außen zu erkennen? Es hilft nichts. Wir müssen ein weiteres Mal hin und uns genau umsehen. Heute Abend. Du kommst mit. Zur Tarnung.«

»Zur Tarnung?« Mizzi schaute jetzt regelrecht treudoof, dabei war sie alles andere als schwer von Begriff.

»Ja, zur Tarnung. Ein Pärchen, das spazieren geht. Das ist völlig unverdächtig. Du verstehst?«

»Ja, jetzt versteh ich dich, Ludwig. Aber wenn wir alles genau angesehen haben, woher bekommen wir dann das Werkzeug?«

»Da habe ich schon eine Idee, meine Liebe«, verkündete von Simmerl selbstbewusst, »und genau deshalb muss ich jetzt dringend Toilette machen. Ich habe einen Termin.«

Mizzi ließ sich zurück in die Kissen fallen.

»Mach du nur Toilette und deinen Termin. Dann habe ich ja noch Zeit, herrlich.«

»Ja, du bist mich heute den ganzen Tag los, Mizzilein.« Von Simmerl sah zärtlich zu ihr hinüber. Dann fiel ihm etwas ein: »Aber gib nicht zu viel Geld aus. Ich kenne dich«, drohte er ihr lächelnd mit dem Zeigefinger.

»Ach, Luckilein, sei nicht so streng mit mir. Eine Dame, die etwas auf sich hält, muss auch etwas aus sich machen. Das weißt du doch, du Dummerchen. Und schließlich hast du auch was davon.«

Sie vollführte mit ihren Armen eine Bewegung an ihrem Körper entlang, die keinen Zweifel daran ließ, was sie meinte.

Von Simmerl grinste. Sie hatte recht. Bald war er reich. Bald würde sein neues Leben beginnen. Aber dafür musste er noch einiges leisten. Und am Anfang stand sein Termin heute.

Von Simmerl hatte sich durchfragen müssen und schließlich die ganze Stadt durchquert, um an seinen Bestimmungsort zu kommen. Wenn er gewusst hätte, wie weit Damm vom »Wilden Mann« entfernt war, hätte er einen Omnibus genommen. Falls es hier so etwas gab, er kannte sich nicht aus. Seine elegante Erscheinung hatte durchaus für Aufsehen gesorgt, die Bürger der Kleinstadt hatten sich an seinen Anblick noch nicht gewöhnt. Der Mantel mit dem Pelzkragen, sein extravaganter Stock, all das stach aus der gewöhnlichen Kleidung heraus, die die Honoratioren der Stadt trugen; schließlich hatte er einen exquisiten Geschmack und in der Großstadt auch immer den Zugang zur neuesten Mode.

Er hatte in der Nähe des Bahnhofs die Gleise überquert und sich über den regen Verkehr von Pferdefuhrwerken und Handkarren gewundert, die hier über das Kopfsteinpflaster rumpelten. Jenseits der Überführung machte die Stadt einen eher trostlosen Eindruck; Bauerngehöfte und Fabrikgebäude wechselten sich ab, die Straßen waren schlecht und es hatte eine ganze Weile gedauert, bis sich von Simmerl in der eintönigen Arbeitersiedlung zurechtfand und sich zwischen den gleich aussehenden Mietskasernen bis zur richtigen Nummer durchgefragt hatte.

Jetzt stand er vor dem Haus und sah an der Fassade nach oben in den grauen Herbsthimmel.

»Zu wem wolle Se?«

Von Simmerl zuckte zusammen. Er hatte den Mann, den er jetzt im Erdgeschossfenster links der Haustür lehnen sah, vorher nicht bemerkt, obwohl dieser es sich dort offenbar gemütlich gemacht hatte. Unter seinen breiten Unterarmen lugte ein speckiges Kissen hervor.

»Ich … äh … ich habe einen Termin.«

»Einen Termin?«, wiederholte der Mann und zog belustigt die rechte Augenbraue hoch.

Von Simmerl musterte den merkwürdigen Gesichtsausdruck seines Gegenübers. Die linke Seite hing schlaff herunter, nur die rechte zeigte eine gewisse Mimik. Zu

176

seinem Entsetzen erkannte er, dass das linke Auge völlig zerstört war. Da, wo normalerweise die Regenbogenhaut dem Menschen seine Augenfarbe verlieh, war es genauso weiß wie an den Rändern, die Haut um das Auge herum war zernarbt und rot aufgedunsen, die Haarlinie an der Schläfe sah versengt aus und begann erst weit hinter dem Ohr, dem das Ohrläppchen fehlte. Von Simmerl schauderte.

Der Mann hatte seine Entdeckung bemerkt und erklärte: »Splitterbombe. Frankreich. Drei Jahre.«

Von Simmerl nickte und klappte, von einem unangenehmen Frösteln ergriffen, mit der rechten Hand das Revers seines Mantels hoch.

»Drei Jahre bei dem Franzosepack. Drei Jahre. Drei Jahre habbe die mir gestohle, dieses Pack.«

In diesem Moment ging über ihm ein Fenster auf und Helfrich beugte sich heraus.

»Lass gut sein, Schmitz! Der Herr will deinen Mist nicht hören.« Und zu von Simmerl gewandt sagte er: »Herr von Simmerl! Kommen Sie doch herein, ist offen. Erster Stock rechts.«

Erleichtert stieß von Simmerl die Tür auf. Er wollte schnell weg von diesem entstellten Menschen. Ein Geruch von altem Fett und Bohnerwachs schlug ihm im Treppenhaus entgegen. Er erinnerte sich an Mizzis Wohnung in München. Ob so ein Arbeiterhaus in München stand oder hier, der Geruch war überall gleich. Seine Hand tastete an der Wand entlang, bis er einen Drehschalter fand. Mit einem lauten Rumms schaltete der Trafo und eine schwache Funzel verbreitete ihr gelbliches Licht über die polierten Holzstiegen. Er knarzte nach oben und fand Helfrich, in der Tür seiner Wohnung stehend.

»Bitte schön, treten Sie ein, in meine bescheidene Unterkunft.«

Einladend wies er ihm den Weg nach drinnen. Von Simmerl atmete auf, als sich die Tür hinter ihnen schloss und die ungemütliche Umgebung draußen blieb.

»Der alte Schmitz. Entschuldigen Sie bitte. Kriegsversehrter, invalid mit dem linken Bein. Hat in Frankreich 'ne Splitterbombe abgekriegt, dann drei Jahre Kriegsgefangenschaft. Glotzt den ganzen Tag aus dem Fenster. Schaut den Kindern zu beim Steinchenhüpfen oder Reifenspielen. Und dann, ganz plötzlich, verzieht er sein Gesicht zu einer furchtbaren Fratze. Weiß der Henker, was er in dem Moment vor seinem geistigen Auge sieht. Tja, so ist das, wenn man im Großen Krieg war. Eine Tasse Muckefuck?«

Ohne eine Antwort abzuwarten, goss er aus einer Blechkanne die braune Brühe in zwei Tassen ein, die auf dem Küchentisch bereitstanden. Von Simmerl schnickte mit seinem Stock einen alten Putzlappen weg, der auf dem Boden im Weg lag, und setzte sich auf den vorderen Teil der Sitzfläche eines lidschäftigen Küchenstuhls. Seinen Stock stellte er zwischen die weit auseinanderstehenden Beine, den Knauf fest in der linken Hand haltend, die rechte darauf ruhend.

»Sie waren auch Soldat?«, fragte er Helfrich, um die entstandene Stille zu überbrücken.

Dieser hatte sich ihm gegenüber niedergelassen und nahm gerade einen tiefen Schluck aus seiner Tasse.

»Pionier. Zusammen mit Otto. Wir kommen zwar beide von hier, haben uns aber in der Kaserne in Mainz kennengelernt. Und Sie?«

Von Simmerl nickte ihm zögerlich zu und griff, um Zeit zu gewinnen, nun ebenfalls nach der Tasse, zog die Hand aber gleich wieder zurück. Er hatte sich am heißen Griff die Finger verbrannt. Emaille. Natürlich, das hätte er sich in dieser ärmlichen Küche ja denken können. Er hatte sowieso nicht ernsthaft vorgehabt, das scheußliche Gebräu zu trinken.

»Pionier? Mit Otto?«, antwortete er mit einer Gegenfrage. Helfrich beendete das Geplänkel und kam stattdessen zum Punkt: »Was genau führt Sie zu mir, Herr Baron?«

Von Simmerl sah ihm ins Gesicht. Mit diesem Arbeiter würde er leichtes Spiel haben.

23

Zur selben Zeit setzte sich Gentil in den Kastensessel mit der bestickten Rückenlehne. Er war in Katerstimmung, die er sich durch den Alkoholkonsum des Vorabends allein nicht erklären konnte. Misslaunig hing er seinen Gedanken nach. Was hatte ihn in diese Stimmung versetzt? Objektiv betrachtet lief alles bestens: Die Firma warf Gewinn ab, seine Frau ließ ihn in Ruhe und seine Kunstsammlung wuchs. Ottos finanzielle Kapriolen in München waren beendet und er würde sich bald mit seiner Arbeit in der Steinmetzschule Respekt verschaffen.

Otto. Sein Erstgeborener. Der Älteste, ein Junge, ein Stammhalter. Wie war die Freude Elises groß gewesen, als nach dem Verlust des ersten Kindes Otto als kräftiger Knabe das Licht der Welt erblickt hatte. In der Betgasse hatten sie damals gewohnt, von dem großzügigen Haus in der Lindenallee konnte noch keine Rede sein. Durch Fleiß und Arbeit hatte er sich das alles erst erwerben müssen.

Was hatte er nicht geschuftet als Schlosser und Gießer. Erst sein richtiger Riecher mit den Kreiselpumpen hatte ihm dann das große Geld gebracht.

Hätte der alte Dingler ihn nicht zu den Schlaraffen gebracht, hätte er vermutlich noch mehr Häuser errichten lassen. So wie seine Vorfahren, die jahrhundertelang in der Stadt gebaut hatten. Seine Häuser würden ihn überdauern. Doch wie lange würde ihn sein Vermögen überdauern? Seine Kunstsammlung? Wenn er sich seine Kinder so ansah, war er sich nicht sicher. Marie war mit ihren Kindern vollauf beschäftigt und hatte keine Zeit für Kunst. Lies war gut verheiratet und musste sich ebenfalls um den Fortbestand ihrer eigenen Familie kümmern. Richard war noch sehr jung, schwer zu sagen, was aus ihm mal werden würde. Eines war aber auf jeden Fall gewiss: Er hatte nur wenig Kunstsinn. Was auch immer er ihm gezeigt und mit Herzblut erklärt hatte, der Junge war unbeeindruckt geblieben. Er hing am Rockzipfel seiner Mutter, die ebenfalls wenig Begeisterung für seine Sammelleidenschaft zeigte.

Gut, dass er die Schlaraffen hatte, bei denen er Gleichgesinnte fand und sich ausleben konnte. Zurecht war es ein Männerbund, in dem Frauen nicht zugelassen waren; sollten sie sich doch um das kümmern, was sie besser konnten: um Heim und Herd und die Erziehung der Kinder. So hielt er es auch in seiner Villa: keine Frauen; seine Tochter nicht und auch nicht seine Ehefrau. Einzig die Köchin war geduldet. Kein Wunder, dass er in der Stadt den Ruf eines Eigenbrötlers hatte, was er als Anerkennung aufnahm.

Seine Hand fuhr über die geschnitzte Lehne. Sein Schnitzwerk. Dass die Leidenschaft für die Kunst in ihm steckte, hatte er auch durch die Schlaraffen herausgefunden: das Sammeln von Skulpturen, aber auch von Gemälden und Reliefs. Die Skulpturen hatten ihn zunächst aus der technischen Sicht des Gießers interessiert, bevor er ihre Schönheit und Besonderheit erkannte und sich auch auf Stein- und Holzfiguren verlegt hatte, vor allem Heilige. Schließlich waren seine Vorfahren fromme Leute gewesen, Küster, Bäcker oder Schneider. Hatte Otto etwas von der Bodenständigkeit dieser Handwerker geerbt? Gentil hoffte es inständig, doch der Gedanke an seine Bekanntschaften aus München schürte Zweifel in ihm.

Natürlich. Daher kam seine schlechte Laune. Er hatte den Baron und seine Begleiterin in die Villa gelassen, widerstrebend zwar, aber sie hatten ihn genötigt, seine Prinzipien zu brechen. Sie waren in sein Allerheiligstes eingedrungen. Von seiner Eitelkeit hatte er sich lenken lassen. Wie ärgerlich! Zugegeben, er hatte sich geschmeichelt gefühlt über die Lobeshymnen, zu denen sich dieser von Simmerl aufgeschwungen hatte. Recht kunstverständig hatte er getan. Ihm fiel wieder ein, wie er in München vergeblich nach dessen Galerie gesucht hatte. Und gestern die Sache mit der »Barock«-Skulptur. Er hatte bis jetzt noch nicht herausgefunden, wo sie nun eigentlich war, nichts als ausweichende Antworten hatte er bekommen. Was fand Otto nur an ihm? Vor dem Großen Krieg war Otto ein anderer gewesen, nicht so verzärtelt. Dennoch ein ganz anderer Typ als er selbst als ehemaliger Militärschwimmlehrer und Athlet. Noch heute hätte er es körperlich mit seinem Sohn aufnehmen können. Als Schlosser war Otto nicht zu gebrauchen und trotz der Akademie schwerfällig und eigenwillig in der Ausführung seiner Kunst. Bei den Steinmetzen war er daher richtig aufgehoben.

Träge erhob sich Gentil aus seinem Stuhl und ging im Zimmer auf und ab. Seine Idee mit dem grünen Fußboden war genial. Einzigartig, so was. Hinten im Erker auf dem Tisch die Tänzerin von Eberle. Rechts die Bacchantin. 2.500 Mark war sie ihm vor zwanzig Jahren wert gewesen. Links die Medusa. Er hatte Stuck Geld dafür geschickt, nachdem das Paket angekommen war. Schließlich war Franz inzwischen berühmt. Sie war viel mehr wert. Sie war für ihn eigentlich unbezahlbar. Er wanderte mit den Fingern über den bemalten Rahmen, blieb am dunklen Schlund hängen und dachte an dieses Frauenzimmer in von Simmerls Begleitung.

Was, wenn Otto sich nur ihretwegen mit ihm abgab? Dass sie ihm den Kopf verdreht hatte, merkte ein Blinder. Aber wie stand sie zu Otto? Was wollten die beiden überhaupt bei ihm, hier, in der Provinz? Waren sie so gut mit Otto befreundet? Wieso hatte der dann nichts von ihrem Besuch gewusst und war davon überrascht worden? Wenn sie in Kontakt gestanden hätten, hätte er das doch wissen müssen. Stattdessen ging der Baron ungeniert bei Otto ein und aus und lud sich selbst bei ihm, Gentil, ein. Was würde als Nächstes kommen? Würde er ihm wieder ein überteuertes Gemälde andrehen wollen? Wie war dieser Baron eigentlich zu seinem Reichtum gekommen? Er dachte an den »Mona Lisa«-Grafen. Lange verweilte er bei diesem Gedanken. Dann brach er auf.

Gentil sah sich in der Werkstatt seines Meisters um. Durch die staubgrauen Rechtecke der Fensterscheiben blickte trüb die späte Herbstsonne herein, doch konnte sie ihre warme Farbe nicht entfalten. In der linken Ecke der Fensterbank stand eine alte Konservendose, etwas verbeult und die Außenseite matt vom Öl und Graphitstaub der Jahre, die sie schon als Aufbewahrung für die Werkzeuge diente, mit denen Keller die besonders feinen Schrauben an seinen Arbeiten anzog: an den Dampfmaschinen, an den mechanischen Spielzeugen für die Kinder der reichen Kunden, an den Prototypen der Pumpen, die er für ihn und mit ihm zusammen entwickelte.

Die Atmosphäre gefiel ihm, er spürte, dass Keller hier ganz in seiner Welt der Zahnräder, Druckkessel und Nockenwellen versank und unter seinen geschickten Fingern kleine Maschinen zum Leben erweckte, die er in größere einbauen wollte oder nur zum Spaß zum Laufen brachte. Er roch altes Öl, Terpentin. Der unverwechselbare Geruch dieser Werkstatt. Der Geruch von Einfallsreichtum, Ausdauer und Präzision. Egal wie vertrackt der Auftrag war, Meister Franz fand eine Lösung. Auf der Werkbank war alles ordentlich sortiert: Die Bleche und Drähte lagen in einer großen grauen Zinkkiste und die verschiedenen Zangen rechts daneben in Reih und Glied. Ein paar Lappen mit Schmierfettresten und Ölflecken in einer weiteren Zinkschale, Pinsel ragten aus einem alten Einmachglas mit Terpentin. Auf der Werkbank in der Mitte des Raumes thronte eine Miniaturdampfmaschine mit einem großen messingfarbenen Kessel und einem schwarzen Schlot. Die zwei Wellen wurden durch große Schwungräder angetrieben, deren Felgen Keller rot lackiert hatte und die noch etwas feucht glänzten. Es fehlten einige Verbindungsstücke, damit man die Maschine in Betrieb nehmen und unter Dampf setzen konnte. Die musste er erst drehen und zurechtfeilen und mit kleinen Hebeln und Ventilen versehen.

»Könnt' dir ruhig mal ein paar Mark dalassen, dafür dass du wieder an seinen Pumpen herumtüfteln sollst, anstatt die Blechlok für den Sohn vom Herrn Notar fertig zu machen. Eine Zeitverschwendung ist das, damit verdienst du doch nichts!«, hörte er Kellers Frau oben im Flur schimpfen.

Keller grummelte etwas zurück und schlurfte die Treppe hinunter zu Gentil in den Keller. Seine missmutige Miene erhellte sich sichtlich, als er sich zu Gentil an die Werkbank stellte.

»Worum geht's?« Er deutete auf das riesige Paket, das Gentil ans Bein des massiven Arbeitstisches gestellt hatte.

»Kannst du das für mich aufbewahren, Franz? Soll dein Schaden nicht sein.«

Keller zog fragend die Augenbrauen hoch, zuckte dann aber mit den Schultern.

»Wenn's weiter nichts ist?« Er wirkte misstrauisch.

»Ich kann mich doch auf dich verlassen?«, schob Gentil daher nach.

Keller nickte. Er fragte nicht, was in dem Paket sein mochte. »Sicher. Hier kommt sowieso keiner rein außer mir. Schon gar keine neugierigen Weiberleut'.«

Die beiden Männer lachten übereinstimmend. Nicht nur in der Tatsache, dass jeder ein eigenes Reich ganz für sich als Rückzugsort pflegte, hatten sie etwas gemeinsam. Sie hatten auch gern ihre Ruhe vor den Weibern. Gentil nickte jetzt in Richtung der unfertigen Dampfmaschine.

»Für deine Buben?«

»Ja. Für meine Buben. Jedes einzelne Teil ist selbst gemacht«, antwortete sein Meister stolz.

Gentil nickte anerkennend. »Komm mit. Ich hab noch was für dich im Wagen.«

Die beiden Männer verließen die Werkstatt. Auf dem Rücksitz des Adlers stand ein Korb, den Gentil jetzt herauswuchtete.

»Kleiner Vorschuss«, sagte er und lupfte das blau-weiß karierte Küchentuch, das Berta darübergebreitet hatte. »Bier und Äppelwoi, Brot und Hausmacher. Lasst's euch schmecken, du und deine hungrige Meute!«

Keller bedankte sich. Er hatte sechs Kinder. Da kam jeder Fresskorb recht.

Gentil raffte die Schöße seines Staubmantels nach oben und stieg hinters Lenkrad seines Adlers. Keller sah ihm nach, bis er am Ende der Fischerhohle um die Ecke den Löhergraben hinauf entschwand. Gentil fühlte Trennungsschmerz. Hoffentlich würde sich das Ganze nicht so lange hinziehen.

Zwischenzeitlich plauderten Mizzi und Otto in dessen Atelier. Er hatte sie beim Spazierengehen in der Grünewaldstraße getroffen, als er vom Arbeiten zurück nach Hause gekommen war.

»Ja, leider, Otto, mein Lieber! Leider ist unsere Zeit hier schon wieder vorbei. Aber Ludwig hat dringende Geschäfte zu erledigen in Frankfurt. Das hat er dir doch schon erzählt, nicht wahr? Übermorgen reisen wir ab«, säuselte Mizzi.

Otto nahm ihre Hand, die heute in einem schwarzen Glacéhandschuh steckte, und hauchte einen Kuss darauf. Er ließ sie danach jedoch nicht los, sondern behielt sie in seiner. Durch den dünnen Stoff konnte er ihre kalten Finger spüren.

»Du könntest hierbleiben und in Aschaffenburg auf ihn warten. Wenn er seine Geschäfte erledigt hat, kann er dich ja wieder abholen«, schlug Otto vor.

Mizzi lächelte ihn an. »Ach Otto! Wie entzückend von dir! Aber ich kann nicht.«

»Mizzi! Soll ich Ludwig das vorschlagen? Er wäre doch dort viel freier ohne dich.«

»Freier? Wie meinst du das, Otto? Willst du damit sagen, dass ich ihn störe?«

»Aber nein, Mizzi …«

»Ihm etwa im Weg bin bei seinen Verhandlungen?«

»Mizzi, nein. Aber sieh es einmal so: Es wäre sicher furchtbar langweilig für dich. Den ganzen Tag im Hotel. Wenn du hierbleiben würdest, könnte ich mich um dich kümmern.«

»Otto, du Schlingel. Um mich kümmern? Das wäre Ludwig sicher gar nicht recht.«

»Wieso sollte ihm das nicht recht sein? Ich bin doch sein Freund.«

»Eben! Sein Freund! Ist es nicht immer der beste Freund?«

»Ich verstehe nicht?«, tat Otto irritiert.

»Oh doch, du verstehst mich ganz genau!« Mizzi drohte ihm lachend mit ihrem Zeigefinger.

»Aber was ist mit dir, Mizzi? Wäre es dir recht?«

Mit dieser Frage hatte Mizzi nicht gerechnet. Sie wand sich kurz, dann entgegnete sie ausweichend: »Der Ludwig ist doch so eifersüchtig.«

»Auf mich? Wieso? Habe ich mich nicht immer wie ein Gentleman verhalten, Mizzi?«

Sie schenkte ihm einen von einem strahlenden Lächeln unterstrichenen Augenaufschlag. »Ludwig ist da sehr feinfühlig, weißt du? Er merkt genau, dass ich mich zu dir hingezogen fühle.«

Sie strich nun mit ihrem Daumen über seinen Handrücken, denn er hielt ihre Hand noch immer fest. Otto fuhr sich mit Zeige- und Mittelfinger in den Hemdkragen. Das war mehr, als er zu hoffen gewagt hatte. Ach was. Es war genau das, was er gehofft hatte.

»Mizzi! Darf ich hoffen?«, flehte er fast und schmachtete sie an.

Er drückte ihre Hand noch fester. Mizzi wand sie heraus und strich über ihren Rock. Dann fummelte sie in ihrer Handtasche herum und zog schließlich eine Puderdose heraus. Sie ließ sie aufschnappen, tupfte sich mit dem kleinen darin enthaltenen Schwämmchen über Nasenrücken und Stirn, unterzog sich dann einem prüfenden Blick in dem zierlichen ziselierten Taschenspiegel, der ein Geschenk von Otto war, zupfte ein paar Haarsträhnen unter ihrer Cloche zurecht und ließ alles wieder in den Tiefen ihrer großen Gobelintasche verschwinden. Dann sah sie Otto direkt in die Augen und hauchte: »Morgen Abend um sieben im Hotel. Ludwig hat eine Verabredung.«

Otto fühlte, wie sein Hemd zusehends an seinem Körper klebte. Wie um sich an etwas festzuhalten, griff er abermals ihre Hand und presste seine Lippen auf die noch immer kalten Finger, bevor Mizzi sie ihm wieder entzog.

»Morgen Abend also?«

Mit diesen Worten drehte sie sich um und entschwand aus Ottos Atelier. Er blickte ihr nach wie einer Erscheinung. Morgen Abend. Was für eine Verheißung! Otto stellte sich ans Fenster und sah Mizzi nach. Sie war nicht nach links aus dem Hof hinausgegangen, sondern umrundete die Villa, wie er stolz beobachten konnte. Bildhübsch war sie. Und interessiert. Oder warum sonst sah sie sich so aufmerksam die Fassade und die Verzierungen der Villa an?

Als es an diesem Abend Nacht in dem kleinen Städtchen wurde, lungerten vor den Kneipen dieselben Gestalten wie immer herum, Wirte verhinderten die eine oder andere Rauferei und schlampige Bedienungen griffen mit ihren Fingern in die Gläser, um sie zu den Tischen zu transportieren.

In der Arbeitersiedlung in Damm roch es nach fettigen Bratkartoffeln und Schnaps und in den Wohnungen gingen nach und nach die Lichter aus. Der alte Schmitz hatte seinen Beobachtungsposten am Fenster verlassen und Helfrich holte sich zufrieden eine Mütze Schlaf.

In der Fischerhohle schlummerte der alte Keller zusammengerollt am Bettrand neben seiner schnarchenden Frau.

In der Lindenallee lag alles im Dunkeln und ein alter Fabrikant sinnierte über seine Kinder, sein Lebenswerk und seine jüngste Idee.

Mit sich und der Welt zufrieden beschloss Otto nebenan seinen Tag. Er war kurz vor der Erfüllung eines sehnlichen Wunsches. Bald, ganz bald schon würde Mizzi ihm gehören.

Im »Wilden Mann« harrte ein abgebrannter Baron mit seiner Tänzerin der Dinge, die da kommen würden. In seinem Hausmantel saß er in einem Sessel des Hotelzimmers und paffte zur Feier des Tages eine Zigarre. Seine Füße steckten in ledernen Hausschuhen.

»Der Narr! Dem hast du gehörig den Kopf verdreht, Mizzilein! Du hast ganze Arbeit geleistet!«

Mizzi saß vor ihrem Frisiertisch und schminkte sich ab.

»Ist eure Leiter auch lang genug? Ich habe es mir noch einmal genau angesehen. Ist ganz schön hoch«, ging sie über Ludwigs Bemerkung hinweg.

»Mach dir keine Sorgen, Schatz. Wir haben alles, was wir brauchen.«

»Trotzdem, Ludwig. Ich hab kein gutes Gefühl. Hoffentlich geht alles gut.«

»Es geht alles gut. Alles ist bis ins Detail geplant. Und denk nur an unser neues Leben, Liebste.«

»Ja, unsere Zukunft, Ludwig! Ich kann es kaum fassen. Wir sind kurz davor.«

Mizzi setzte sich aufs Bett und schwang ihre zierlichen Füße hinauf. Sie machte es sich auf der Decke bequem und lockte Ludwig mit dem Zeigefinger. Dieser ließ nicht lange auf sich warten und legte sich neben sie. Er umfing ihren schmalen Körper, die Zigarre noch in der Hand, und küsste sie in den Nacken. Er duftete nach Italien.

24

AM NÄCHSTEN MORGEN weckte Berta Otto in seiner Ate-
lierwohnung, indem sie laut an die Tür wummerte.

»Otto! Otto? Otto, wach auf!«, rief sie mit ihrer durch-
dringend lauten Stimme. Sie hatte sich gegen die Kälte
ein wollenes Dreieckstuch über die Schultern geworfen.
Auf der Wiese neben dem Atelier lag noch der Tau und
ein Eichhörnchen rannte den Kopf voran den Stamm des
Nussbaums hinunter, als sich die Tür einen Spalt öffnete
und Otto seinen Kopf hindurchstreckte.

»Berta, was ist los? Wieso weckst du mich um diese
Uhrzeit? Ich hätte noch eine halbe Stunde schlafen können«, meckerte er.

»Guten Morgen, Otto! Beschwer dich bei deinem Vater.
Der will dich sprechen, bevor du in die Schule gehst.«

»Was? Mich sprechen? Am frühen Morgen? Ist was passiert?«, wunderte sich Otto.

Berta zuckte mit den Schultern.

»Weiß ich's? Er ist heute sehr vergnügt, dein Herr Vater.
Du sollst in die Villa kommen, bevor du gehst. Also. Mach
dich fertig. Ich geh jetzt wieder rein. Mir ist es zu kalt
hier.«

Mit einem Nicken drehte sich Berta um und wackelte
zurück um die Villa herum und durch den Hintereingang
in die Küche. Sie schüttelte ihr Tuch aus und hängte es an
den Haken links neben dem Herd.

»Ist er wach?«, fragte Gentil von seinem Frühstückstisch aus.

»Ist wach. Ich hab's ausgerichtet, Herr Schandel.«

»Ist gut, Berta. Danke. Wenn er kommt, schick ihn hoch in den Grünen Salon. Ich warte dort auf ihn.«

»In den Salon? Zu den Weibern?«

»Zu den Weibern, Berta. Du hast richtig gehört.«

»Ich dachte …«, begann Berta einen Satz, schluckte den Rest jedoch hinunter, als Gentil ihr amüsiert, aber streng ins Gesicht sah.

»Du dachtest …?«, half er ihr auf die Sprünge.

»Ach nichts. Im Grünen Salon also. Ich richte es aus«, antwortete die Köchin stattdessen.

Gentil verschwand in der Düsternis seiner Villa und es dauerte nicht lang, bis Otto hereinkam.

»Ach Otto! Pass doch auf! Wie oft soll ich dir das noch sagen? Wie als kleiner Junge!«, schimpfte Berta sofort los.

Otto war in die Pfütze getreten, die das Schmelzwasser unter dem Kühlschrank gebildet hatte, und hatte auf den Küchendielen schmutzige Fußabdrücke hinterlassen. Sie warf einen Lappen auf den Boden, trat mit dem Fuß darauf und wischte um Otto herum.

»Los! Draufsteigen! Und Füße abwischen!«, kommandierte sie und beobachtete genau, wie Otto seine Schuhsohlen auf dem Putzlappen trocknete.

»Und jetzt verschwinde, bevor du hier noch mehr Unheil stiften kannst.«

»Aber mein Vater ist doch gar nicht da«, stellte Otto fest.

»Hinauf mit dir. In den Salon. Zu den Nackten.«

Berta rollte mit den Augen, ließ aber keinen Zweifel daran, dass sie es ernst meinte und Otto schnellstmöglich aus der Küche haben wollte. Sie zog ihn am Ellenbogen an sich vorbei und gab ihm einen Schubs in Richtung Halle.

»Setz dich dahin«, wies ihm sein Vater den Kastensessel unterhalb der Bacchantin an. Von diesem Platz aus hatte er die Medusa auf sich wirken lassen, jetzt war er genau richtig für seinen Sohn. Er selbst setzte sich an die Stirnseite des kleinen Saals, sodass er den vollen Überblick über die Szenerie hatte: Otto zwischen den beiden Stucks, der Bacchantin links und der Gorgonin rechts. Innerlich musste er schmunzeln. Symbolischer ging es fast nicht mehr: Otto saß die Bacchantin im Nacken, Sinnbild seines ausschweifenden Künstlerlebens. Er blickte der Medusa ins Gesicht. Darüber leuchtete die Deckenlampe durch ihr orientalisches Muster, das zusammen mit den dicken kleinen Butzenscheiben nicht erkennen ließ, ob draußen Nacht oder Tag, hoffnungsvoller Tagesanbruch oder alles Licht verschluckende Abenddämmerung war. Zeitlosigkeit bestimmte die Szene in diesem besonderen Zimmer.

Gentil liebte den Menschen und seinen Hang zur Abgründigkeit, den ständigen Kampf gegen die Versuchung, das Ringen um Tugend oder Sünde. Vermutlich deshalb hatte er auch im Laufe der Jahre so viele Kruzifixe angesammelt und in seinen Häusern verteilt. Sie erinnerten ihn an die Dialektik zwischen Himmel und Erde und die Suche des Menschen nach einem Weg dazwischen. Nun versuchte er, der Vater, Otto, seinen Menschensohn. Ein herrliches Vergnügen, eine teuflische Tat. Er war lange genug für ihn und seine Eskapaden aufgekommen und hatte ihn vor dem Untergang gerettet; hatte die besten Voraussetzungen in ihn eingepflanzt. Die Akademie. Die Steinmetzschule. Nun war damit Schluss. Jeder war seines Glückes Schmied, auch Otto. Er selbst hatte schließlich auch nichts mit in die Wiege gelegt bekommen, außer der Schaffenskraft seiner Hände und der Willenskraft seines Geistes.

»Nun, Vater. Du wolltest mich sprechen?«, wandte sich Otto an Gentil.

»Schau dir die Medusa an, Otto. Hängt sie hier richtig? An dieser Stelle? Ich frage mich, ob sie nicht vielleicht dort drüben besser aufgehoben wäre? Neben der Bacchantin?«

»Und deshalb holst du mich morgens vor der Arbeit her, Vater?«

Otto betrachtete die Medusa, die auf ihn herabblickte, stand dann aus dem Sessel, in den er sich gerade erst gesetzt hatte, wieder auf und drehte sich zu dem pastellfarbenen Gemälde um.

»Nun? Was meinst du?«, hakte Gentil nach. Seinem Sohn schien nichts aufzufallen.

»Ob hier oder dort? Sie hängt gut da, wo sie hängt. Hier beherrscht sie die ganze Wand. Neben den hellen Farben würde sie verlieren.«

Gentil nickte zustimmend.

»Dann lasse ich es so. Deine Meinung war mir wichtig. Aus verschiedenen Gründen«, fügte er geheimnisvoll hinzu.

»Aus verschiedenen Gründen?«

»Du hast eben Kunstverstand. Ich danke dir, Otto. Du kannst jetzt gehen; nicht, dass du zu spät zu deinen Gesellen kommst.«

»Wenn's weiter nichts ist, Vater. Dann gehe ich nun. Ich wünsche dir einen schönen Tag!«

Otto drehte sich zur Treppe um. Gentil hielt ihn nochmals zurück: »Und Otto: Heute Abend will ich keinen Besuch haben. Kümmere dich allein um deine Münchener Gäste!«

»Sie reisen morgen ab, Vater. Nach Frankfurt. Ludwig hat dort Geschäfte zu erledigen. Du hast also heute nichts zu befürchten. Niemand wird dich stören.«

Otto machte eine Geste durch den Grünen Salon.

»Morgen schon?«

»Ja, morgen. Ich grüße sie von dir, Vater.«

Otto ging die Treppe hinunter. Kurze Zeit später schlug die Hintertür ins Schloss. Gentil dachte über die Neuigkeit nach. Morgen würden sie abreisen? Als ob er es geahnt hätte.

Ottos Tag hatte sich hingezogen wie Käse. Er hatte es kaum erwarten können, bis er nun endlich am Ziel seiner Wünsche angekommen war.

Mizzi bewegte sich langsam auf ihn zu. Unter ihrem seidenen Morgenmantel mit orientalischem Muster trug sie nicht viel, was ihre nackten Füße und Knöchel vermuten ließen. Ottos Blick wanderte von unten nach oben über ihren Körper. Ihre schlanken Waden wurden von dem ausladenden Gewand völlig verhüllt, nur wenn sie einen ihrer langsamen, katzenartigen Schritte machte, öffnete es sich einen Spalt breit und ein Stück Haut blitzte hervor. Um ihre runden Hüften spannte sich der rote Stoff etwas und die grünen Blumenornamente und goldenen Drachen legten sich geschmeidig an ihre weibliche Figur an. Mizzi hatte einen exquisiten Geschmack. Eine wohlige Wärme stieg in Otto auf und gierig ruhte sein Blick nun auf den Wölbungen ihrer vollen Brüste und dem großen V, das ihr Dekolleté zusammen mit dem Revers des Morgenmantels bildete. Er konnte genau das dunkle Muttermal an ihrem Hals erkennen, der sich schwanenschlank und -weiß unter ihre langen schwarzen Locken schob. Sie hatte ihn in den

»Wilden Mann« bestellt und erwartete offenbar nicht, ausgeführt zu werden.

»Gefällt dir mein neuer Mantel, Otto?«

»Mir gefällt vor allem der Inhalt …«

»Hmmm, jaaaa, das ist mir klar, du kleiner Schwerenöter …«

Mizzi glitt lautlos um den Sessel herum, in dem er saß, und ließ dabei ihre Hand über seinen Nacken streichen. Diese kleine, nebensächliche Berührung steigerte seine Begierde. Die Seide streifte raschelnd sein Bein. Er war bereits völlig entkleidet. Sie hatte nicht lange gefackelt und darauf bestanden und er hatte keinen Widerstand geleistet. Sollte sie doch die Führung übernehmen, in ihren Armen war er ohnehin willenlos.

»Entspann dich, deine Muskeln sind viel zu verkrampft …«

Sie knetete nun seinen Nacken und seine Schultern und er konnte hin und wieder ein leichtes Kneifen ihrer langen rot lackierten Fingernägel fühlen. Der Lack hatte ein Vermögen gekostet, es war ein Import aus Amerika und ganz neu bei Wertheimer eingetroffen. Sie hatte ihn sofort benutzt, nachdem sie ihn vorhin ausgepackt hatte. Er hatte damit ins Schwarze getroffen.

»Jaaaa, sooo ist es guuuut, mein Schatz …«

Otto spürte, wie ihn die Wollust überkam. Er versuchte, nach ihr zu greifen, doch sie entzog sich geschickt seinen Armen und stolzierte in großem Bogen um ihn herum, während ihr Zeigefinger in seine linke Schulter stach wie die Spitze eines Zirkels in die Mitte des Kreises, den sie um ihn zog. Er sah ihr an, wie sie seine Blicke auf ihrem Körper genoss, was seine Ungeduld bis ins Unerträgliche trieb.

Sie blieb vor ihm stehen, entknotete den Gürtel ihres orientalischen Gewandes und mit einem lässigen Schulterzucken glitt der glatte Stoff herab. Der Mantel wölbte sich in einem üppigen, rot-goldenen Gebirge um ihre Füße, mit denen sie nun elegant, einen nach dem anderen hervorziehend, darüberstieg und endlich auf ihn zukam. Sie zog ihn an beiden Händen hoch und führte ihn zum Bett. Als sie sich über ihn beugte, sank er in eine Woge aus lockiger, rotlippiger Begierde, auf der er auf und ab getragen wurde, bis beide ermattet in den Laken ruhten. Beseelt von seinem Sieg ging er aufs Ganze:

»Mizzi, ich will mit dir leben, du musst bei mir bleiben! Verlasse Ludwig und gehe mit mir in den Süden«, begann Otto zu schwärmen. »Stell es dir vor, nur wir beide, die südliche Sonne und unendlich viel Zeit. Vor dem blauen Meer wirst du noch bezaubernder aussehen, wenn ich dich male. Wir werden nackt in unserem Garten lustwandeln, wie Gott uns erschuf und wie es uns gefällt, in unserem eigenen Paradies – nur du und ich.«

Mizzi nippte an ihrem Champagnerglas, schenkte sich aus der französischen Flasche, die auf dem Nachttisch kühlte, nach und rekelte sich vom Rücken auf den Bauch.

»Ach Otto, wenn ich mir das so vorstelle, dann kann ich es kaum erwarten, dich zu verwöhnen. Aber leider …«

Sie machte eine Pause.

»Was, leider, meine Schönste?«

»Leider braucht man dazu ziemlich viel Geld. Und das hast du nicht. Schließlich bin ich einen gewissen Lebensstandard gewohnt.«

Sie blickte ihm nun mit ihren eisblauen Augen direkt ins Gesicht.

»Stimmt's?«

Otto zögerte.

»Ich muss mich wohl entscheiden: die Geliebte eines Barons oder die Mätresse eines Bildhauers. Adel gegen Kunst –«, sie machte eine Pause, »es liegt doch auf der Hand, wie jede andere auch entscheiden würde.«

Der Ton in ihrer Stimme ließ Bedauern erkennen, aber auch Hohn und Spott.

»Ich kann das Geld auftreiben, Mizzi, glaube mir.«

Otto wollte sich keine Blöße geben. »Ich habe schon einen Plan.«

»Einen Plan?« Mit gespielter Langeweile drehte Mizzi eine Locke um Zeige- und Mittelfinger ihrer rechten Hand und ließ sie wieder aufspringen.

»Weißt du, der Ludwig hat mit mir dasselbe vor wie du. Wir wollen an die Riviera, zum Kuren. Nach Menton. Im Februar blühen da ja schon die Mimosen. Es muss ein herrlicher Anblick sein!«

Sie seufzte theatralisch.

»Menton? Wann?«

Otto richtete sich mit einem Ruck auf.

»Oh, so bald wie möglich. Sobald es Ludwigs Geschäfte zulassen.«

Sie ließ sich jedes Wort auf der Zunge zergehen.

Otto fuhr sich mit der Hand durch sein volles Haar.

»Du könntest ja nachkommen – und wir treffen uns dann heimlich.«

»Heimlich treffen? Mizzi! Ich kann dir hier auch viel bieten. Du hast doch gesehen, wie wir leben. Bleib bei mir, verlass Ludwig, ich flehe dich an.«

Otto hatte immer lauter und heftiger gesprochen.

»Nun ja … Eine Frau wie ich muss sehen, wo sie bleibt. Deine Hirngespinste mit Italien und einem Leben mit mir hattest du doch in München auch schon. Und? Was ist daraus geworden? Ich will nicht länger warten. Irgendwann bin ich alt und hässlich …«

Sie war aufgestanden und ging im Zimmer herum. Mit einer Hand in die Hüfte gestemmt drehte sie sich vor dem großen Spiegel neben der Hotelzimmertür.

»Mizzi. Meine Mizzi. Was kann ich tun, um dich zu überzeugen?«

Ottos Stimme winselte nun fast und hatte ihre Bestimmtheit verloren. Vermutlich machte ihn das nicht gerade attraktiver in Mizzis Augen, aber seine Verzweiflung wuchs.

»Ach Ottolein, Herzchen, natüüürlich mag ich dich. Ehrlich. Aber von der Liebe allein kann ich mir ja nichts kaufen, weißt du. Was soll ich machen? Ludwig begehrt mich auch.«

Sie sah ihn jetzt direkt an. Otto schluckte. Halb erlag er ihrer Faszination, halb erschauderte er, denn er konnte in ihren Zügen nicht den Hauch von Mitgefühl entdecken. Ihre Eisaugen jagten ihm die Kälte in Schauern über den Rücken. Ihr wildes Haar schien um ihr schönes Gesicht zu mäandern wie die Schlangen um die weiße Haut der Medusa. Sie forderte immer mehr und mehr, nie war sie mit etwas zufrieden, nie begnügte sie sich mit dem, was man ihr gab. Wie die Schlangen, die nachwuchsen, wenn man sie abschlug. Er hatte es in diesem Moment begriffen. Er würde ihr nicht genügen können. Ihm blieb nur noch diese Nacht mit ihr. Morgen schon würde sie mit Ludwig weggehen und vielleicht würde er sie nie mehr wiedersehen. Sanft berührte er ihre weiße Haut, zog an ihrer Hand. Sie gab nach und sie nutzten die Nacht.

25

DER TAG WAR unter einem bleiernen Himmel zu Ende gegangen und ein kalter Herbstwind blies die braunen Blätter von den hohen Linden, die die Straße säumten.

Von Simmerl stand im Schatten eines großen Gebüschs. Ihm gegenüber auf der anderen Straßenseite lag die Villa im Dunkeln. Das Relief, das zeigte, wie einem Mann die Gedärme aus dem Leib gedreht wurden, wurde ebenso von der hereinbrechenden Nacht verschluckt wie die kalte Bleitür am Eingang, die mit einer widerlichen Fratze verziert war.

Durch die fast kahlen Äste schimmerte das steile schwarze Dach der Villa. Der Mond war beinahe voll. Beim nächsten Vollmond wäre er mit Mizzi in Italien. Die schwarzen Schindeln glänzten nebelfeucht. Ludwig zuckte zusammen, hinter ihm hatte es im Laub geraschelt und eine Gestalt schob sich neben ihn. Es war Helfrich.

»Habe die Ehre!«, grinste er unter seiner Schiebermütze.

»Da bist du ja endlich!«, zischte von Simmerl.

»Hast du alles dabei?«

Helfrich nickte.

»Die Leiter?«

»Hinterm Haus.«

Er sah noch einmal über seine Schulter und schlich dann los. Von Simmerl folgte ihm. Auf der Rückseite der Villa machte sich Helfrich unter einem Gebüsch zu schaffen. Er zog tatsächlich eine Leiter darunter hervor. Gemeinsam richteten sie sie auf.

»Da lang!«, kommandierte Helfrich. Selbstsicher ging er voran. Es waren nur ein paar Schritte bis zur Hauswand.

»Da müssen wir rein!«

Helfrich deutete auf den hölzernen Erker im ersten Stock. Sie lehnten die Leiter an und Helfrich prüfte sie auf ihren Stand.

»Halt fest. Hier.«

Ludwig legte seine zierlichen Hände pflichtgemäß an die Holme und hielt mit seinem Gewicht dagegen, während Helfrich flink nach oben kletterte. Auf Höhe des Erkers blieb er stehen und zog mit einer Hand eine riesige Zange aus dem Hosenbund. Er machte sich nur kurz am Fenster zu schaffen, dann schob er es lautlos auf. Er drehte sich mit gehobenem Daumen zu Ludwig um, dieser erwiderte die Geste. Behände wie eine Katze glitt Helfrich hinein. Ludwig hatte ihm genau beschrieben, wie er zur Medusa fand. Nur Sekunden später stand er im grünen Zimmer und hielt einen Moment inne. Seine Augen mussten sich erst an die Dunkelheit gewöhnen. Am hinteren Ende des Raums hob sich schemenhaft eine fast lebensgroße Skulptur ab. Helfrich ließ den Blick jetzt nach links gleiten. Zwei weiße durchdringende Augen leuchteten unheilvoll durch die Dunkelheit. Das musste es sein! Das war das Bild, das der Baron haben wollte und das ihm, Helfrich, zu einem hübschen Sümmchen verhelfen würde.

So kinderleicht, wie es gewesen war, hier hereinzukommen, so leicht war es nun, das Gemälde von der Wand zu nehmen. Es war schwerer als gedacht, was an dem massiven Holzrahmen liegen musste. Er schleppte es zum Fenster. Dort verknotete er das Seil, das er extra für diesen Zweck besorgt hatte, kreuzweise um das Quadrat. Er benutzte denselben Knoten wie in der Firma, wenn sie die Stifte in die Brunnen hinunterließen. Er wuchtete es auf den Fensterrahmen und beugte sich hinaus, bis er von Simmerl unten sehen konnte. Vorsichtig ließ er das Bild jetzt an der Außenfassade entlang nach unten gleiten, wo Ludwig es in Empfang nahm. Sie arbeiteten wie ein eingespieltes Team, obwohl sie sich gerade erst kennengelernt hatten. Es war geschafft. Das Gorgonenweib war nun in Ludwigs Händen.

26

»Wohin bringst du es?«

»Erst einmal in ein Versteck.«

»Wie weit?«

»Da drüben.« Von Simmerl zeigte in Richtung Schießhausbrücke. Er hatte dort bei seinem Erkundigungsgang unter der Brücke einen Hohlraum entdeckt, der genug Platz bot und das Bild notfalls vor Regen schützen würde. Es sollte ohnehin nicht lang dort liegen.

»Ich könnte es auch mit zu mir nehmen«, schlug Helfrich vor.

»Wie soll das gehen? Viel zu schwer. Außerdem könnte dir das so passen. Los, wir bringen es ins Versteck. Da ist es sicher. Kein Mensch vermutet dort ein teures Gemälde.«

»Wann bekomme ich meinen Anteil?«

»Ich hab dir doch gesagt, dass ich es erst verkaufen muss. Ich bin jetzt nicht flüssig.«

Ludwig sah Helfrich feindselig an. Nun, seit er das Bild hatte, kam ihm dieser lächerlich unbedeutende Arbeiter nur noch lästig vor. Er musste ihn loswerden. Jetzt brauchte er ihn nicht mehr; die Medusa war in seinem Besitz, ihr Zweckbündnis war damit für ihn überflüssig geworden.

»Na, na, na! Ohne mich hättest du es gar nicht. Ich will meinen Anteil!«

»Du bekommst deinen Anteil. Schließlich bin ich ein Mann von Stand. Vertrau mir. Lass uns erst das Bild verstecken.«

»Du! Sei vorsichtig! Versuch ja nicht, mich über den Tisch zu ziehen! Ich will meinen Anteil. Und ich werde ihn auch kriegen.«

Selbstbewusstsein hatte der Pumpenlehrling. Ludwig wurde langsam ungeduldig. Schließlich stand sein Plan erst ganz am Anfang.

»Nur die Ruhe. Jetzt reg dich nicht gleich so auf. Lass uns lieber das Bild verstecken. Los jetzt. Hierher!«

Die beiden jungen Männer wuchteten ihre Beute durch die Dunkelheit die wenigen Meter bis zur Schießhausbrücke und ließen das Bild, das sie vorsichtig in ein paar Tücher und dickes Papier eingewickelt hatten, im von Ludwig auserkorenen Versteck verschwinden.

»Hier soll es bleiben? Im Freien? Ich sag dir noch einmal, gib es mir mit nach Hause, da wird es keiner vermuten. Bei mir ist es sicher. Wenn du mir den Namen deines Käufers gibst, bring ich es am gewünschten Termin dorthin, versprochen. Du kannst dich auf mich verlassen. Ich habe dir bis jetzt geholfen, ich helfe dir auch weiterhin.«

Hans warf sich in die Brust. Sein erfolgreicher Diebstahl war ihm wohl zu Kopf gestiegen und er kam sich offenbar wie ein Kompagnon von Ludwig vor. Ein Kumpel und Vertrauter.

Für von Simmerl hingegen sah es anders aus. Er wollte jetzt am liebsten allein weitermachen. Er brauchte diesen kleinen Stümper nicht. Um ihn durch das Fenster in die Höhle des Löwen zu schicken, war er ihm gut genug gewesen. In einem Anfall von Schwäche hatte er sich zuvor in dessen Küche dazu hinreißen lassen, ihn in seine Pläne einzuweihen und ins Vertrauen zu ziehen. Doch jetzt war er überflüssig. Absurd der Gedanke, ihm die wertvolle Medusa zu überlassen. Außerdem war er vorsichtig: Wer sagte ihm, dass er ihm wirklich trauen konnte? Am besten traute man nur sich selbst. In so einer Situation war er mit sich allein in bester Gesellschaft. Es half nichts.

Er wollte zu Mizzi ins Hotel. Und morgen würde er mit ihr nach Italien abhauen. Endlich. Helfrich könnte lange auf seinen Anteil warten.

Er musste ihn jetzt loswerden. Er durfte auf keinen Fall wissen, wo er sich mit Mizzi aufhielt, damit er ihm nicht in die Quere kam. Aber wie? Der Kerl machte keine Anstalten, nach Hause zu gehen. Ahnte er etwas?

»Ich brauche dich nicht mehr, du kannst ruhig gehen. Komm morgen nach der Arbeit wieder her. Im Dunkeln. Dann sehen wir weiter.«

»Im Dunkeln sieht man nichts. Wann gibst du mir meinen Anteil, Baron?«

Helfrichs Ton war fordernd.

Es war zum Auswachsen. Warum ging er nicht endlich in seine beschissene kleine Dämmer Wohnung zurück, in die beschissene kleine Welt, in die er gehörte und aus der er auch sein Leben lang nicht rauskommen würde?

Von Simmerl sah auf das unförmige Paket unter den Holzplanken der Brücke. Nichts deutete darauf hin, dass sich darunter ein fein verzierter quadratischer Rahmen befand, der sich symmetrisch um das Gesicht einer mythologischen Frauengestalt legte, die jeden, der ihr in die Augen sah, ins Verderben riss.

»Los, komm.«

Er schlich sich mit Helfrich zurück und die Grünewaldstraße entlang ein Stück weiter in die Stadt hinein.

»Hier. Ein Vorschuss.«

Von Simmerl blätterte ein paar Scheine aus seiner Brieftasche in Helfrichs ausgestreckte Hand.

»Das reicht nicht.«

Helfrich grinste ihn an. Er kostete seine Mitwisserschaft weidlich aus.

»Mehr hab ich nicht.«

Ludwig zeigte ihm die leere Brieftasche.

»Verschwinde jetzt. Wenn ich das Bild verkauft habe, melde ich mich.«

Er würde sich im Morgengrauen mit dem Bild und Mizzi davonmachen. Bis Hans wieder zu ihm käme, wäre er längst über alle Berge, mit Mizzi im Zug gen Süden.

Endlich ging Hans. Er legte Zeige- und Mittelfinger an das Schild seiner Schiebermütze und verschwand schnellen Schrittes. Ludwig atmete auf.

27

HANS SCHRAK ZUSAMMEN und drehte sich blitzschnell um. In der Hainbuchenhecke hatte es geraschelt, doch es war kein Ganove, der dahinter hervorsprang, sondern ein Eichhörnchen huschte heraus, stoppte kurz mit aufgestützten Vorderläufen, als ob es sich in den Boden stemmte, und blickte Hans aus zwei schwarzen Knopfaugen an. Offenbar war es von seiner Harmlosigkeit nicht überzeugt, denn es sauste nach kurzer Überlegung über die Wiese davon, sein buschiger Schwanz folgte ihm wie ein mahnender Zeigefinger. Es verschwand in einer Baumgruppe, die blauschwarz an dem Ende der Wiese stand, die dem Wohnhaus der Gentil-Familie gegenüberlag. Um sicherzugehen, dass ihn niemand erkannte, zog er seine Mütze tief in die Stirn und ging schnellen Schrittes an der Gartenmauer entlang, bis er die Künstlervilla und das Atelier sehen konnte. Er blieb stehen und versuchte, seinen Atem zu beruhigen, der weiße Wolken in die Luft der scheidenden Nacht malte. Noch hatte es nicht gedämmert, doch am Horizont kündigte sich schon der neue Herbsttag an. Alles lag im Dunkeln, nirgendwo brannte Licht und nichts erweckte den Anschein eines Verbrechens, weder eines zurückliegenden noch eines bevorstehenden.

Nach wenigen vorsichtigen Schritten stand Hans vor der Gartenmauer der Villa. Das quietschende Gartentor würde ihn vielleicht verraten und Otto aufwecken, der im Atelier schlief, also stieg er über die Mauer an der Stirnseite des Hauses und blickte an der Fassade nach oben. Rechts hob sich schemenhaft der Turm von der Nacht ab, links war, schwerer zu erkennen, der dunkelbraune Balkon, an den sie die Leiter gelehnt hatten. Alle Vorzeichen waren günstig gewesen und hatten ineinandergegriffen wie die Zahnräder eines geölten Getriebes. Dahinter befand sich das offene Fenster, durch das er eingestiegen war. Hans strengte sich an und konzentrierte seine Augen auf den Rahmen, denn er hatte das Fenster nach dem Hinausklettern angelehnt, sodass es von Weitem nicht als offen zu erkennen war. Es war aber zu dunkel, um zu überprüfen, ob alles noch so war, wie er es verlassen hatte. Das feuchte Gras unterhalb des Spaliers war etwas eingedrückt und taufeucht. Man konnte die Fußspuren der beiden Männer verfolgen. Und wenn schon, dachte Hans. Führen die Spuren eben ums Haus herum, kann ja auch sein, dass die Diebe von dort abgehauen sind. Das allein beweist noch gar nichts.

Er ging wiederum links an der Villa vorbei, längs der Gartenmauer, die mit dem Garagengebäude verbunden war. Vor den Toren begann das Kopfsteinpflaster und Hans ging nun auf Zehenspitzen, damit kein Laut ihn an Otto verriet. Keine Sekunde hatte er ernsthaft vorgehabt, die Beute zusammen mit Ludwig zu holen. Der hielt ihn für blöd, für einen einfachen Arbeitertölpel, den man leicht austricksen konnte. Dabei war Ludwig ihm auf den Leim gegangen. Er würde sich das Bild jetzt holen und damit verschwinden. Er wusste, dass er in Frankfurt einen Sammler finden könnte, dorthin würde er sich durchschlagen und dann versuchen, es unter falschem Namen meistbietend zu verkaufen. Er könnte behaupten, dass er es geerbt hatte, falls Zweifel daran aufkamen, wie ein so einfacher junger Mann wie er an ein Gemälde dieser Kategorie kam. Dann würde er das

Geld einstecken, er konnte die Bündel schon förmlich vor sich sehen, und zurück nach Hause fahren.

Doch erst einmal brauchte er das Bild. Er bog nach rechts in Richtung Schießhausbrücke ab, stolperte im Dunkeln und rutschte ein Stück den Hang hinunter. Erschrocken blickte er sich in Richtung der Gentilhäuser um und verharrte bewegungslos. Nichts. Niemand hatte etwas bemerkt. Er rappelte sich wieder auf und hangelte sich nach oben zurück. Nun atmete er den Staub des Abhangs ein und unterdrückte ein Hüsteln. Langsam kam er seinem Ziel entgegen. Nur noch wenige Meter. In der Ecke unter den Holzbohlen der Brücke lag ein Haufen Lumpen und Papier, darunter hatten sie ihre Beute geschoben. Eine Maus flitzte, aufgestört aus ihrer Nachtruhe, darunter hervor und huschte über seinen linken Fuß. Beinahe hätte er weibisch aufgeschrien, nicht aus Angst vor dem Tier, sondern vor Schreck über das sich plötzlich regende Leben. Er hielt inne und wartete, doch weiterhin blieb es in den beiden Häusern dunkel. In der Villa hatte sich nichts geregt, sie lag nach wie vor verlassen und ihres wertvollsten Kunstwerks beraubt da. Weiter. Er ertastete etwas Hartes. Eine Ecke; er konnte Holz unter dem Stoff fühlen. Geräuschlos mühte er sich, den Rahmen unter dem Stoffberg herauszuziehen. Mit einem unglaublichen Triumphgefühl hielt er das verpackte Bild in der Hand. Ludwig hatte Wort gehalten und war offensichtlich noch einmal zurückgekehrt, um es zusätzlich mit einer Lage Packpapier zu schützen. Fast bedauerte er, dass er sich entschieden hatte, ihm nicht zu vertrauen.

Mit der Belastung durch das große Paket war es schwierig, den Hang wieder hinaufzukommen. Das Schleifen des schweren Pakets auf dem Boden und die Steine, die unter

Hans' Tritten wegkullerten, durchschnitten die Stille des grauenden Morgens. Ab und zu hielt Hans an und lauschte angespannt, doch nichts regte sich. Die Herren Gentil hatten offenbar einen gesegneten Schlaf. Hoffentlich. Hans schlich sich auf leisen Sohlen über das Kopfsteinpflaster die Straße entlang, so schnell er konnte bis zur Ecke Schwindstraße und hinüber zur Großmutterwiese. Dort hatte er einen Leiterwagen versteckt, auf dem er das große Ding besser transportieren konnte. Beflügelt von dem Gedanken an seine rosige Zukunft brachte er seine Beute, die bis eben noch Ludwig von Simmerls und seine Beute gewesen war, zu sich nach Hause in die Wohnung, die verwaist mit ihren öden grauen Fenstern nach draußen auf den tristen Straßenzug glotzte. Er hatte die erste Etappe geschafft. Um die zweite vorzubereiten, blieb ihm nun nicht viel Zeit.

28

Im Salon sah es aus wie auf einem Gemälde von Weisgerber. In der Mitte thronte ein rundes Möbelstück, dessen Polster durch große Knöpfe in gleichmäßigen Abständen nach unten gedrückt war, was der Sitzfläche eine gewisse

Opulenz verlieh und den seidigen Damast zum Glänzen brachte. Es war champagnerfarben und entsprach damit genau Mizzis Geschmack. In der Mitte der kreisrunden Sitzbank ragte ein hoher, ebenfalls mit champagnerfarbenem Damast bezogener Zylinder empor, an den sich im Moment niemand lehnte, aber über dem hingeworfen Mizzis Handschuhe und ihre Jacke hingen. Auf dem schwülstigen roten Perserteppich davor lagen Mizzis Pantoffeln, geziert von einem pelzigen Peloton auf dem Vorderfuß und einer Wolke aus schwarzer Seide: ihr Rock und Büstenhalter und weitere Kleidungsstücke, die sie dort fallen gelassen und nicht wieder aufgehoben hatte.

Rechts und links des Durchgangs zum Schlafzimmer ließen zwei ausladende Palmenpflanzen ihre Wedel weit ins Zimmer hineinragen und verliehen dem ganzen Ambiente einen exotischen und luxuriösen Touch. Ein riesiger Spiegel mit einem breiten, vergoldeten Stuckrahmen verdoppelte das Interieur. Eigentlich ein Jammer, dass sie nur diesen einen Tag im »Luitpold« verbringen würden. So viel Stil hatte er diesem Provinznest gar nicht zugetraut.

Folgte man der Spur weiterer Kleidungsstücke zum Schlafzimmer, konnte man feststellen, dass Mizzi nicht allein war. Ein dunkelblauer Anzug aus feinster englischer Wolle bildete mit einem vereinsamten Hemdkragen ein männliches Stillleben, Socken und ihre Halter markierten wie Wegweiser den Eingang zum Schlafzimmer. Im Stil eines Pariser Boudoirs waren die Wände mit roten, gemusterten Seidentapeten bespannt, von denen sich die hellen und Gold besetzten Empiremöbel eindrucksvoll abhoben. Den Mittelpunkt des Raumes bildete das Bett der Hetäre, hinter dessen Längsseite ein weiterer, diesmal wandgroßer Spiegel, die Hauptfigur in Szene setzte:

Mizzi lag in weißer Nacktheit, wie dahingegossen, sich lasziv rekelnd auf dem Plumeau. Ihre Hände hatte sie hinter dem Nacken verschränkt, was ihre Lockenmähne noch voluminöser erscheinen ließ. Ihre runden Brüste ragten aufgrund des leicht nach oben gewölbten Oberkörpers in die Höhe. Vom Rumpf abwärts war ihr Körper vom Spiegel ab- und dem Eintretenden zugewandt. Im Kontrast zur Blässe ihres Oberkörpers steckten Mizzis Beine in schwarzen Seidenstrümpfen, die von je einer koketten Schleife gehalten wurden. Ihre ganze Pose strahlte wohlige Entspanntheit und Erotik aus. Der Spiegel wiederholte ihren Anblick verschwenderisch und ergänzte das Bild um Mizzis entzückende hintere Partie. Die schwarze Schleife der Strümpfe wiederholte sich um ihren Hals. Einziger Farbtupfer dieses Akts der Natur waren ihre knallrot geschminkten Lippen.

Ludwig konnte sich gar nicht sattsehen. Am Kopfteil des Bettes stand die Medusa, ausgepackt in ihrer ganzen Schönheit, düster und faszinierend. Ihr blasses Gesicht war ebenmäßig schön, doch ihre Augen verliehen ihr diese unmenschliche Starre, die auch von der Auf- und Abbewegung der Schlangenhaare nicht aufgelöst werden konnte. In diesem Bett vereint waren die beiden Frauen, die für Ludwig am wichtigsten waren und die seine Zukunft ebenso bestimmen würden, wie sie seine Gegenwart beherrschten. Zwei Gorgoninnen, denen er zum Opfer gefallen war.

Mizzi hatte ihn verführt, in ihrem Gefühlsüberschwang mitgenommen in das Reich der Sinne, in dem sie meisterhaft regierte, und er hatte sich nicht wehren können, obwohl er wusste, dass die Zeit drängte und sie es sich nicht erlauben konnten, zu lange mit ihrem Aufbruch zu zögern. Dem Schicksal abgetrotzt war dieses Schäferstündchen, ein Verweilen im schönen Augenblick, dem Ludwig nicht hatte widerstehen können, bevorzugte er doch ein lustbetontes Leben vor Pflicht und Tugend, wie sein Alter es predigte. Er versank nun in diesem Anblick, sich innerlich zu seiner Entscheidung für die beiden Weiber beglückwünschend: dazu, dass er mit Mizzi eine Zukunft aufbauen würde. Und dazu, dass er die Medusa gestohlen hatte. Bald würde alles hinter ihm liegen, die Gläubiger wären abgeschüttelt und er könnte neu anfangen; vielleicht legte er sich auch eine neue Identität zu, nichts Adeliges diesmal; Gentils Geldadel hatte ihn beeindruckt.

»Wann geht unser Zug, Ludwig – Schätzchen?«

»Heute Abend.«

»Erst?«

»Ja, ich dachte, wir gehen besser im Dunkeln zum Bahnhof.«

Mizzi kicherte: »Wie die Diebe …«

»Das sind wir ja auch.«

»Oh, Luckilein, das ist so abenteuerlich und aufregend!«

Für meinen Geschmack könnte es auch etwas weniger aufregend sein, dachte sich von Simmerl, dem die ständige Angst, dass Otto in der Wohnung auftauchen und ihn zur Rede stellen könnte, im Nacken saß; obwohl diese Angst unbegründet war. Mizzi hatte sie selbstverständlich unter einem falschen Namen angemietet. Stattdessen sagte er laut: »Für unsere gemeinsame Zukunft ist mir nichts zu riskant, Mizzi-Maus.«

»Liebling, du bist so ein Schwerenöter! Ich liebe dich dafür.«

Mizzi richtete sich auf. Dann haben wir ja noch den ganzen Nachmittag für uns. Komm her!«

Sie streckte ihre Arme aus und lockte Ludwig mit einem koketten Blick aufs Bett. Dort schloss sie ihn in ihre Umarmung ein, die keinen Widerstand zuließ, den er aber ohnehin nicht geleistet hätte. Er küsste sie auf ihre weichen roten Lippen, die mehr versprachen, süß wie sein zukünftiges Leben.

»Was ist mit Otto? Hat er Verdacht geschöpft?«, stieß er zwischen zwei Küssen hervor.

»Aber nein, wie sollte er? Ich gebe zu, ich habe ihn belogen. Das war nicht besonders nett von mir. Er ist ja so verliebt, der Gute. Denkt jetzt wirklich, dass ich mich für ihn entschieden habe.«

»Du sollst dich für ihn entschieden haben?« Von Simmerl lachte. »Was für ein Tölpel! Als ob sich eine Frau wie du für die Provinz entscheiden würde!«

»Eben. Da werd ich doch lieber die Frau Baron.« Mizzi lächelte ihn an und legte ihren Kopf an seinen Hals. »Außerdem mag ich lieber so schlanke, gut aussehende Männer wie dich, nicht solche Muskelprotze.«

Dabei strich sie Ludwig über die Oberarme und den Brustkorb. Dieser packte sie mit einem Griff und zog sie mit einem leidenschaftlichen Kuss auf sich. Über ihnen starrte die Medusa ins Leere.

29

Gentil war schlecht gelaunt. Gestern hatte er zu viel Zeit mit Arbeiten und zu wenig Zeit mit Muße zugebracht. Er hatte Verträge besprochen und unterschrieben, mit Zulieferern und mit Kunden für seine neue Erfindung. Immerhin war er auch abends bei den Schlaraffen im »Frohsinn« gewesen. Zugegebenermaßen war der Tag also gar nicht unnütz verstrichen. Vielmehr hatte er dafür gesorgt, dass wieder Geld für Neuanschaffungen ins Haus kam. Bei diesem Gedanken besserte sich seine Laune gleich ein wenig.

»Berta, ich geh jetzt rüber! Wenn die Elise nach mir fragt, dann sag ihr, du hast keine Ahnung, wo ich bin!«

»Jawohl, Herr Gentil. Aber die arme Frau Gentil, immerzu lassen Sie sie allein.«

»Das ist das Geheimnis einer gut funktionierenden Ehe, Berta!«

Mit einem fetten Lachen warf er die Zeitung auf den Tisch, wischte sich mit der Serviette den Eidotter aus den Bartspitzen und schnäuzte sich geräuschvoll, bevor er das Wohnhaus verließ und hinüber in seine Villa ging.

Als er die Hintertür aufschließen wollte, bemerkte er im noch taufeuchten Gras Fußspuren. Sie führten hinter das Gebäude. Nanu? Was war das? War jemand heute schon hier gewesen und um das Haus herumgelaufen, weil niemand die Tür geöffnet hatte? Aber wer sollte das gewesen sein? Er machte sich nicht die Mühe, der Sache nachzugehen, sondern trat ein, wo ihn sofort die wohlige Atmosphäre seiner düsteren Wohnküche empfing. Er hing seinen Mantel links an die Garderobenhaken und machte sich auf durch die Halle nach oben, vorbei am riesigen Ritter, der als Nagelbild die englische Halle bewachte, und hinauf in Richtung Grünen Salon.

Gentil war nicht abergläubisch, im Gegenteil, er neckte die Leute damit, wenn sie es waren. Doch als er sich heute dem Herzstück seiner Villa näherte, merkte er sofort, dass etwas nicht stimmte. Etwas hatte sich verändert, das konnte er deutlich spüren. Sein Heiligtum war entweiht worden. Jemand war hier gewesen.

Noch bevor er das Zimmer mit dem grünen Fußboden betreten hatte, bemerkte er einen kalten Lufthauch, der ihm im Treppenhaus entgegenströmte. Er konnte sich das nicht erklären. Er selbst machte nie die Fenster auf, um sein Beleuchtungskonzept nicht zu zerstören. Wenn überhaupt, dann lüftete Berta bei einem ihrer Hausputze, auf die sie dreimal im Jahr bestand. Auf dem obersten Treppenabsatz traf ihn der Zug von rechts und er wandte sich dorthin, um nachzusehen. Der kleine Durchgang neben dem Alkoven zu dem Waschraum dahinter war offen. Gentil ging hinein und blickte auf ein geöffnetes Fenster, das die Sicht auf den herbstlichen Godelsberg und einen feucht-grauen Oktobermorgen freigab. Er trat ans offene Fenster, durch das ein ausgewachsener Mann seiner massigen Statur niemals hindurchgepasst hätte, und blickte zuerst hinüber zum Godelsberg, beugte sich dann etwas nach links in Richtung Fasanerie und dann nach rechts Richtung Süden. In der Ferne hörte er einen Zug pfeifen.

Doch ihm fiel nichts Verdächtiges auf, bis er nach unten schaute und feststellte, dass er direkt über der Hintertür stand. Er erkannte unten im Gras sogar einen etwas größeren plattgedrückten Kreis unmittelbar neben dem Spalier, das auf den kleinen überdachten Eingang führte. Von dort aus gingen die Fußspuren rechts um das Gebäude herum, an der Außenmauer entlang, wo die Wiese aufhörte und das Pflaster begann. Merkwürdig. Als er das Fenster schließen wollte, stutzte er. Etwas Holz war am Rahmen abgesplittert und das Scharnier hatte sich leicht verbogen. Es war mit Gewalt geöffnet worden. Von außen. Schnell drehte er sich um und eilte in den Salon. Während die rechte Wand und das gegenüberliegende Ende des Raums unverändert waren, gähnte auf der linken Seite eine große, leere Fläche: Sie war weg. Die Medusa war weg. Nur noch ein massiver Nagel, der den schweren Rahmen gehalten hatte, ragte aus der Wand.

Gentil pfiff leise durch die Zähne. Schwer ließ er sich in den geschnitzten Sessel fallen. Es war schneller gegangen als gedacht. Sie war weg. Sein Allerheiligstes war um sein Heiligtum beraubt worden.

Und der Dieb war sicherlich mit ihr schon über alle Berge. Er machte keine halben Sachen, wenn er etwas wollte. Von wegen Kunstliebhaber wie er, Gentil. Wenn er das Herz eines Künstlers hätte, dann würde er sich niemals so an einem Kunstwerk und seinem Besitzer vergehen. Dann wüsste er, dass die Beziehung zu einem Kunstwerk eine tiefe Verbindung sein konnte, dann hätte er ihm das nicht angetan, dann würde er nicht ein derart zeitlos schönes und faszinierendes Werk stehlen, um es zu barer Münze zu machen und, was noch schlimmer war, zu barer Münze für oberflächlichen Genuss, Prasserei und Verschwendung.

Gentil wünschte, die Gorgonin hätte den dreisten Dieb mit ihrem Blick in Stein verwandelt. So war er jedoch entkommen. Ob er die Botschaft der Medusa von Tod und Verderben kannte? Was würde für den Dieb überwiegen, Tod oder Erneuerung, wie es die Schlangenhaare symbolisierten? Die Schlangen mit ihrer sich immer wieder erneuernden Haut. Ein perfektes Bild für diesen Coup.

Die Medusenköpfe außen am Haus und auf den Bronzetüren hatten allerdings ihre Wirkung nicht entfalten können und nicht vor unberechtigtem Zugang geschützt. Diesmal nicht. Ganz im Gegensatz zu Stucks Medusa. Gentil dachte daran, wie sie als Paket hier angekommen war.

Ein Anflug von zufriedener Überlegenheit machte sich in ihm breit. Letztlich saß er am längeren Hebel. Das wusste der Dieb allerdings noch nicht. Wo auch immer er war.

Seine innere Unruhe über den Vorfall hielt ihn nicht lange im Sessel. Gentil ließ sich beschwingt zurück in die Halle treiben, verweilte einen Augenblick vor dem großen Kruzifix, klopfte dem Nagelritter auf die Schulter und verließ das Haus durch die Vordertür. Der Adler wartete vor der Garage. Er musste in die Firma. Das würde ihn auf andere Gedanken bringen. Bei Otto war alles dunkel. Er hatte noch keine Ahnung. Dröhnend fuhr der Adler vom Hof.

Doch Otto war schon lange nicht mehr zu Hause. Er hatte nach einer kurzen Nacht beschlossen, Mizzi noch einmal zu sehen, bevor sie mit von Simmerl abreiste. Wenn er sie nicht umstimmen konnte, dann wollte er sich wenigstens versichern, dass sie mit ihm in Kontakt blieb. Die Vorstellung, sie ganz aufgeben zu müssen, war für ihn unerträglich. Vor Arbeitsbeginn wollte er sie ein letztes Mal sehen, notfalls eine glühende Nachricht an sie und Abschiedsworte an Ludwig hinterlassen, falls sie noch nicht wach waren. So wie er Ludwig und Mizzi kannte, war das nicht unwahrscheinlich. Doch es kam ganz anders. Der Rezeptionist sah überrascht von seinen Papieren auf, als Otto nach den beiden fragte.

»Die Herrschaften aus München? Der Herr Baron von Simmerl?«

»Ja, der Baron und seine Begleitung. Melden Sie mich bitte an, wenn sie schon empfangen.«

»Aber, mein lieber Herr Gentil, wissen Sie denn nicht? Die Herrschaften sind heute Morgen sehr früh abgereist.«

»Abgereist?« Otto war fassungslos. Mizzi hatte mit keinem Wort erwähnt, dass sie so früh wegwollten. Und schließlich hatte sie die Nacht mit ihm bis in die frühen Morgenstunden verbracht – ohne Ludwig, der sich solange wer weiß wo herumgetrieben hatte.

»Ja. Abgereist. Sie haben ein Automobil gemietet.«

»Wissen Sie denn, wohin?«

»Der Herr Baron sprach von Terminen in Frankfurt.«

»Haben sie eine Adresse hinterlassen?«

Der Portier schüttelte den Kopf.

»Oder vielleicht eine Nachricht für mich?«, fragte Otto hoffnungsvoll.

»Nein, bedaure, Herr Gentil. Keine Nachricht. Nichts. Einfach abgereist.«

Die letzten beiden Worte hatte der freche Rezeptionist in einem süffisanten Ton hinzugefügt.

Um sich keine Blöße zu geben, verabschiedete sich Otto knapp und trat aus der Hotelhalle hinaus. Es war ein kalter Morgen und die Sonne schimmerte hellorange durch den Dunst wie durch eine Eisschicht. Er ging die wenigen Schritte bis zum Fluss hinunter, auf dem eine Nebelschicht

schwamm. Über die Brücke rumpelten etliche Pferdefuhrwerke in die Stadt hinein, freundlich begrüßt vom Heiligen
Nepomuk. Ein Automobil, das Richtung Frankfurt fuhr,
sah Otto nicht. Dass die beiden an diesem Morgen einfach so plötzlich verschwunden waren, wie sie hier aufgetaucht waren, verstand er nicht. Ein merkwürdiger Besuch.
Er konnte sich keinen Reim darauf machen. Wenigstens
hatte er Mizzi wiedergesehen. Von Ludwig war er enttäuscht. So verhielt man sich als Freund nicht. Aber vielleicht hatte er auch herausgefunden, dass er mit Mizzi
zusammen gewesen war? Hätte er dann überhaupt noch
eine Chance, sie jemals wiederzusehen? Die Machtlosig-
keit fuhr ihm ins Herz wie ein Stich. In sein Schicksal erge-
ben führte ihn sein Weg den Dalberg hinauf. Am Frank-
furter Hof herrschte reges Treiben, ein Fuhrwerk nach
dem anderen bog durch das große Tor ein, die Hufe der
müden Pferde hallten von den Wänden des Innenraums
nach draußen auf die Straße. Otto ging die Treppen der
schmalen Stiegengasse hinauf in Richtung Marstall. Ob
ihn die Arbeit mit seinen Gesellen ablenken könnte? Er
kämpfte gegen die Wut an, die in ihm aufstieg: Endgültig wurde ihm klar, dass seine Münchener Zeit vorbei war
und er hier in der Provinz sein Leben weiterführen musste,
statt fein zu ziselieren hieß es, grobe Steine zu behauen,
Handwerk statt Kunst, aber immerhin Kunsthandwerk. Er
konnte schon das Klopfen der Hammerschläge hören, das
über die Mauern hallte. Er stieß das Tor auf und grüßte
knapp. Kurze Zeit später ließ er sich an einem groben Gra-
nitbrocken aus. Hart wie Mizzis Herz.

Dass die Dame seines Herzens nicht weit entfernt von
ihm mit Ludwig im Bett lag und die Stadt noch gar nicht
verlassen hatte, ahnte er nicht.

30

Hans hatte sich nach seinem gelungenen Coup ausgeruht, und als er vormittags nach den wenigen Stunden seiner Nachtruhe wieder erwachte, war es viel zu spät, um bei der Arbeit in der Fabrik zu erscheinen. Er würde sich krankmelden und einen Lohnabzug riskieren, was sollte es schon, immerhin stand ihm dafür eine große Summe Geldes ins Haus.

In der kleinen Küche ließ er Wasser in den Kessel und stellte ihn auf den Herd, den er kurz zuvor mit Kohle und Holz angefeuert hatte. Er bereitete sich eine Tasse mit Muckefuck zu und fand auf der Anrichte noch einen Kanten harten Brotes, an dem er hungrig herumnagte. Die dürftigen Vorräte waren vollends aufgebraucht. Der Muckefuck schmeckte abscheulich, so dünn war er, aber dennoch weckte er die Lebensgeister. Draußen war es noch immer so kalt, dass die schmutzigen Scheiben am unteren Rand milchig beschlagen waren. Er fror. Er würde sich eine neue Wohnung suchen, die in allen Zimmern einen wärmenden Ofen hätte, das nahm er sich vor.

Als er ausgetrunken hatte, schleppte er das ausladende Paket aus seinem Zimmer und legte es auf den Küchentisch. Vorsichtig wickelte er die einzelnen Lappen einen nach dem anderen ab. Er wollte sein Beutestück einmal in Ruhe betrachten. Mit Ludwig war er erst am Abend verabredet, nach Feierabend. Dass er ihn bestohlen hatte, hatte er mit Sicherheit noch nicht bemerkt. Wenn er, Hans, dann nicht auftauchte, würde er vielleicht nachsehen gehen und den Diebstahl feststellen; bis dahin war er noch in Sicherheit.

Ohne es zu merken, hatte er das Gemälde mit der bemalten Seite nach unten hingelegt und er erblickte zuerst die Rückseite. Sie war ebenfalls bemalt, mit einigen angefangenen Figuren. Es war ein Mann auf einem Pferd zu sehen, Studien aus verschiedenen Winkeln und Perspektiven, die meisten nicht vollendet. Seltsam, dass ein so teures Bild nicht auf einer frischen Leinwand gemalt worden war. Er drehte den Rahmen nun vorsichtig um und sah es sofort: Das war nicht das Bild, das er im Grünen Salon von der Wand genommen hatte. Das waren Bauern auf einem Feld bei der Heuernte. Das Gemälde, das er gestohlen hatte und das so viel Geld wert war, wie Ludwig von Simmerl gesagt hatte, hatte das weiße Gesicht einer abstoßenden Frau gezeigt.

Von Simmerl! Er hatte ihn ausgetrickst!

Mit einem gezielten wütenden Tritt bugsierte er die große Leinwand in ihrem billigen Keilrahmen vom Tisch, sodass sie quer durch den kleinen Raum segelte und an der Anrichte abprallte, wobei sie noch die benutzte Tasse und die Dose mit dem Muckefuck umwarf und einen Blechlöffel laut auf den Boden scheppern ließ.

Dieser verdammte Mistkerl! Wie naiv war er gewesen! Hatte er nicht alles aufs Spiel gesetzt, um von Simmerl behilflich zu sein? Seine Lehrstelle allem voran? Wieso hatte von Simmerl ihn überhaupt ins Vertrauen gezogen, wenn er letztlich doch im Alleingang handelte? Hans spürte wieder die alte Unterlegenheit, die er als Kind der Arbeiterklasse unter ihm, dem Baron, auch in allen anderen Lebensbereichen spürte. Die Wut kochte in ihm. Er hatte sich an der Nase herumführen lassen wie ein dummer Junge. Es war dieses Unterlegenheitsgefühl, das ihn so wütend machte. Noch wütender als die Tatsache, dass ihm das Geld so kurz vor dem Ziel durch die Lappen gegangen war. Verdammt noch mal! Wann hatte von Simmerl das Bild ausgetauscht? Gleich nachdem er den Hof verlassen hatte? Oder erst kurz bevor er im Morgengrauen zur Schießhausbrücke geschlichen war, um es zu stehlen? Vermutlich hatte sich von Simmerl sofort nach seinem Weggehen damit aus dem Staub gemacht. Mist! Dadurch, dass er sich seelenruhig schlafen gelegt hatte, als er sich hier in der Wohnung mit seiner Beute in Sicherheit glaubte, hatte er wertvolle Zeit verloren.

Er wusste, dass von Simmerl nach Italien wollte und dass er unterwegs das Gemälde verkaufen wollte. Aber er hatte keine Ahnung, an wen oder wo, keine Kontaktadresse, sodass er nun überhaupt keinen Anhaltspunkt hatte, wo er nach ihm suchen oder auf ihn warten könnte. Abgesehen davon, dass er sich eine Zugfahrkarte nach Italien gar nicht leisten konnte. Es schien aussichtslos zu sein. Mit Tränen in den Augen raufte sich Hans die Haare, stützte den Kopf in beide Hände, die Ellenbogen auf den Knien. So saß er da und sah zu, wie vereinzelte Tränen des Zorns auf den kaputt gescheuerten Küchenboden tropften. Es dauerte eine ganze Weile, bis er sich so weit beruhigt hatte, dass er wieder mit einigermaßen kühlem Gemüt darüber nachdenken konnte, wie er weiter vorgehen würde. War es möglich, von Simmerl vielleicht doch noch aufzulauern, um ihn zur Rede zu stellen und dazu zu bringen, als Ehrenmann sein Versprechen einzulösen? Schließlich war er es gewesen, der die Werkzeuge besorgt hatte. Ohne ihn hinge die Medusa noch an ihrem angestammten Platz. Dagegen sprach, dass von Simmerl kein Ehrenmann war.

Dachte man in Ruhe darüber nach, gab es nur zwei Möglichkeiten: Von Simmerl hatte die Stadt bereits mit einem Automobil verlassen. Dann hätte Hans keine Chance darauf, doch noch an das Geld zu kommen, denn der Baron wäre längst über alle Berge. Das würde allerdings voraussetzen, dass von Simmerl seine Flucht von langer Hand geplant hatte. Und so schnell, wie sich die Ereignisse gestern Abend zu ihren Gunsten entwickelt hatten, konnte das eigentlich nicht sein. Von Simmerl war mindestens so überrascht wie er gewesen, dass der alte Gentil ihn mit in die Villa genommen hatte. Es sprach also einiges dagegen, dass von Simmerl im Vorfeld einen Fluchtwagen organisiert hatte. Die zweite Möglichkeit schien also nach reiflicher Überlegung die wahrscheinlichere: Von Simmerl war noch in der Stadt und irgendwo untergeschlüpft, um sich zu verstecken. Denn dass er in seinem Hotel abwartete, bis Gentil den Diebstahl bemerkte und sich dazu von ihm befragen ließ, war genauso unwahrscheinlich wie die Tatsache, dass Gentil ihn nicht verdächtigen würde. Wo könnte von Simmerl also stecken? Er kannte niemanden außer Otto in der Stadt. Wo? Hans war ratlos. So kam er nicht weiter. Auf diesem Weg würde er ihn nicht finden. Vermutlich plante von Simmerl gerade aus seinem Versteck heraus seine Flucht und organisierte sich ein Automobil mit Fahrer. Alle potenziellen Fahrer abzuklappern – ausgeschlossen. Es bestand noch eine weitere winzige Möglichkeit: dass von Simmerl vorhatte, mit dem Zug abzureisen. Wenn er nach Italien wollte, musste er über München reisen. Und um heute noch nach München zu kommen, könnte er eventuell den Nachtzug dorthin nehmen wollen. Das hieß also, dass Hans ihn vielleicht am Bahnhof oder auf dem Weg dorthin abpassen konnte. Wenn er viel Glück hatte, würde er ihn aufspüren und könnte ihn zur Rede stellen. Oder ihm das Bild mit Gewalt abnehmen, denn er müsste es ja unweigerlich dabeihaben. Es war seine einzige Chance. Und Hans klammerte sich an diesen Strohhalm, zu allem entschlossen, denn er musste jetzt aufs Ganze gehen, zu viel stand für ihn auf dem Spiel.

Grimmig beschloss er, sein Schicksal erneut in die Hand zu nehmen und den sauberen Baron am Bahnhof zu erwarten, um ihm dort eine schöne Überraschung zu bereiten. Vorsichtshalber suchte er nach etwas, womit er sich bewaffnen konnte. Man wusste ja nie.

Nach einem bedrückenden Nachmittag, der so grau gewesen war wie das Novemberwetter draußen, machte Hans sich auf den Weg zum Bahnhof, mit dem untrüglichen Gefühl, dass sein Leben sich am heutigen Abend entscheidend ändern würde, auf die eine oder andere Weise.

Er ging los, grüßte den alten Schmitz, der noch immer an seinem Fenster Position bezogen hatte, mit einem knappen Nicken, schritt durch die unbeleuchteten Straßen in Richtung Hauptbahnhof. Dorthin würde er kommen müssen, wenn es so war, wie Hans glaubte, und von Simmerl die Stadt noch nicht verlassen hatte. Er näherte sich dem Bahnhofsgebäude von Osten her und ging parallel zu den Schienen die Bahnlinie entlang. Links von ihm erhoben sich beeindruckend groß die beiden Ringlokschuppen aus Backstein. Auf den Drehscheiben davor wurde noch rangiert. Er konnte die Rufe der Arbeiter hören, das Fauchen der Loks, die in kleinen weißen Wolken Dampf in den Nachthimmel abließen. Mit ihren Scheinwerfern sahen sie dabei aus wie riesenhafte Zigarrenraucher in einer schummrigen Kneipe.

Es war nun nur noch ein kurzes Stück und Hans wusste nicht genau, wie er vorgehen sollte. Er hatte nicht die

Absicht, von Simmerl anzugreifen. Die Angst vor einer wirklichen, tätlichen Auseinandersetzung hielt ihn zurück, obwohl er sich bewaffnet hatte. Das Küchenmesser sollte eher zu seinem eigenen Schutz dienen, bevor er es zum Angriff benutzte. Er musste sich ein Versteck suchen, von dem aus er das ganze Gleis überschauen konnte, damit er jede Regung dort beobachten konnte und von Simmerl ihm nicht doch noch im letzten Moment durch die Lappen ging. Wenn der Baron auftauchte, wollte er sich zeigen und ihn zur Rede stellen. Doch wie würde er ihn dazu bringen, ihm seinen Anteil zu geben? Der Baron hatte das Geld ja noch gar nicht. Er musste das Bild erst noch verkaufen. Konnte Hans sich auf sein Ehrenwort verlassen? Diese Frage war klar mit »nein« zu beantworten. Wäre es so, dann läge das Bild zum jetzigen Zeitpunkt noch sicher in seinem Versteck und er würde zusammen mit von Simmerl in diesem Moment überlegen, wie sie es zum Käufer bringen konnten, ohne vom Alten erwischt zu werden. Dass dem nicht so war, ließ in ihm erneut die Wut aufkeimen, die er verspürt hatte, als er von Simmerls Betrug an ihm bemerkt hatte. Wie würde er nun an seinen Anteil kommen?

Und bist du nicht willig, so brauch ich Gewalt. Seine Finger krampften sich um den hölzernen Griff des Brotmessers in seiner rechten Manteltasche. Ein Schauer lief ihm über den Rücken. Aber in seinem Magen lag die Wut schwer und heiß wie ein Lavabrocken.

Er ging nun an der langen Front des Bahnhofsgebäudes entlang. Rechts und links der Bahnhofshalle begrenzte je ein lang gestreckter Gebäuderiegel mit großen, aus je sechs Rechtecken zusammengesetzten Glasfenstern den riesigen Vorplatz. Imposant war auch das hohe Hauptgebäude selbst. Aus rotem Sandstein aus dem Spessart zeigte es den Reisenden eine klassizistische Fassade, die von einem flachen Walmdach bedeckt wurde. Auf dem Vorplatz standen einige wenige Automobile, die Chauffeure hatten sich in plaudernden Grüppchen zusammengefunden, um die Wartezeit zu überbrücken, bis sie das Gepäck derjenigen einladen konnten, auf die sie warteten. Mit einem fachmännischen Blick vergewisserte sich Hans, dass der auffällige Adler Gentils nicht darunter war. Was auch immer das heißen mochte. Entweder hatte der Alte noch gar nichts bemerkt oder er hatte von Simmerl schon längst gestellt. Einen Grund, an den Hauptbahnhof zu kommen, gab es jedenfalls für ihn nicht.

Hans durchschritt die Bahnhofshalle zügig, um aus der hellen Beleuchtung schnell in das Dämmerlicht des Bahnsteigs zu kommen. Der Bahnhof war seit seiner Gründung zügig gewachsen und verfügte nun über einen eigenen Güter- und Rangierbahnhof und mehrere Gleise für Personentransport. Hans stellte sich in den Schatten eines Schaffnerhäuschens auf dem Gleis, auf dem die Züge nach Süden abfuhren, ganz ans Ende, um möglichst lange unbemerkt zu bleiben. Hier hatte er einen guten Überblick. Allerdings war er nicht allein, denn am selben Bahnsteig gegenüber stand ein Zug mit etlichen Waggons und wartete auf seine Abfahrt nach Höchst. Er konnte innen Leute sitzen sehen, ein paar Männerhüte, aber auch kleine Hütchen auf hohen Frisuren. Sie schienen ihn nicht zu bemerken, auch wenn sie hin und wieder den Kopf hoben, um nach draußen zu sehen. Nun begann das Warten.

31

Mizzi hatte mit ihrem letzten Geld ein Automobil bestellt, denn die Größe und Anzahl ihrer Koffer war nach wie vor beträchtlich.

»Was willst du mit all diesem Plunder?«

»Aber das sind nun einmal meine Sachen, Luckilein.«

»Die brauchst du nicht. Wir kaufen dir neue. Nein, noch besser: Wir laufen nackt herum. Wie Adam und Eva im Paradies.«

»Ach Luckilein, du bist herrlich. Aber es wäre doch schade, wenn ich auf all die schönen Dinge verzichten müsste, die ich bereits besitze. Deshalb nehme ich sie mit.«

Mit einem geräuschvollen Knall rutschte eine der Hutschachteln vom Gepäckstapel und fiel zu Boden. Von Simmerl seufzte. Er selbst hatte nur einen kleinen Koffer mit dem Nötigsten dabei. Und natürlich das sorgfältig zu einem Paket verschnürte Gemälde.

Draußen ertönte ein Motorengeräusch und Mizzi machte sich auf zur Tür, um den Fahrer hereinzulassen, damit er das Gepäck verladen konnte.

»Das nehme ich selbst.« Von Simmerl griff nach dem Paket.

Der Fahrer sah ihn überrascht an, sagte dann aber achselzuckend: »Ei sischä, wie Se wünsche.«

Er hatte sichtlich Mühe, Mizzis schwere Koffer und Hutschachteln unterzubringen und auf dem Heck des Wagens festzuschnallen. Von Simmerl und seine Geliebte mussten sich auf dem Rücksitz zusammendrängen, damit sich das unförmige Gespann in der Dämmerung des hereinbrechenden Abends in Bewegung setzen konnte. Schweigend ließ sich von Simmerl zum Bahnhof fahren, nur Mizzi plapperte aufgeregt und unentwegt vor sich hin und schwärmte von der neuesten italienischen Mode, die sie in einem Magazin gesehen hatte. Er hätte gedacht, dass er sich besser fühlen würde, wenn es so weit war und er in sein neues Leben aufbrechen würde, vielleicht sogar triumphal. Doch statt eines Hochgefühls machte sich so etwas wie eine dunkle Vorahnung in ihm breit, Zweifel, ob auch alles klappen und sein Plan aufgehen würde. Es passte zu diesen Gedanken, dass er vor wenigen Tagen das Städtchen erhobenen Hauptes in all seinem importierten Großstadtglanz als Mann von Welt, als Baron, betreten hatte und jetzt im Dunkeln aus der Stadt schlich wie ein Dieb, in der Hoffnung, von niemandem bemerkt zu werden.

Und genau zu so einem war er innerhalb der letzten 24 Stunden leibhaftig geworden. Zwar hatte er schon seit Jahren Geld verprasst, das ihm nicht gehörte, und auf Pump gelebt. In gewisser Weise war auch das Diebstahl gewesen. Doch jetzt, vergangene Nacht, hatte er ein Verbrechen begangen, für das er eigens aus München hierher gereist war. Einen harmlosen Fabrikanten bestohlen. Dessen Sohn, der ihm vertraut hatte und in seiner naiven Verliebtheit in Mizzi auf den Leim gegangen war, hintergangen. Verglichen mit seiner falschen Identität als Baron war das eine neue Qualität. Eine nötige allerdings, um auf der Sonnenseite des Lebens zu bleiben. Es konnte nicht jeder das Glück haben, in wohlhabende Verhältnisse geboren zu werden wie Otto.

Ruckelnd fuhr das Automobil vor der Bahnhofshalle vor und Mizzi winkte sofort einen Gepäckträger herbei, der sich mit dem Fahrer an den Koffern und Schachteln zu schaffen machte.

»Ich geh schon einmal vor und kaufe die Billets, pass du auf mein Gepäck auf. Bye, bye, Lucki-Schatz!« Sie winkte mit ihrer kleinen behandschuhten Hand. »Oder sollte ich besser ›Arrivederci‹ sagen?« Sie kicherte. »Wir sehen uns am Glei-heis.« Sie hauchte ihm einen Kuss von der mit rotem Leder überzogenen Handfläche und stöckelte davon.

Von Simmerl folgte dem Kofferträger in einigem Abstand durch die hell erleuchtete, aber fast menschenleere Bahnhofshalle bis auf den Perron. Er gab ihm ein Trinkgeld und zündete sich eine Zigarette an. Tief inhalierend sah er dem Qualm nach, der in einer feinen, tänzelnden Linie nach oben stieg und sich in der Dunkelheit auflöste.

Der Bahnsteig lag verlassen da, außer ihnen schien niemand auf den letzten Zug zu warten. Nun gut, Mizzi würde sicher gleich kommen und losplappern wie eine ganze Schar Fahrgäste. Er zog wieder an seiner Zigarette und spürte, wie das Nikotin langsam ins Blut ging und seine anregende Wirkung entfaltete. Es wäre sicher besser, im Zug wach zu bleiben, falls irgendwelches Gesindel mitfahren würde. Er musste gut auf das Bild aufpassen. Noch ein Zug. Wo blieb Mizzi so lange? Nervös nestelte er an dem Paket herum. Als er den Stummel seiner Zigarette auf dem Pflaster des Bahnsteigs austrat, hörte er endlich Schritte in seinem Rücken.

Hätte er genauer hingehört, hätte er gemerkt, dass es nicht Mizzis Stöckelschuhe waren, die über den Stein klapperten, sondern dass der Ton dumpfer und satter war. Er erschrak, als sich die Spitzen derber Arbeiterstiefel neben seine feinen Budapester stellten. Alles krampfte sich in ihm zusammen, denn er erkannte sofort, zu wem sie gehörten.

»Der Herr Baron, sieh an, sieh an. So spät noch unterwegs? Dachte ich's mir doch. Der Herr Baron will verreisen. Da hat sich das Warten ja gelohnt. Warum wusste ich nur, dass du kommen würdest?«

Von Simmerl wich sprachlos einen Schritt von Helfrich zurück. Seine Vorahnung war richtig gewesen. Er schalt sich einen Augenblick dafür, dass er so naiv gewesen war, daran zu glauben, unbehelligt verschwinden zu können. Bestimmt kam gleich der bestohlene Gentil mit einem Wachtmeister um die Ecke. War das das Ende seines neuen Lebens, bevor es richtig angefangen hatte?

»Was willst du?«, hörte er sich sagen.

»Nun, hast du nicht was vergessen? Denk mal scharf nach.«

In den spöttischen Unterton Helfrichs hatte sich etwas Bedrohliches gemischt. Von Simmerl dachte fieberhaft nach, wie er sich aus dieser Situation befreien könnte. Um Zeit zu gewinnen, sagte er: »Ich bringe nur Mizzi zum Bahnhof, ehrlich.«

»So? Und was ist das da?« Hans deutete auf das Paket und ging einen Schritt auf von Simmerl zu, dem nicht viel Platz zum Ausweichen blieb, wenn er nicht im Gleisbett landen wollte.

»Wir hatten eine Abmachung, du Schwein! Wolltest mich wohl über den Tisch ziehen? Hast wohl gedacht, mit dem dummen Helfrich kann ich's machen? Bis der's bemerkt hat, bin ich schon über alle Berge? Hast gedacht, den leg ich rein. Versprech ihm erst einen Anteil und wenn er mir geholfen hat, vergess ich mein Versprechen schnell wieder.«

Noch ein Schritt. Von Simmerl spürte einen Pfosten in seinem Rücken, er konnte nicht mehr ausweichen. Hans war nun bedrohlich nahe an seinem Gesicht, ihre Nasen berührten sich fast. Er konnte seinen warmen Atem spüren.

»Hans, bitte, bleib ruhig, es ist nicht so, wie du denkst, ich kann das erklären …«

Weiter kam er nicht, da hatte Helfrich ihn am Kragen gepackt und presste zwischen seinen Zähnen hervor: »Ach ja? Ich pfeif auf deine Erklärung! Da gibt's nichts zu erklären!«

Er zog ihn noch dichter an sich heran.

»Ich will meinen Anteil haben. Und zwar sofort!« Mit einem Ruck schüttelte er von Simmerl, sodass dessen Kopf wackelte. »Ich hab's schon kapiert. Wollte sich aus dem Staub machen, der feine Herr Baron. Sich davonschleichen wie ein räudiger Hund. Seinen Helfer im Stich lassen. Ja, so seid ihr, ihr feinen Herren! Unsereinen ausnutzen und nach Gebrauch wegwerfen wie eine leere Flasche.«

Hans hielt von Simmerl jetzt mit beiden Händen am Mantelrevers gepackt und wollte ihn in einem Halbkreis von dem Pfosten wegziehen. Da er kleiner und schmächtiger als Ludwig von Simmerl war, hatte er zwar das Überraschungsmoment auf seiner Seite gehabt und ihn erwischen können, aber jetzt hatte sich von Simmerl gefasst und ging zur Verteidigung über. Er versuchte, Hans' Hände zu lösen und ihn von sich wegzudrücken. Schraubzwingenartig legte er seinen Griff um den von Helfrich. Doch gegen die kräftigen Arbeiterarme konnte er nichts ausrichten. Er trat ihn gegen das Schienbein, löste seine Rechte und wollte ihm seine Hand ins Gesicht pressen. Aber Hans drehte den Kopf weg, von Simmerl drückte nach, Hans ließ dennoch den Mantelkragen nicht los. Ein wildes Gerangel begann, bei dem einer versuchte, den anderen in den Schwitzkasten zu nehmen. Hans schrie auf, als von Simmerl ihn mit dem Fuß am Knie traf, und ließ mit einer Hand den Kragen los, was von Simmerl sofort ausnutzte und sich so schnell von Hans wegdrehte, dass er dabei aus seinem Mantel schlüpfte und Hans mit dem leeren Kleidungsstück in der Hand nach hinten taumelte.

»Du Mistkerl! Ich krieg dich!«

Zum Äußersten entschlossen stürzte er wieder auf von Simmerl zu und diesmal gelang es ihm, ihn in den Schwitzkasten zu nehmen und sich mit seinem ganzen Gewicht auf Ludwigs Nacken zu legen. Er hatte aber nicht mit von Simmerls Gegenwehr gerechnet, die sich weniger in Form von Muskeln als geschickten Ausweichmanövern zeigte.

Der ungleiche Kampf der beiden ungleichen Männer, deren Schicksale durch den Diebstahl miteinander verstrickt waren, glich von Weitem einem wilden Tanz, der sich mal hierhin, mal dorthin bewegte, bis es von Simmerl kurz gelang, Helfrich in den Schwitzkasten zu nehmen. Dieser zog jetzt das Küchenmesser aus der Manteltasche. Die Klinge blitzte im Licht der schwachen Bahnsteigbeleuchtung auf, als sich rasche Schritte näherten und eine Stimme aufschrie: »Aufhören! Lassen Sie sofort los! Sofort aufhören! Ludwig! Lassen Sie sofort meinen Ludwig los!«

Mizzi wedelte hilflos mit den Armen, während von Simmerl Helfrichs Arm packte und sich mit aller Kraft dagegenstemmte, um die Klinge auf Abstand zu halten.

»Mizzi! Hilf mir! Schnell!«, presste von Simmerl hervor.

Mizzi stürzte sich auf Helfrichs Rücken und schlug mit ihren Fäusten auf ihn ein. Wie eine Furie hieb und trat sie gegen Ludwigs Peiniger, der nicht von ihm abließ.

»Hilfe! Schnell! Ich kann ihn nicht mehr abhalten!«, schrie von Simmerl panisch.

Mit dem Mut der Verzweiflung ließ Mizzi von Helfrichs Rücken ab und klatschte mit einem ausholenden Schwung ihre große Gobelin-Handtasche in Helfrichs Gesicht. Dieser taumelte, fing sich zunächst noch einmal im Rückwärtsschwanken ab und ging in die Knie, woraufhin ihm von Simmerl einen beherzten Tritt versetzte. Mit einem Aufschrei stürzte Helfrich nach vorne, krümmte sich und kippte nach hinten über die Bahnsteigkante ins Gleisbett, wo er regungslos liegen blieb.

Atemlos eilten Mizzi und von Simmerl auf die Gleise zu, um nach ihm zu sehen: Der Arbeiter lag mit verzerrten Gliedmaßen, die Beine unnatürlich verdreht, auf dem Schotter, den Kopf auf der metallenen Schiene. Aus dem Mund rann ihm ein dünner Blutfaden. Die Augen waren weit aufgerissen und starrten mit gebrochenem Blick auf von Simmerl und Mizzi, die einen entsetzten Aufschrei hinter ihrer Armbeuge erstickte.

»Ludwig! Sieh nur!«, wisperte sie ihm tonlos zu.

In Helfrichs Oberschenkel steckte das Messer, mit dem er von Simmerl angegriffen hatte. Lautlos breitete sich darunter eine dunkle Lache aus. Darüber hob sich das reglose, bleiche Gesicht mit den weit aufgerissenen Augen im Schein der Beleuchtung ab … Von Simmerl schluckte. Mizzi schluchzte auf und presste ihren roten Handschuh vor den Mund. Sie schloss die Lider und wandte sich um, bis sie mit dem Rücken zum Gleis dastand und ihren Kopf an von Simmerls Schulter vergrub. Ein Zittern durchlief ihren ganzen Körper. Ludwig von Simmerl spürte den bebenden Leib seiner Freundin. Er zog sie mit sich, weg von der Leiche, ans andere Ende des Bahnsteigs, von wo sich mit einem hohlen Pfeifen der letzte Zug ankündigte, der an diesem Tag den Bahnhof verlassen würde. Sein Zug.

32

»Diese Schmierfinken und Zotenreisser!«

Als Gentil am nächsten Morgen nach seiner Zeitung griff, die ihm Berta wie immer zusammengerollt neben den Frühstücksteller gelegt hatte, traute er seinen Augen nicht: Auf der Titelseite prangte ein Foto, auf dem nicht viel zu erkennen war, aber die Schlagzeile verriet alles: »Toter am Hauptbahnhof«. In einer Kleinstadt wie unserer ein Skandal, dachte Gentil. Die Unterüberschrift schürte die Sensationslust: »War es ein Unfall?«

»Natürlich war es ein Unfall! Was denn sonst? Mord vielleicht? Wer sollte denn in unserem Städtchen einen Mord begehen? Hier soll ein Mörder rumlaufen? Lächerlich. 's werden bloß wieder die Leute verrückt gemacht.«

Trotzdem las er neugierig weiter: »Am Abend des 20.11.1925 machte ein Schaffner am Hauptbahnhof einen grausigen Fund. Als er das Führerhaus seines Zuges nach

Höchst besteigen wollte, entdeckte er neben dem Lichtkegel der Zugscheinwerfer im Gleisbett eine Leiche. Es handelt sich um einen jungen Mann aus Damm, die Todesursache ist noch nicht geklärt. Ob er sich bei dem Sturz das Genick gebrochen hat oder an der Messerwunde in seinem linken Oberschenkel verblutet ist, muss noch untersucht werden. Die Polizei bittet um die Mithilfe der Bevölkerung bei der Aufklärung des Verbrechens. Wer hat etwas Verdächtiges auf dem Bahnsteig gesehen? Gibt es Unfallzeugen? Bitte melden Sie sich bei der Polizei!« Der Journalist wärmte anschließend die Verbrechen der letzten Jahre auf, allen voran den Mord in der Würzburger Straße.

Gentil grummelte vor sich hin und warf das Blatt auf den Tisch zurück.

Berta brachte ihm eine riesige Portion Spiegeleier und ließ sie geübt aus der Pfanne auf den Teller gleiten. Dabei jammerte sie: »Seines Lebens ist man nicht mehr sicher, seines Lebens nicht. Und das hier bei uns! Das sind schon Zustände wie in Frankfurt! Schlimm, schlimm. Bald kann man nicht mehr auf die Straße gehen. Messerstecher und Verbrecher. Schlimm.«

»Berta! Hör auf damit! Übertreib nicht so! Wird gestürzt sein, besoffen gewesen, war wahrscheinlich vorher im ›Frohsinn‹ oder im ›Roten Kopf‹ oder wo die jungen Männer immer hingehen. Ist doch nichts Außergewöhnliches.«

»Schlimm, Herr Schandel. Es sind schlimme Zeiten.«

Sie säbelte eine dicke Scheibe Brot von dem Laib, den sie sich zu diesem Zweck vor die Brust hielt, und reichte ihn Gentil, der sich schon über die Spiegeleier hermachte.

»Genug von deinem Geschwätz, Berta«, herrschte er sie an. »Glaub nicht, was die Schmierfinken schreiben.

Es war bestimmt ein Unfall. Das da ist viel beunruhigen-der als ein junger Mann, der besoffen aufs Gleis stürzt.«

Er zeigte auf einen Artikel über die neue Partei, die in der Stadt mehr und mehr Zulauf erhielt, diese NSDAP.

»Aber das Messer, Herr Gentil. Wieso hatte er ein Mes-ser dabei?«

»Genug jetzt!«

Gentil wischte mit dem letzten Stück Brot die Fett- und Dotterreste vom Teller, wie er es immer machte, und erhob sich.

»Ich fahr jetzt. Kümmer du dich lieber drum, dass heute Mittag was Ordentliches auf dem Tisch steht, als um den Blödsinn hier.«

Er nahm die Zeitung vom Tisch und steckte sie ins Ofenloch, wo die Flammen sofort ihre neue Nahrung verschlangen.

»So erfüllt sie ihren Zweck am besten. Bis heute Mit-tag, Berta.«

33

»Wie, du weisst nicht, wo er ist? Du bist doch sonst immer über Klatsch und Tratsch informiert? Heiner, wo steckt Helfrich, verflixt noch mal? Gleich kommt der Meister und der wird bestimmt genau nachfragen. Schließlich hat der Helfrich gestern schon gefehlt.«

»Wenn ich's dir doch sage. Ich weiß es nicht. Er war gestern nicht im ›Roten Kopf‹. Bestimmt ist er krank. Deshalb war er auch nicht in der Fabrik. Und heute ist er es noch.«

Er zuckte mit den Achseln, als ob ihn das alles nichts anginge. Der Vorarbeiter wollte es aber genau wissen.

»Heiner! Dann geh heute nach der Arbeit zu Hans nach Hause und frag nach! So was Unzuverlässiges!«, schimpfte er im Umdrehen und stieß in der Tür zur Ausbildungswerkstatt mit Keller zusammen.

»Hoi, immer langsam mit den jungen Pferden. Wohin so schnell, Herbert?«

»Ich hab zu tun.«

Der Vorarbeiter schob sich missmutig an dem Meister vorbei, ohne diesen eines Blickes zu würdigen.

Unverschämter Kerl, regte sich Keller auf, bedachte aber seine Lehrlinge mit seinem wertschätzenden Gruß:

»Guten Morgen, die Herren! Was steht an? Widmen wir uns heute dem Biegen feiner Metallröhren, meine Herren, an die Feilen, bitte. Und dann hergeschaut. Helfrich macht es vor.«

Sollte sich der streberhafte Helfrich doch einmal hier in der Ausbildungswerkstatt beweisen. Er hob seinen Kopf und schaute in die Runde. Betretenes Schweigen stand zwischen den Lehrlingen und ihm wie eine Wand.

»Was ist? Was glotzt ihr so? Heiner? Wollt ihr streiken?«

»Es ist so, Meister, also ... also ... also der Helfrich ist nicht da.«

»Nicht da? Was heißt das? Ist er Vesper holen?«

»Nein. Er ist überhaupt nicht da. Überhaupt nicht in der Firma. Er ist heute nicht erschienen.«

Keller schaute über den Rand seiner Nickelbrille.

»So? Nicht erschienen? Noch krank?«

»Das wissen wir nicht. Er fehlt jedenfalls immer noch.«

»Soso. Hm. Dann mach du es, Heiner.«

Langsam und widerwillig spannte Heiner sein Werkstück in die Schraubzwinge ein und setzte die Feile an, als alle so weit waren.

Herbert, der Vorarbeiter, kam wieder herein.

»Chef?«

»Hm?«

»Der Chef will Sie sprechen.«

»Schon wieder? Wollte heute doch gar nicht in den Betrieb kommen.«

Herbert zuckte mit den Achseln. »Ich soll Bescheid sagen. Habe ich gemacht.«

Und damit verschwand er mit seiner schlechten Laune wieder durch die Tür.

Keller wollte noch kurz eine Kontrollrunde machen und seinen Schützlingen über die Schultern schauen, bevor er die Lehrlingswerkstatt verließ. Nicht, dass die zu viel Ausschuss produzierten, das wollte sich der Betrieb nicht leisten. Offenbar hatte er dafür länger gebraucht als gedacht, denn der alte Gentil betrat in voller Größe den Raum und grüßte mit einem kurzen »Morsche! Was macht die Kunst?«

»Guten Morgen, Herr Gentil! Guten Morgen, wie geht es Ihnen? Guten Morgen!«, grüßten die Lehrlinge so ehrfürchtig zurück, dass sich Keller fragte, warum sie ihm nicht gleich im Chor geantwortet hatten.

»Da ist ja der Chef! Franz, wie sieht's aus? Hast du Zeit? Auf zu neuen Taten!«

»Ich muss erst schauen, dass hier alles gut läuft. Dann können wir gehen. Moment noch!«

Es passte ihm gar nicht in den Kram, heute mit dem alten Schandel herumzubasteln. Sie hatten doch gerade erst gestern eine Erfindung verkauft, was wollte er denn schon wieder? Er seufzte. Der alte Chef war eben ein unermüdlicher Schaffer.

»Pflichtbewusst, pflichtbewusst. Das sieht man gerne von seinem Meister. Da weiß man wieder, wieso man ihn auf diesen Posten gesetzt hat.«

Gentils Blick schweifte über die feilenden Lehrlinge. Sie waren aus dem ersten und zweiten Lehrjahr, während die aus dem dritten schon draußen an den verschiedenen Produktionsstationen mitarbeiteten. In ihren Gesichtern konnte er die Anstrengung und den Ernst sehen, mit dem sie sich über ihre Werkstücke beugten und versuchten, einen guten Eindruck zu machen. Blutjunge kleine Buben waren die aus dem ersten Lehrjahr, auch die aus dem zweiten hatten noch jungenhafte Züge, obwohl sie nur wenige Jahre jünger als sein Jüngster, Richard, waren. Nach dem Krieg geboren. Den Älteren, den Gesellen, standen die Schützengräben zum Teil noch ins Gesicht geschrieben.

Ihr Meister widmete jedem Einzelnen seine volle Aufmerksamkeit und ging von Schraubstock zu Schraubstock.

»Hier steht noch ein Grat ab. Pass auf, das wird schief. Was, so weit bist du erst? Sieh zu, dass du einen Zahn zulegst!«

Seine Ermahnungen waren bestimmt, aber immer verbindlich und freundlich im Ton. Die Schraubstöcke hinten in der letzten Reihe waren noch abgedeckt, sie wurden nicht gebraucht. Aber auch mittendrin blieb einer auffällig leer in dem geschäftigen Treiben.

»Fehlt heut einer?« Gentil deutete auf das verwaiste Werkzeug.

»Der Hans, unser Geselle, Herr Gentil.«

»Welcher Hans? Mit Nachnamen?«

»Der Helfrich; Hans Helfrich.«

»Helfrich? Kenn ich nicht. Krank?«

»Das wissen wir nicht, Herr Gentil. Er war gestern schon nicht da. Hat sich bei keinem gemeldet. Normalerweise ist er immer sehr korrekt. Im ›Roten Kopf‹ war er auch nicht. Also vermutlich krank.«

Ein paar Lehrlinge fingen über Heiners Ausführungen an zu grinsen.

»Bin dann so weit, Chef!«, sagte Keller und zusammen mit Gentil ging er hinaus in dessen private kleine Tüftelwerkstatt, sein Büro.

»Den kennen Sie schon. Das ist der, den Sie neulich mit zur Baustelle genommen haben. So ein kleiner Ehrgeizling. Will immer mehr sein, als er ist. So zieht er sich auch an, hat immer eine Schiebermütze auf. Seit der Arbeit auf der Baustelle habe ich ihn nicht mehr gesehen.«

Während Gentil den Worten seines Meisters gelauscht hatte, waren seine grauen Zellen auf Trab gekommen. Er erinnerte sich kaum an die Begegnung, nahm immer mal wieder einen Stift im Auto mit, wenn er gut gelaunt war. An die Tweedmütze jedoch erinnerte er sich genau, denn der feine englische Webstoff war ihm aufgefallen. Moment mal, war das nicht der Kerl, den er öfter zusammen mit Otto gesehen hatte? Den Otto aus seiner Pionierzeit kannte? Ein Geselle aus seiner Fabrik.

»Wenn er morgen wieder nicht auftaucht, dann schmeißt du ihn raus, Franz. Unzuverlässige Leute können wir nicht gebrauchen. Stehen genug junge Kerls auf der Straße und warten auf Anstellung.«

»Klar, Chef. Ist kein Verlust, wenn er nicht mehr kommt, das sehe ich genauso.«

Als Gentil mittags in seinen Adler stieg, trafen ihn die feinen Tropfen des Niesels, der sich über die Stadt gelegt hatte, wie Nadelstiche im Gesicht. Bleiern lag der Himmel auf den Hausdächern und es war jetzt schon so trüb, dass man auch hätte meinen können, es sei schon Abend. Es war Samstag. Samstags ging Berta immer auf den Markt und kochte dann ein leckeres Essen mit dem frischen Gemüse, das sie dort gefunden hatte. Gentils Laune hatte sich durch den Fabrikbesuch nicht wesentlich verbessert, aber doch immerhin ein wenig.

Er warf den Motor seines Wagens an und fuhr los, die Lange Straße entlang und verließ Damm in Richtung Stadtmitte, bog nach links ab und war bald in der Platanenallee, die auf die Großmutterwiese führte. Auf den Straßen selbst war kaum etwas los, aber auf den Gehwegen herrschte belebter Trubel. Man sah Dienstmädchen in ihren schwarzen Kleidern, beladen mit großen Körben, aus denen die Porreestangen ragten, Kinderfrauen, die sich von kleinen

Jungen oder Mädchen ziehen ließen oder riesige »Kinner-scheese« schoben. Dazwischen auch die bessere Gesellschaft, Damen und ihre Töchter, die ihre neuen Wintermäntel spazieren trugen, mit diesen modernen Hüten auf dem Kopf, die aussahen wie eine umgedrehte Tulpenblüte, was für ein Unsinn.

Gentil saß zurückgelehnt in seinem Wagen und lenkte lässig mit nur einer Hand. Ohne nach links und rechts zu sehen, bog er an der Großmutterwiese ab und war kurz darauf in der Grünewaldstraße. Er öffnete beide Torflügel und kam im Hof auf der gepflasterten Fläche vor Ottos Atelier zum Stehen. Er ließ den Motor noch kurz nachdrehen und machte ihn dann ganz aus.

Ottos Atelier lag verlassen da, er war wohl noch in der Schule. Ging er lieber schnell zu Berta und ließ sich etwas Warmes für seinen Bauch auftischen. Aus dem Augenwinkel nahm er die bronzene Medusa am Eingang wahr, die seine Festung bewachte.

34

»Na, Berta, was gab's heute auf dem Markt? Was gibt's zu essen?«

Auf der Anrichte sah er einen riesigen Berg Gelber Rüben. Enttäuschung machte sich breit. Er hatte sich auf ein schmackhaftes Mahl gefreut, um wenigstens dadurch noch das Beste aus dem Tag zu machen. Gelbe Rüben konnte er nicht leiden, auch wenn Berta und seine Frau immer wieder die Vorzüge lobten und sie als besonders gesund anpriesen. Er war schließlich kein Hase.

Während er Mütze und Mantel aufhängte, wartete er vergeblich auf Bertas Antwort. Sie stand vor dem Herd, mit dem Rücken zu Gentil, und fuhrwerkte mit einer großen Pfanne auf dem Herd herum.

»Berta?«

Der Heftigkeit ihrer Bewegungen konnte er entnehmen, dass sie ihre Laune an den Küchenutensilien ausließ. Er näherte sich ihr von hinten und sah über ihre Schulter auf einen Haufen Bratkartoffeln, die schon recht knusprig waren. Ihm lief das Wasser im Mund zusammen. Berta zog am Pfannenstiel, um sie fachgerecht zu wenden. Dabei stieß sie ihm ihren Ellenbogen in die Magengrube. Seine Köchin war noch nie besonders zimperlich gewesen.

»Autsch! Berta, was ist los? Warum redest du nicht mit mir?« Ihr musste eine ungewöhnlich große Laus über die Leber gelaufen sein.

Sie nahm nun ein großes Küchenmesser und hackte mit einem gewaltigen Schwung einer Rübe den Strunk ab.

»Was für Zeiten sind das nur, in denen wir leben? Was für Zeiten?« Sie schüttelte den Kopf und nahm sich eine weitere Rübe vor. Zack. Der Strunk kullerte über den dicken Hackklotz.

»Ist alles in Ordnung?«

Es war eine rhetorische Frage gewesen, denn Gentil hatte am Zustand seiner Köchin sofort erkannt, dass etwas vorgefallen sein musste.

»Gar nichts ist in Ordnung. Gar nichts. Da geht man als unbescholtene Bürgerin auf den Markt und dann wird man behandelt wie ein Schwerverbrecher.«

»Wie ein Schwerverbrecher? Berta, was ist dir passiert?«

Sie drehte sich nun zu ihrem Dienstherrn um, das Messer noch immer in der rechten Hand.

»Ich geh zum Markt und will einkaufen wie immer. Da erzählt mir die Marie …«

»Die Marie vom Dressler?«

»Ja, genau die. Ist sowieso eine blöde Kuh, die sich immer wichtigmacht. Das weiß ich ja. Aber heute – das schlägt jetzt wirklich dem Fass den Boden aus!«

»Berta, bleib bei der Sache.« Gentils Neugier war geweckt. Er freute sich auf etwas Klatsch und Tratsch aus seinem Städtchen.

»Also, da erzählt mir die Marie von der Leiche.«

»Leiche?« Wie kam Berta auf dieses Thema, fragte er sich kurz, doch dann dämmerte es ihm: »Die aus der Zeitung?«, setzte er hinzu.

»Genau die. Die aus der Zeitung.« Berta rüttelte wieder an der Pfanne, in der anderen Hand mit dem Messer wedelnd. »Gerade erzählt sie mir, dass der Hubert …«

»Wer ist denn nun schon wieder der Hubert?«

»Der Hubert eben. Der ist Polizist und mit dem hat sie angebandelt, schon vor über einem Jahr. Wenn Sie mich fragen, dann nutzt er das dumme Ding nur aus. Die hat doch keine Ahnung. Der hat keinen besonders guten Ruf, wissen Sie? Ist ständig bei Saufereien dabei und macht kräftig mit. Und das als Polizist! Das muss man sich mal vorstellen!«

»Berta!«

»Ist doch wahr! Als Polizist! Weiß außerdem jeder, dass bei diesen Trinkgelagen auch ganz liederliche Frauenzimmer dabei sind. Ganz liederliche. Und so einem gibt die sich her, die Marie. Dumm ist die doch!«

»Berta, bleib bei der Sache!«

»Braucht ihr bloß schöne Augen und ein Kompliment zu machen, und schon ist sie hin, das dumme Ding.«

Sie legte das Messer weg und nahm den riesigen Bratkartoffelwender wieder in die Hand, mithilfe dessen sie energisch unter den Kartoffelhaufen fuhr und das, was sie mit der breiten Fläche des Wenders aufgeladen hatte, lieblos mit der Oberseite nach unten in die Pfanne zurück haute.

»Was ist jetzt mit dem Hubert?«

»Also: Der Hubert macht zusammen mit seinem Vorgesetzten einen Rundgang auf dem Hauptbahnhof, reine Routine, die gehen da regelmäßig Streife. Bei dem Gesindel, das sich da immer rumtreibt. Und heutzutage, in diesen Zeiten! Also, der Hubert und sein Chef gehen Streife und als sie so aus reiner Routine die Bahnsteige kontrollieren, sehen sie ihn. Liegt da einfach im Gleisbett, als ob er schläft. Als ob das der schönste Schlafplatz wäre, den man sich vorstellen kann. Wieder so ein Besoffener, denken die sich – obwohl sich gerade der Hubert damit ja besser auskennen müsste, der alte Säufer – und als sie genauer hinsehen, entdecken sie seinen toten Blick und das Blut und die verdrehten Körperteile.«

Berta hatte inzwischen ein Rippenstück auf das Hackbrett gelegt, zielte mit dem großen Messer kurz und trennte mit einem ordentlichen Hieb zwischen die Rippen ein Kotelett ab. Gentil zuckte zusammen. Wenigstens blieb sie jetzt bei der Sache.

»Sie steigen runter und tatsächlich, der Junge ist tot, mausetot. Riecht aber nicht nach Alkohol oder so. Sie durchsuchen seine Jacke und finden nichts. Das kommt ihnen komisch vor. Liegt da ein junger Kerl mit einem Messer im Bein und riecht nicht nach Alkohol.«

Die Logik erschloss sich Gentil nicht.

»Und riecht nicht nach Alkohol?«

»Na, ist doch klar. Der ist nicht gestürzt im Suff, das war kein Unfall oder Versehen oder Tollpatschigkeit oder so was. Das war Mord!«

Berta hatte sich bei den letzten Worten umgedreht und sah Gentil ernst mit weit aufgerissenen Augen an. Dabei drohte sie schon wieder mit dem respektablen Küchenmesser.

»Mord? In unserer Kleinstadt?«

»Jawohl, Mord! Sie haben's doch selbst gelesen in der Zeitung. Was sind das nur für Zeiten?«

Resolut griff sie das Stück totes Fleisch, packte es ins Wachspapier, das der Metzger darum geschlagen hatte, und legte es in den Eisschrank im Eingangsbereich zurück.

»Aber das Beste kommt erst noch.«

Nun stand sie Gentil gegenüber, eine Hand auf den umlaufenden Messinggriff des Herdes gestützt, die andere in die Hüfte.

»Nicht genug, dass ich mich mit dieser blöden Kuh abgeben muss …«

»Berta!«

»… da kommt auch noch der Hubert mit seinem Chef auf den Marktplatz und fängt an, Leute zu befragen, ob sie was Verdächtiges bemerkt haben und so.«

»Die Polizei geht also ihrer Arbeit nach. Was ist daran nicht in Ordnung, Berta?«

»Und dann fragen die auch noch mich! Mich! Ich denk erst, was fällt denen ein, zu glauben, dass ich mich nachts am Hauptbahnhof rumtreibe?! Ich bin eine unbescholtene Bürgerin, brave Köchin beim alten Schandel …«

»Aber ja, aber ja. Das weiß doch auch jeder.«

»Und genau darum geht es jetzt. Ob ich nicht wüsste, dass der Tote ein Geselle in der Pumpenfabrik gewesen ist. Und ob ich nicht wüsste, dass der mit dem jungen Herrn Otto unterwegs war, im ›Frohsinn‹, im ›Hopfengarten‹, im ›Roten Kopf‹ und so.«

»Und, Berta, wusstest du es?«

»Natürlich weiß ich, dass der junge Herr Otto es manch- mal übertrieben hat. Und bestimmt ist der Hubert drauf- gekommen, weil er selbst das eine oder andere Mal dabei war, der Heuchler. Aber einen Teufel werd ich tun und den Herrn Otto anschwärzen. Und den Gesellen, den kenne ich nun wirklich nicht. Aber der Hubert!«

»Das heißt, die haben den Otto mit dem toten Lehrling in Verbindung gebracht, die beiden?«

Jetzt wurde es für Gentil interessant. War sein Sohn in einen Mord verwickelt? Wieso zum Teufel wurde er damit in Verbindung gebracht? Otto hatte es gerne kra- chen lassen in den Wirtshäusern, das wollte er gar nicht abstreiten, und schließlich war das für einen jungen Mann nichts Außergewöhnliches. Aber seine Jahre als Bohemien lagen hinter ihm. Dass er ein Mörder sein sollte, erschien ihm aber undenkbar. Diese Unterstellung war eine Unverschämtheit; er konnte Berta verstehen. Auch er fühlte sich in der Familienehre gekränkt. Er würde diesem Hubert Bescheid sagen und ihm klar machen, wie absurd die Vermutung war.

»Ja. Und das geht nun wirklich zu weit«, sagte Berta gerade.

Mit einem groben Griff packte sie die geputzten Gelben Rüben und rieb sie über ihr Reibeisen. Gentil verzog das Gesicht. Auch noch als Salat sollte er die Dinger essen. Wenigstens beruhigte sich Berta beim Reiben wieder.

Gentil versuchte, sich an das Foto in der Zeitung zu erinnern. Heute Morgen war er selbst der Meinung gewesen, der tote Jüngling sei einem Unfall im Suff zum Opfer gefallen. Hatte er sich nicht über die reißerische Berichterstattung aufgeregt? Wieso schaffte es dieser Vorfall aufs Titelblatt, während die zig anderen Trunkenbolde, die im Suff stürzten und sich das Genick brachen, es höchstens zu einer zweizeiligen Meldung in »Vermischtes« brachten? Jetzt war ihm die Sache schon klarer. Die Kleinstadt hatte ihre Sensation: Ein toter Geselle aus der Pumpenfabrik, bewaffnet mit einem Küchenmesser, noch dazu bekannt mit dem Sohn des Fabrikbesitzers. Und zwar mit Otto, nicht mit dem wesentlich ruhigeren und unauffälligeren Richard. Der Sohn vom Pumpenanton, nicht von irgendwem. Die Presse hatte also schon Blut geleckt. An dem Fall würden sie dranbleiben, die Schmierfinken, so viel stand fest. Die witterten einen Skandal, ob er nun eine stadtbekannte Autorität war oder nicht? Das musste er in jedem Fall verhindern. Er konnte Bertas schlechte Laune verstehen. War diese gerade über ihn hinweggefegt wie ein heftiges Unwetter, dann wuchs seine in diesem Moment zu einem Tornado apokalyptischen Ausmaßes heran.

Er musste unbedingt mit Otto reden, bevor die Schmierfinken auf der Jagd nach einem Skandal ihn fanden. Nur dann könnte er ihn beschützen. Oder hatte er am Ende doch etwas damit zu tun?

Wie er es auch drehte und wendete, ein kleiner Zweifel blieb und Gentil verspürte ein neuartiges Gefühl: Er hatte Angst um seinen guten Ruf.

Nachdem Berta mit dem Kotelett, den Bratkartoffeln und den Gelben Rüben fertig geworden war, packte sie von allem eine gehörige Portion auf einen Teller, stellte ihn Gentil hin und verzog sich mit den Worten »Ich geh sauber machen. Guten Appetit!« grummelnd in die große Halle. Gentil saß vor dem dampfenden Teller an seinem Esstisch in der Küche und stocherte nervös und lustlos darin herum, als aus der Halle ein markerschütternder Schrei zu ihm gellte. Berta! War ihr etwas passiert? Er sprang auf, um zu ihr zu eilen.

»Was ist los? Berta, geht es dir gut?«

Etwas Erleichterung machte sich breit, als er seine Köchin auf dem oberen Treppenabsatz zum Grünen Salon stehen sah, in der Hand ihren Staubwedel mit Straußenfedern. Sie schien also nicht verletzt zu sein. Aber was war dann los mit ihr?

»Berta! Ist alles in Ordnung? Wieso erschreckst du mich so mit einem Schrei, der mir durch Mark und Bein gegangen ist?«

»Sie ist weg.«

Ihre Stimme war fast tonlos, als sie die drei Worte herausbrachte.

»Wer ist weg?«, fragte Gentil nach, obwohl er wusste, wen beziehungsweise was sie meinte.

»Das schreckliche Frauenzimmer. Es ist weg. Die gegenüber von der Nackten.«

Die Bacchantin war ihr schon immer ein Dorn im Auge gewesen. Schließlich war Berta katholisch. Oder besser gesagt: obwohl sie eine katholische Mainfränkin und damit der Lebenslust nicht abgeneigt war.

»Haben Sie sie abgehängt?«, fragte sie in inquisitorisch strengem Ton.

»Nein. Aber ich weiß, dass sie nicht mehr da ist. Ich weiß es schon seit heute Morgen. Hier hat jemand eingebrochen, Berta. Und jetzt ist sie weg. Mein wertvollstes Bild.«

»Eingebrochen? Hier? Wann?«

Berta war so entgeistert, dass sie stammelte.

»Heute Nacht. Vermutlich war es dieser Münchener Freund von Otto. Vielleicht auch beide zusammen.«

Gentil bemühte sich, so beiläufig wie möglich zu klingen.

Berta starrte ihn fassungslos an; er konnte es hinter ihrer Stirn arbeiten sehen.

»Wie können Sie das so ruhig sagen? Ein Einbruch! In Ihrem Grünen Salon! Dieses Münchener Gesindel, ich hab's doch gleich gewusst! So neugierig und frech, wie die waren. Aber wieso der Otto? Warum sollte der Bub seinen Vater bestehlen?«

»Weil er seinen Freunden helfen wollte? Aus Verliebtheit? Wer weiß? Da hat sich schon so mancher Mann zum Narren gemacht, wenn ihm eine den Kopf verdreht hat.«

»Weil er Geld für ein Frauenzimmer braucht, bestiehlt er seinen eigenen Vater?«

Gentil zuckte mit den Schultern. »Wer weiß«, sagte er, obwohl er etwas anderes glauben wollte.

Sie schwiegen eine Weile. Dann hatte Berta sich wieder gefasst.

»Mit einem Komplizen?«

»Denkbar.«

»Wollte sich nicht selbst die Hände schmutzig machen?«

»Möglich.«

»Unser Otto? Der Bub? Und da bleiben Sie so ruhig?«

Gentil musste zugeben, dass seine Köchin, die Otto hatte aufwachsen sehen, ihn gut kannte und in allen Facetten seiner Persönlichkeit durchschaute. Man durfte sie nicht unterschätzen. Sicher würde sie jetzt auch von selbst auf den Zusammenhang mit dem toten Lehrling kommen.

»Und der Komplize von Otto und seinem sauberen Freund, wer könnte das gewesen sein …?«

An ihrem Gesichtsausdruck konnte Gentil erkennen, dass Berta nur noch eins und eins zusammenzählte. Niemand sprach aus, was in der Luft lag.

»Aber Herr Schandel! Das macht doch der Otto nicht. Der Münchener vielleicht, mit seinem ausg'schamten Frauenzimmer. Aber doch nicht unser Otto. Glauben Sie mir.«

»Berta. Ich hoffe, nein, ich glaube auch, dass nichts daran ist. Aber ich muss erst mit Otto reden, er ist noch nicht nach Hause gekommen. Versprich mir, dass du mit niemandem darüber redest, vor allem nicht mit den Schreiberlingen von der Zeitung. Auch nicht, wenn sie dir viel Geld dafür anbieten. Was in diesen vier Wänden passiert und gesprochen wird, darf nicht nach außen dringen. Alte Hausregel. Wie lange bist du schon bei mir? Fünfundzwanzig Jahre oder länger?« Er schaute ihr eindringlich in die

Augen. »Ich vertrau dir. Vergiss das nicht. Und jetzt geh ich Otto suchen.«

Mit diesen Worten ging er gebeugt die Treppe wieder hinunter. Langsam gab es ihm für seinen Geschmack zu viele Mitwisser. Ihm wäre am liebsten gewesen, wenn das Verschwinden der Medusa diese vier Wände nie verlassen würde und einzig und allein seine Sache bliebe. Ob auf Bertas Verschwiegenheit und Loyalität Verlass war?

35

AM NACHMITTAG WAR Berta in der Stadt unterwegs, um weitere Besorgungen zu machen. Sie hatte Brot gekauft und ein Paar Schuhe der gnädigen Frau zum Schuster im Löhergraben gebracht. Jetzt musste sie noch in die Fischergasse, um Keller einen dicken Umschlag von Anton Gentil zu bringen. Sie hatte sich gefragt, was wohl darinnen sein mochte, denn der Umschlag war ziemlich voluminös. Vielleicht konnte sie ja einen Blick auf den Inhalt erhaschen, wenn der alte Mechanikermeister ihn öffnete. Obwohl es bergab ging und sie nichts als ein Brot zu tragen hatte, schnaufte Berta wie ein Dampfross und über ihr schwebte bei jedem Atemzug eine weiße Wolke. Nur das Hin- und Herwackeln ihrer runden Statur wollte nicht zu diesem Bild passen – es fehlte die gerade Spur von Schienen. Es war empfindlich frisch geworden und hier am unteren Ende der Stadt spürte man die Kühle des Wassers, die langsam über das Kopfsteinpflaster der engen Gassen kroch. Oje, oje, jammerte sie innerlich, jetzt geht's bergab, aber wie soll ich da wieder hochkommen? Es graute ihr bereits vor dem Rückweg.

Nun war sie am Fuß des Stiftsberges angekommen und ging auf Höhe des »Wilden Manns« über die Straße. Rechter Hand zog der Main ein bleigraues Band durch die Büsche am Ufer, die nebelfeucht ihre müden Äste hängen ließen. Berta war nach dem Mittagessen kurz eingenickt, hatte einen Albtraum gehabt, von einem Einbrecher, der in die Villa gekommen war, bewaffnet mit einem Küchenmesser. Ein Tuch hatte er über Mund und Nase gebunden gehabt, sodass man sein Gesicht nicht sehen konnte, und Berta hatte ihm in der Küche aufgelauert, weil sie zuvor schon seine Geräusche beim Aufbrechen der Hintertür bemerkt hatte. Mit der schwersten gusseisernen Pfanne hatte sie ihm eins übergebraten und der Einbrecher war ohnmächtig geworden. Das Tuch war nach oben gerutscht und Berta hatte erkannt, wen sie k. o. geschlagen hatte: den Sohn ihres Dienstherren, Otto. In dem Moment war der alte Gentil dazugekommen und noch ehe sie hatte träumen können, was er nun zu dieser Situation sagen würde, war sie schweißgebadet aufgewacht.

Sie ging die gepflasterte Fischergasse entlang bis zum Wohnhaus des Meisters. Sie wusste, dass Kellers Frau Katharina an manchen Tagen arbeiten ging, beim »Koloseus«, in der Herdfabrik. Aber im Fenster neben der Haustür brannte Licht. Berta hatte also ihren langen Weg hierher nicht umsonst gemacht.

Ächzend hob sie ihr Gewicht Stufe um Stufe die drei Tritte zur Haustür hinauf, indem sie jeweils ihre Hand mit der Handtasche ums Handgelenk auf ihrem Knie abstützte. Sie klingelte, hörte drinnen ein paar resolute Schritte und die Frau des Mechanikermeisters machte die Tür auf, die Haare wie immer zu einem Knoten gewunden, einen schmucklosen Zwickel auf der Nase und eine blaue Arbeiterschürze umgebunden.

»Ja, bitte? Sie wünschen?«, rief sie höflich durch die noch geschlossene Tür.

»Ich bin's, Berta. Ich muss was abgeben, vom Herrn Schandel.«

»Berta? Ach du bist's. Ich hab dich gar nicht erkannt. Mein Gott, du schnaufst ja so schwer, geht es dir nicht gut? Komm herein.«

Die beiden Frauen gingen in die Küche und verschwanden durch die Küchentür mit den grünlichen Glaseinsätzen.

»Setz dich doch kurz. Willst du ein Glas Wasser, Berta?«

»Da sag ich nicht nein. Ich bin fix und fertig heute. Dein Mann ist nicht zu Hause?«

»Nein, noch am Arbeiten. Kann ihn hier auch gar nicht gebrauchen.«

Die beiden Frauen lachten wie Komplizinnen. Wenn es um Männer im Haushalt ging, waren sie sich wohl einig. Berta ließ sich schwer auf einen einfachen Holzstuhl fallen.

»Was willst du denn von ihm? Sollte er etwas vorbeibringen, was du jetzt holen musst?«

»Nein. Im Gegenteil, ich habe etwas für ihn, was ich ihm vom alten Schandel geben soll.«

Sie zog den Umschlag heraus, legte ihn auf den Küchentisch und trank einen Schluck aus dem Wasserglas.

»Da. Diesen Umschlag hier. Soll ich ihm nur direkt persönlich und ganz vertraulich in die Hand drücken. Er wüsste schon, worum es ginge. Aber dir kann ich's ja anvertrauen.«

»Ich geb's ihm, keine Sorge. Die beiden und ihre Heimlichkeiten!«

Nun lachte nur Kellers Frau. Berta blieb stumm.

»Hast du schon von dem Toten gehört, am Hauptbahnhof? Man traut sich ja bald nicht mehr auf die Straße! So ein Verbrechen, in unserem schönen Städtchen!«

»Frag nicht. Auf dem Markt ist der Wachtmeister herumgelaufen und hat die Leute ausgefragt. Ob sie etwas Verdächtiges gesehen oder gehört haben. Überall nur noch Verbrechen. Ich träum sogar schon davon.«

Berta zog ein riesiges kariertes Taschentuch aus der Manteltasche und wischte sich damit den Schweiß von der Stirn. Langsam beruhigte sich auch ihr Atem wieder. Das Gesicht blieb puterrot.

»Du träumst davon?«

»Ja! Ich hab geträumt, dass ein Einbrecher in die Villa gekommen ist! Und weißt du, wer es war? Der Otto Gentil. Und ich hab ihn mit der Gusseisernen k. o. geschlagen!«

»Oh Berta, das ist ja furchtbar. Wieso haust du denn auf den Otto drauf? Den Sohn vom Schandel! Stell dir mal vor, das wäre wirklich passiert!« Katharina kicherte. »Berta als K.-o.-Schlägerin!«

»Nicht witzig, Katharina. Ist wirklich passiert!«

Berta hatte sich verplappert.

»Du hast ihn wirklich k. o. geschlagen? Wieso das denn?«

»Nein, der darf ja gar nicht in die Villa rein. Obwohl er vor ein paar Tagen drin war. Wann war das noch gleich? Da hat ihn der Alte sogar mal reingelassen. Und heute Nacht war wieder einer drin. Aber vermutlich nicht der Otto. Und jetzt ist sie weg.«

»Was redest du für ein wirres Zeug? Ich versteh überhaupt nichts mehr? Er war drin? Sie ist weg? Wer ist weg, Berta?«

Berta biss sich auf die Lippen. Sie hatte sich verplappert. Aber das Interesse ihrer Gesprächspartnerin war geweckt. Berta nahm noch einen Schluck aus dem Wasserglas und erhob sich dann ächzend vom Stuhl.

»Ich muss jetzt wirklich gehen, Katharina. Gib deinem Mann den Umschlag mit einem schönen Gruß von mir. Der Herr Schandel sagt, er weiß Bescheid. Und danke schön, für das Wasser.«

»Halt, Berta, so kommst du mir nicht davon. Wer gackert, muss auch legen. Wer ist sie?«

»Sie?«

»Ja, du hast gesagt, sie ist weg. Ist dem Schandel etwa die Frau davongelaufen?«

»Aber nein! Verrat es ja nicht! Dieses schreckliche Weib ist weg. Die auf dem Bild.«

»Das ist alles? Wie langweilig, Berta. Eine Frau auf einem Bild ist weg. Wie langweilig. Ob der Schandel ein Bild mehr oder weniger hat, das ist doch egal, fällt doch gar nicht auf, bei den vielen Bildern, die bei ihm herumhängen …«

»Verrat niemandem, dass ich's dir erzählt hab. Wenn das der alte Schandel erfährt, dann schmeißt er mich raus. Wieso ist mir das nur rausgerutscht? Du kannst aber auch hartnäckig nachfragen.«

»Beruhige dich, Berta. Ich halte dicht. Mach dich jetzt auf den Heimweg. Wir sehen uns spätestens auf dem Markt wieder. Hüte dich vor Mördern und Einbrechern, wenn du durch die Sandgasse läufst!« Kellers Frau lachte aus vollem Leib, aber Berta war nicht danach zumute, als sie wieder auf die Straße trat. Während des kurzen Gesprächs war es schon dämmrig geworden. Schweigsam und den Kopf über sich selbst schüttelnd keuchte sie die Fischergasse entlang und den Löhergraben hinauf.

In der Küche des Mechanikermeisters nahm dessen Frau den Umschlag aus ihrer Schürzentasche und blickte hinein. Sie pfiff durch ihre Zähne: Mit der rechten Hand zog sie mehrere Geldscheine heraus. Nach kurzer Überlegung nahm sie zwei davon an sich und steckte sie unter der Schürze in die Rocktasche, den Rest schob sie in den Umschlag zurück und brachte ihn nach unten in die Werkstatt.

Der kürzeste Weg zur Grünewaldstraße führte mitten durch die Stadt. Otto hatte gerade das Gefängnis hinter der Sandkirche passiert und verließ die geschäftige Hauptstraße, durch die noch viele Fuhrknechte ihre Gespanne trieben und ab und zu ein Automobil knatterte, durch das Sandtor Richtung Schöntal. Er war müde von der Arbeit und hatte Liebeskummer. Er trauerte Mizzi nach. Wenn's am schönsten ist, soll man aufhören, hieß es im Sprichwort. Wenn man aber nicht selbst aufhören konnte, sondern vor vollendete Tatsachen gestellt wurde, fühlte sich das nicht gut an. Er hatte sich eine kurze Zeit lang am Ziel seiner Wünsche geglaubt. Aber kaum hatte er Mizzi in den Armen gehalten, war sie ihm auch schon wieder entglitten. Auf Höhe der Ruine sah er eine dicke Gestalt nach rechts und links wanken wie das Pendel einer Standuhr. Nanu, was machte die alte Köchin hier? Es wurde schon langsam dunkel. Er beschleunigte seinen Schritt und rief: »He, warte! Halt!« Berta zuckte zusammen und es kam erstaunlich viel Bewegung in ihren Körper. Sie drehte ihren Kopf nach hinten und Otto sah ihr angsterfülltes Gesicht. »Berta, ich bin's! Keine Angst!«

»Otto! Erschreck mich doch nicht so! Lauerst mir auf im dunklen Schöntal wie ein Verbrecher!«

»Berta! Beruhig dich! Hier gibt es doch keine Verbrecher.«

»Doch! Einbrecher und Mordsgesindel. In unserer Stadt!« Sie schnaufte schwer. Otto nahm ihr das Brot ab.

»Gib her, ich trag's dir.«

Er griff nach dem Brot, aber Berta wich einen Schritt zurück. »Wo kommst du überhaupt her?«

»Na, woher wohl? Ich komme aus der Steinmetzschule«, erwiderte Otto, verwundert über Bertas abweisende Art. Er sah ihr an, dass es in ihr arbeitete. Sie klammerte sich an den Brotlaib. Hinter ihr streckten die Magnolien ihre kahlen Äste wie die Finger eines Skeletts in den grauen Novemberhimmel, der schon allmählich in seine Nachtschwärze überging. Von jenseits des Sandtors hörte man, wie sich die Gefängnisinsassen über den Hof etwas zuriefen.

Otto sah sich unbehaglich um.

»Am Hauptbahnhof hat es einen Mord gegeben«, raunte Berta ihm zu, bevor sie sich langsam wieder in Bewegung setzte.

»Einen Mord?«, wiederholte Otto entsetzt ihre Worte.

»Ein Geselle aus der Pumpenfabrik. Lag mausetot auf dem Gleis. Genickbruch. Aber wenn du mich fragst, das war kein Unfall. Was tut so einer in der Nacht am Hauptbahnhof? Der kann sich nicht einmal ein Billett leisten, verdient doch nix in der Pumpenfabrik. Das soll jetzt nichts gegen deinen Vater heißen. Aber ist doch wahr. So ein armer Schlucker. War bestimmt für ein krummes Geschäft am Hauptbahnhof.«

Otto packte Berta am Arm.

»Berta, was erzählst du denn da für Räubergeschichten? Hast du den Klatsch und Tratsch vom Markt heute?«

»In der Zeitung hat's gestanden! Klatsch und Tratsch vom Markt! Unverschämtheit!«, beschwerte sich Berta und versuchte, ihren Arm zu befreien.

»Aus der Pumpenfabrik sagst du? Wer? Mein armer Vater! Das gibt einen Skandal!«, bemerkte Otto aufrichtig.

»Jetzt tu nicht so, als ob dir das leidtäte. Das Bild ist auch weg. Aus dem Grünen Salon. Und du bist der Letzte, der drin war. Außer dem Herrn Schandel natürlich.«

»Was soll das heißen? Welches Bild?«

Berta reagierte nicht. Sie watschelte weiter wie von einer Schnur gezogen.

»Berta! Ich habe dich was gefragt!«

Berta machte keinen Mucks. Sie hatte auf stur geschaltet und beschleunigte ihren Watschelgang.

Otto hatte aufgeholt und stellte sich ihr in den Weg.

»Ich will wissen, was los ist, Berta! Raus mit der Sprache!«

Berta platzte los: »Auf den ersten Blick hab ich gemerkt, was fehlt. Ich kümmere mich schließlich persönlich um die Kunstwerke.«

Das war eine schöne Umschreibung fürs Abstauben, das Gentil notwendigerweise hin und wieder zuließ. Otto musste innerlich grinsen. Er hatte sie so weit.

»Das Schlangenweib ist weg. War sowieso grauslich, das Weibsbild. Würde mir also gar nichts ausmachen, wenn ich sie nicht mehr abstaub… äh, mich nicht mehr um ihre Pflege kümmern muss. Aber wertvoll war sie halt sehr. Und ganz besonders für den Herrn Schandel. War ein Geschenk von seinem Freund in München, Franz von Stuck. Der malt ja immer so Skandalweiber, so grausliche. Und jetzt ist sie weg. So, jetzt weißt du's. Und wenn du willst, kannst du's der ganzen Stadt verraten, dass du's von mir weißt. Aber für blöd verkaufen lass ich mich und den Herrn Schandel von dir nicht.«

Drohend erhob sie ihre Handtasche und holte damit in Richtung Otto aus, der sich geschickt wegduckte.

»Hör auf, schon gut! Beruhige dich, Berta. Mir kannst du es ruhig erzählen, es bleibt ja in der Familie. Ich hätte es doch so oder so erfahren.«

»Von wegen! Was in der Villa passiert, bleibt in der Villa, sagt der Herr Schandel immer. Gar nichts erfährst du sonst! Und jetzt sag ich nichts mehr«, verkündete Berta zornig.

Otto lief schweigend neben ihr her und schon bald kamen die schönen Häuser der Grünewaldstraße in Sicht. Es arbeitete in ihm. Mit dem scheußlichen Schlangenweib konnte Berta nur die Medusa gemeint haben. Ausgerechnet die Medusa war weg! Der Einbrecher musste sich ausgekannt haben. Vielmehr musste er ganz gezielt gehandelt haben. Er war nicht ins Wohnhaus eingebrochen, sondern in die Villa. Er hatte nicht irgendein Kunstwerk gestohlen, sondern das wertvollste, das darin verborgen war. Und er musste es gekannt haben. Wer wusste überhaupt von ihrer Existenz? Die prachtvolle Medusa war weg. Welch ein Verlust! Die faszinierendste Frau aus dem Grünen Salon war weg. So wie Mizzi. Mizzi war auch weg. So plötzlich verschwunden wie nach einer Entführung. Otto stutzte. Beide weg? Über Nacht verschwunden? Natürlich! Wie hatte er so dumm sein können! Otto sah auf einmal klar, was passiert war. Er war reingelegt worden. Saubere Freunde waren das. Er heulte auf. Mizzi hatte ihm alles nur vorgespielt, damit Ludwig in Ruhe das Bild stehlen konnte. Und jetzt waren sie untergetaucht. Hatten sie die Stadt schon verlassen oder versteckten sie sich hier irgendwo? Er musste so schnell wie möglich mit seinem Vater sprechen.

36

Eberle war da und hatte seine Gitarre dabei; es ging heute mal wieder besonders lustig zu in der Herrenrunde. Schandel war gut aufgelegt. Er machte einen Witz nach dem anderen und sein Lachen hallte von den Wänden wider. Dann hatten sie sich in die gemütliche Wohnküche zurückgezogen, wo Berta eine deftige Brotzeit und Bier in rauen Mengen bereitgestellt hatte. Die Voraussetzungen für eine ausgelassene Feier hätten besser nicht sein können und Schandel war wild entschlossen, sich zu amüsieren. Er hatte alle eingeladen, die ihm in letzter Zeit geholfen hatten. Keller als Bewahrer der echten Medusa, die er für ihn in seiner Werkstatt versteckt hatte, Eberle als Fälscher der Medusa, die der parfümierte Baron gestohlen hatte. Natürlich hatte Stuck nicht kommen können, aber in Form seiner Kunst war er trotzdem anwesend. Dazu kamen zwei alte Weggefährten von der Schlaraffia, die einem guten Tropfen in geselliger Männerrunde nie abgeneigt waren und mit denen er den Abend des Diebstahls verbracht hatte.

Eberle stimmte nun »Am Brunnen vor dem Tore ...« an und alle fielen ausnahmslos mit ein und ließen ihre tiefen, sonoren Bässe ertönen. Es war so laut in der Stube und die Stimmung war so ausgelassen, dass die Männer nicht bemerkten, dass die Hintertür aufgegangen war.

Bierkrüge, Vesperbretter, ein Schneidebrett mit einem Laib Brot und einem großen Messer und ein paar Schafkopfkarten lagen auf der Tischplatte verstreut. Die Männer hatten aufgehört zu singen und prosteten sich zu. Geräuschvoll stießen die tönernen Krüge aneinander. Gentil schenkte allen nach, während er schwadronierte:

»Tja, das hätte sich der feine Herr Baron nicht träumen lassen, dass ihn der alte Schandel reinlegt. Großstadt schützt vor Dummheit nicht, in der Provinz brennt auch manch helles Licht!«

Gentils Lachen wollte kein Ende nehmen, seine Gäste fielen mit ein, nur Keller lachte nicht mit. Ernst sah er über den Rand seines Krugs, den er sich unter das Kinn gezogen hatte, auf den Mann, der hereingekommen war. Gentil blickte zuerst auf Kellers Gesicht, dann in Richtung Hintertür und sah Otto dort stehen, der von einem zum anderen schaute und nicht so recht zu begreifen schien, was los war.

»Otto! Da bist du ja! Komm her, mein Sohn, setz dich zu uns! Wir trinken auf dich und auf deine Zukunft, hier in unserem schönen Aschebersch!«, rief der alte Schandel beseelt.

Otto ging am Tisch vorbei, nach hinten durch die Halle und wurde nicht von seinem Vater aufgehalten. Schnell war er die Treppe, zwei Stufen auf einmal nehmend, nach oben geeilt und wandte sich beim Betreten des grünen Zimmers sofort nach links. Er hatte einen leeren Fleck Tapete erwartet. Doch wie erschrak er, als sein Blick von zwei starren Augen erwidert wurde. Da hing die Medusa in ihrer ganzen kalten Pracht! Hatte Berta Unsinn erzählt? Was zum Teufel ging hier vor? Der Blick der Gorgonin wurde ihm unangenehm, er ging zurück in die Wohnküche, um seinen Vater zur Rede zu stellen. Wie passte das alles zusammen? Berta hatte behauptet, die Medusa sei gestohlen worden, doch sie hing wie immer im Grünen Salon an der Wand. Es hatte angeblich einen Einbruch gegeben, aber polizeiliche Ermittlungen hatte es keine gegeben und sein Vater war bester Laune. Als er die Wohnküche betrat, hoben die Männer gerade wieder ihre Krüge. Sein Vater prostete Ludwig Eberle zu, einem Künstlerfreund, von dem viele Kunstwerke in der Villa stammten.

»Auf Eberle, den größten Künstler, der je für mich ein Bild gefälscht hat!«

Schandel hob sein Bier in die Mitte des Tisches und die anderen lachten und fielen ein: »Auf Eberle!«

Sie tranken. Nun stand Eberle auf, um einen Trinkspruch in Richtung Keller, dem Mechanikermeister aus der Pumpenfabrik, loszuwerden: »Auf Franz Keller, den Hüter des Schatzes!«

»Auf Franz!«

Wieder stießen sie ihre Krüge aneinander und tranken. Den Hüter des Schatzes? Otto verstand noch immer nicht.

Sein Vater hob den Krug noch einmal: »Auf meinen Sohn Otto und darauf, dass seine falschen Münchener Freunde mit der falschen Medusa auf dem falschen Dampfer sind!«

Alle lachten schallend und tranken. Selbst Otto verzog seinen Mund nun zu einem Lächeln. Er hatte noch nicht alles verstanden, aber eins war klar: Es geschah Ludwig recht. Sollten ihn die beiden Medusen, die ihn begleiteten, ruhig ins Verderben reißen.

37

MIZZI FÄCHELTE SICH mit ihrem Strohhut mit gespielter Grazie Luft zu.

»Puh, ist das schwül!«, stöhnte sie. Auch von Simmerl schwitzte unter seinem dicken Anzug. In Italien war dies ein milder November, einer von den mildesten, den man in den letzten Jahren erlebt hatte. Alles war noch relativ grün und von winterlicher Tristesse war keine Spur zu sehen. Sie lag hinter ihnen, so wie ihr altes Leben in Deutschland.

Sie hatten es sich auf einer Café-Terrasse im Halbrund des Bogens, der durch die Fassade der berühmten Arena beschrieben wurde, gemütlich gemacht, und obwohl sie im Schatten saßen und ein kühles Getränk vor sich stehen hatten, war ihnen aus verschiedenen Gründen zu warm. Neben der Witterung waren es bei Mizzi die glühenden Blicke, die die einheimische männliche Bevölkerung ihr im Vorbeigehen zuwarf, und der hübsche junge Kellner, der sie mit übertriebenem italienischen Pathos und entzückendem gebrochenen Deutsch bewirtet hatte. Bei von Simmerl hingegen war es Nervosität. Gleich würde er sich mit einem Kunsthändler treffen, dem er das Bild verkaufen wollte.

Es handelte sich um einen ehemaligen Studenten von der Akademie. Sie hatten eine Zeit lang zusammen gefeiert, Geschäfte gemacht und noch viel mehr gezecht. Irgendwann hatte der Maurer Josef aber hingeschmissen. In den Augen einiger Professoren hatte er zu wenig Talent und das ließ die Akademie ihn spüren. Der Druck und sein aufbegehrendes Temperament hatten nicht gutgetan und so hatte er bald für sich beschlossen, dass es einfach nicht passte, und war überstürzt aus München abgehauen. Wie einst Goethe auf seiner italienischen Reise war er in Verona gelandet und hatte sich dort niedergelassen. Zunächst hatte er es in der hiesigen Kunstszene versucht, aber als Ausländer, »il tedesco«, wie ihn die Einheimischen nannten, hatte er nicht wirklich Fuß fassen können. Erst die Liebelei mit der Tochter eines bekannten Kunsthändlers hatte ihn auf die Idee gebracht, es selbst als Kunsthändler zu versuchen, zunächst mit einem eigenen kleinen Geschäft, dann war er nach der Hochzeit in den Handel seines Schwiegervaters eingestiegen. Er nannte sich jetzt Giuseppe, sprach fließend Italienisch und hatte den Namen seiner Frau angenommen. In der Wohnung über dem Laden lebte er ein bescheidenes Leben mit seiner Frau und ihrem ersten gemeinsamen Sohn, den sie ebenfalls Giuseppe genannt hatten.

Die Ankündigung seines alten Kameraden von Simmerl aus Deutschland war ihm in zweierlei Hinsicht sehr willkommen gewesen: Zum einen freute er sich, dass er Besuch aus der alten Heimat bekam, und von Simmerl im Speziellen war immer einer gewesen, der zu ihm gehalten und ohne Häme und Spott geblieben war, als er an der Akademie gescheitert war. Er selbst wusste nur zu gut, dass es nicht leicht war, sich eine Existenz aufzubauen. Zum anderen hatte von Simmerl in seinem Telegramm angedeutet, dass er ihm ein interessantes Stück verkaufen wollte. Giuseppe träumte schon lange davon, durch einen sensationellen Kauf beziehungsweise Verkauf aus dem Schatten seines Schwiegervaters herauszutreten und seinem Beinamen »il tedesco« in gewisser Weise so zu einer ganz neuen Bedeutung zu verhelfen.

»Jetzt wedel doch nicht andauernd so herum! Du machst mich ganz wahnsinnig. Und bringen tut es auch nichts!«

Mizzi schaute irritiert zu ihrem Luckilein, hörte aber auf, mit dem Strohhut die schwüle Luft in Bewegung zu setzen. Sie prostete stattdessen Ludwig zu und nippte an ihrem Glas.

»Pass doch auf!« Von Simmerl schnickte mit einer fahrigen Bewegung das Kondenswasser von seiner Hose, das von Mizzis Glas getropft war. Schließlich wollte er in ordentlichem Zustand bei Josef, vielmehr Giuseppe, wie er sich jetzt nannte, auftauchen. Es ging ja heute nicht um irgendetwas, sondern darum, möglichst viel Geld für die Gründung ihrer neuen Existenz herauszuschlagen. Er war sich sicher, dass Giuseppe sich diesen fetten Brocken nicht entgehen lassen würde, denn so häufig bekam man in Verona ein Bild von Stuck sicher nicht angeboten. Es würde klappen, das war so sicher wie das Amen in der Kirche. Und dann würde er, Ludwig von Simmerl, der Baron mit dem kurzen Stammbaum, endlich sein neues Leben beginnen.

Seine Taschenuhr wollte nicht aus seiner Weste, hatte sich in der Tasche verhakt, und weil das Ziehen nichts brachte, fummelte er jetzt mit Zeige- und Mittelfinger darin herum, bis sie endlich draußen war. Er ließ sie aufspringen und versuchte, vor Mizzi sein Zittern zu verbergen.

»Wie spät ist es, Ludwig-Schatz?«

»Zwanzig vor drei. Jetzt haben die hoffentlich bald alle ausgeschlafen in diesem Land und ich kann zu Josef. Kaum auszuhalten auf dem lauten Platz hier.«

Während Mizzi den Trubel um sie herum genoss, war von Simmerl von dem Lärm und Staub vorbeifahrender Automobile und der hier noch verbreiteten Eselfuhrwerke und dem lauten Gewese der Italiener genervt. Er wollte nur noch seinen Deal hinter sich bringen.

»Was machst du, wenn ich weg bin?«

Sie hatten es schon tausendmal durchgesprochen, aber er hatte es schon wieder vergessen.

»Ich gehe langsam zum Hotel zurück und warte dort auf dich, mein Schatz. Mach dir um mich keine Sorgen, ich werde mich schon amüsieren.«

Daran hatte von Simmerl keinen Zweifel.

»Gib nicht so viel Geld aus, wir müssen noch das Hotel bezahlen, denk dran. Ich weiß nicht, wie schnell Giuseppe so einen hohen Betrag lockermachen kann.«

Er kannte seine Mizzi. Sie würde den verführerischen Auslagen der eleganten Geschäfte nicht widerstehen können. Insofern war der Name des Hotels »La Colomba d'Oro« mehr als passend.

Er fuhr sich durch die Haare und stand rasch und ungelenk auf, griff seinen Hut und grüßte Mizzi mit einem kurzen »Also dann!« und einem flüchtigen Kuss auf ihre Stirn, dem sie sich zu entwinden versuchte, weil der junge Kellner gerade herschaute.

Von Simmerl ging mit großen Schritten durch die engen Gässchen hinter der Arena, das schwere Paket schleppend, und die Lautstärke des Platzes verblasste mit jedem Schritt, den er sich entfernte. In den Gassen herrschte eine ruhige Atmosphäre, denn die meisten Läden und auch deren Kunden erwachten gerade erst langsam aus ihrer Siesta. Dass es im Schatten der Häuser weniger schwül und warm sein würde als auf dem sonnigen Platz hinter der Arena, war ein frommer Wunsch gewesen, denn hier, wo kein Wind hinkam und einen reinigenden Stoß zwischen den Mauern durchschicken konnte, war es noch viel stickiger.

Er betrachtete die Schaufenster, die nicht mit einem Fensterladen verrammelt waren. Feine Lederwaren, Handschuhe, Taschen und Schuhe, elegante Bekleidung, Hüte – die Italiener legten viel Wert auf ihr Äußeres. Mizzi würde sich in diesem Land wohlfühlen, dachte er und stellte sich fast schon grimmig vor, wie sie gerade im Café mit dem Cameriere flirtete. Dann sah er das Ladenschild: »Galleria arte moderna«. Er blieb vor der Tür stehen und schaute wieder auf seine Taschenuhr. Zehn vor drei. Neben der Tür hing ein elegant glänzendes Messingschild, auf dem eingraviert zu lesen war: »Dottore Giovanni Panzoni. Signore Giuseppe Panzoni. Commercianti d'oggetti d'arte. Da 1786«.

Ein kleines bronzenes Glöckchen klingelte hell, als von Simmerl die Klinke herunterdrückte und den dunklen Ladenraum betrat. Obwohl die Tür nicht abgeschlossen gewesen war, war er allein. Er sah sich um. An der Wand hingen dicht an dicht Ölgemälde in meist goldenen Rahmen, viele von ihnen zierten Fischerszenen oder Meereslandschaften, was den Wänden regelrecht Bewegung verlieh. Dazwischen gab es auch einige Spiegel, in einem davon, der in einem goldverzierten Rahmen aus florentinischer Schnitzerei steckte, konnte von Simmerl sich selbst dastehen sehen, in seinem staubigen Straßenanzug, den Hut in beiden Händen drehend, das Gesicht verschwitzt. Im Hintergrund entdeckte er einen großen, schweren Holzschreibtisch, auf dem einige Kataloge und Bücher gestapelt lagen. Dahinter verdeckte ein scheußlich gemusterter Vorhang den Zugang zu einem Hinterzimmer. Dort wurden bestimmt die Geschäfte gemacht, dachte er. Oder es war eine Art Magazin.

Sein Blick blieb schließlich an einer naturalistischen Szene hängen, in der ein Fischerweib müd neben einem Haufen von Netzen saß und einen Fisch schuppte. Ihre Hände waren unverhältnismäßig groß gemalt, er konnte die Falten ihrer alten Haut sehen und die Adern, die geschwollen hervortraten. Sie sahen sehr lebensecht aus, das musste er zugeben, aber eben auch irgendwie unverhältnismäßig groß. Daneben hing ein Sonnenaufgang oder Sonnenuntergang, so genau konnte er das nicht sagen, alles war in orangefarbenes Licht getaucht, darunter das violett schimmernde Meer und zwei Gestalten, ein Mann und eine Frau, wie Schattenrisse. Von Simmerl sinnierte darüber, wie er mit Mizzi so am Strand stehen und seine Gedanken übers Meer schicken würde. Aber noch war es nicht so weit, davon trennte ihn der Verkauf des Bildes, das er schwitzend hierher transportiert hatte.

»Antonio Donghi.«

Ludwig von Simmerl fuhr herum.

»Wie bitte?«

»Das Bild. Mit der Fischerin. Von Antonio Donghi. Lucki! Tatsächlich. Du bist es!«

Nun erkannte auch von Simmerl den Mann, mit dem er hier verabredet war. Es war Josef und er hatte sich kaum verändert. Er hatte etwas an Gewicht zugelegt, wahrscheinlich kochte seine Frau gut. Und – das musste von Simmerl, der sich eben noch blass im Spiegel erblickt hatte, zugeben – er sah deutlich jünger aus als er selbst.

»Josef! Du siehst gut aus, das Leben in Italien scheint dir zu bekommen.«

Die beiden Männer schüttelten sich die Hand und klopften sich gegenseitig auf die Schulter.

»Gestatten: Giuseppe Panzoni. Nix mehr Josef Maurer. Sono italiano!« Josef schlug sich laut lachend auf die Brust. »Lucki! Wie lange ist es her? Du und ich, in Monaco? Wie ist es dir seither ergangen?«

Er winkte Ludwig ins Hinterzimmer und servierte ihm einen Kaffee, während die beiden Erinnerungen an München austauschten und sich wieder aneinander gewöhnten. Josef hatte es ganz und gar aufgegeben, sich als Künstler zu versuchen, und sich stattdessen auf das Schreiben von Gutachten verlegt. Er schrieb für Sammler und Museen

Expertisen und war darüber zu einem gefragten Experten für zeitgenössische Kunst geworden. Sein Spezialgebiet war die italienische Moderne. Er interessierte sich aber auch für die internationalen Strömungen und war regelmäßig im In- und Ausland unterwegs. Von Simmerl hörte neiderfüllt zu. Der tumbe Bauernsohn Josef hatte es aus eigener Kraft zu etwas gebracht, obwohl er die Akademie frühzeitig verlassen hatte. Im Gegensatz dazu stümperte er trotz aller möglicher Betrügereien noch immer im Kunstgeschäft herum, führte ein Doppelleben als Baron und war gerade dabei, eine »zweite Karriere« zu beginnen, wie er ironisch bei sich dachte – als Krimineller.

Josef schwärmte von einigen italienischen magischen Realisten, deren Namen Ludwig nichts sagten. Er wurde langsam ungeduldig und wollte es hinter sich bringen. Also wuchtete er einfach das verpackte Bild auf den Tisch und begann, das Papier zu lösen. Stück für Stück kam die Medusa zum Vorschein. Als sie entblößt vor ihnen lag, verstummte Josef. »Dio mio! Ché bello!«, stieß er fast tonlos durch die Zähne aus. Er betrachtete das Gemälde ehrfurchtsvoll und beide Männer waren sich einig, dass ihr ehemaliger Gefährte Franz von Stuck damit ein großes Kunstwerk geschaffen hatte. Auch wenn sie ihn menschlich als herausfordernd erlebt hatten.

Während die Medusa ihre beängstigende Aura in dem zuvor heiter daliegenden Raum verbreitete, betrat ein älterer eleganter Herr das Hinterzimmer. Er wurde von Simmerl als Josefs Schwiegervater vorgestellt, Signore Panzoni der Ältere. Auch er machte aus seiner Begeisterung für das Gemälde keinen Hehl. Ludwig fühlte ganz deutlich, dass er kurz vor der Vollendung seines Coups stand. Die beiden würden ihm das Bild abkaufen, er zweifelte nicht daran. Jetzt ging es nur noch um einen angemessenen Preis. Er musste hart bleiben, um die Summe, die er sich vorstellte, auch zu erzielen. Die beiden Italiener unterdessen begutachteten das Bild. Sie tuschelten dabei auf Italienisch miteinander, was er nicht verstand. Josef nahm das Bild mit beiden Händen rechts und links am Rahmen hoch und kippte es leicht in die Schräge, sein Schwiegervater musterte den Lichteinfall und die Farben. Er deutete auf eine Stelle, an der man das Muster eines Schlangenrückens erkennen konnte. Josef nickte. Sein Schwiegervater klemmte sich ein Okular ins Auge und ging so nah an die Leinwand heran, dass er sie fast mit der Nase berührte. Dann untersuchten sie die Signatur. Josefs Schwiegervater verschwand durch den Vorhang nach vorne in den Verkaufsraum und kam mit einem Katalog wieder. Er blätterte im Register des Fachbuchs.

»Was ist? Ist was?«, fragte von Simmerl und verlagerte das Gewicht von einem Bein auf das andere. Er wurde langsam nervös. Wieso dauerte das so lange?

»Und du hast das Bild von einem Bekannten?«

»Ja, wie gesagt.«

»Und der hat es direkt von Stuck?«

»Direkt, ja. Er hat es ihm geschenkt. Die beiden sind befreundet.«

»Hm.«

Josef wechselte ein paar Worte mit seinem Schwiegervater, der immer wieder las, nach einem neuen Schlagwort suchte und blätterte.

»Und es war nicht in einer Werkstatt?«

»Wieso denn in einer Werkstatt? Es ist doch noch gar nicht alt. Was soll es denn dann in einer Werkstatt? Es ging direkt von Stuck zu meinem Bekannten und dort an die

Wand, an der es die ganze Zeit ausgestellt war. Der Besitzer ist Sammler. Er hat gut darauf aufgepasst.«

»Hm. Eben.«

Etwas in Josefs Wortkargheit verunsicherte Ludwig. Obwohl er sich bemüht hatte, seine letzte Äußerung forsch und bestimmt hervorzubringen, musste er gestehen, dass er eigentlich überhaupt keine Ahnung hatte, wie alt das Bild war. Er konnte sich aber auch nicht erklären, wieso das Alter für die beiden Männer vor ihm eine Rolle spielte. Sicher, es gab Künstler, deren Werke erst posthum an Wert gewannen. Aber bei Franz von Stuck war das anders. Er war ein Malerfürst. Und das wusste man schließlich auch in Italien!

Jetzt sagte der alte Kunsthändler etwas zu seinem Schwiegersohn, Josef nickte und an seinem Tonfall konnte Ludwig Zustimmung erkennen. Waren sie sich also endlich einig? Wieso zögerten sie dann noch? Er versuchte, die Sache zu beschleunigen.

»Also? Wie viel ist euch das Prachtweib wert?«, fragte er.

»Wir sind uns nicht ganz sicher, Ludwig.«

»Warum denn nicht? Stimmt was nicht? Mensch, Josef, jetzt mach es doch nicht so spannend!«

Von Simmerls Geduld war nun wirklich überstrapaziert. Er wollte nur noch den Handel komplett machen und als reicher Mann diese Galleria verlassen. Was war los? Begeisterte Kauflust sah anders aus.

Josefs Schwiegervater schlug das Fachbuch zu, nahm seinen Zwicker ab und schaute Josef an. Er schüttelte dabei den Kopf. »No, è falsificato. È una contraffazzione. Lasciamo perdere!«

»Was sagt er? Was sagt dein Schwiegervater?«

Josef wandte sich von Simmerl zu und seine Gesichtszüge verrieten, dass die Antwort unangenehm werden würde.

»Er sagt, dass er sich ziemlich sicher ist, dass das Bild gefälscht ist.«

Er machte eine kurze Pause.

»Und dass er es nicht kauft.«

Josef führte langwierig die Gründe des Schwiegervaters aus, die er zum Teil auch selbst bestätigte, aber Ludwig von Simmerl hörte nicht mehr zu.

Er hatte einen Moment lang das Gefühl, dass die Zeit stehen blieb. Was hatte Josef gerade gesagt? Eine Fälschung? Wieso sollte das Bild eine Fälschung sein? War Schandel einem Fälscher aufgesessen? Unmöglich. Er hatte das Bild direkt von Stuck bekommen. Das hatte Otto ihm und Mizzi stolz erzählt. Das war der Grund und Auslöser dafür gewesen, nach Aschaffenburg zu fahren. Das war der hoffnungsvolle Lichtstrahl gewesen, der durch die dunklen Wolken, die sich in München über ihm zusammengezogen hatten, leuchtete. Die Lösung all seiner Probleme. Die Rettung. Deswegen hatte er sich auf diesen Helfrich eingelassen. Deswegen – ihn schauderte. Das Bild von Helfrichs verdrehten Gliedmaßen im Gleisbett tauchte vor seinem inneren Auge auf. Mizzi. Er hatte alles aufs Spiel gesetzt für dieses Frauenzimmer. Und jetzt sollte alles umsonst gewesen sein? Das Bild, um das es seit Wochen gegangen war – eine Fälschung? Ihm wurde schwindelig. Sein Herz pumpte mit Hochdruck das Blut durch seinen Körper, pochte in seinen Schläfen, rauschte in seinen Ohren. Mühsam wandte er sich Josef zu. Er wollte ihm widersprechen, wollte ihn von der Bedeutung des Gemäldes überzeugen.

»Das kann nicht sein«, war alles, was er herausbrachte.

Signore Panzoni begann nun, auf Ludwig von Simmerl einzureden, der jedoch kein Wort verstand. Aber auch wenn es Deutsch gewesen wäre, hätte er kein Wort verstanden. Denn er wollte nicht glauben, was die beiden Experten ihm da erzählten. Bilder des Abends im Grünen Salon stiegen vor seinem inneren Auge auf. Der alte Gentil, selbstgefällig in seinem Kastensessel, ihn fixierend und dabei von Gott und der Welt schwadronierend. Die Medusa vor ihm, die hypnotisierenden Augen auf ihn gerichtet. Die Bacchantin in seinem Nacken. Die Tänzerin im Erker. Von überall her blickten ihn tote Augen an. Nur die des Alten blitzten lebendig. Und beobachteten ihn genau. Der alte Gentil hatte ihn angelächelt. Und er, Ludwig, hatte in sich hineingelächelt, sich dabei diebisch gefreut über die Naivität seines Gastgebers, mit der er alles erzählt, vom Wert seines Kunstschatzes geschwärmt, über seine Angst davor gesprochen hatte, dass jemand in das ungesicherte Haus einbrechen und etwas stehlen könnte. Es hätte nicht viel gefehlt und sie hätten sogar über die Mona Lisa geredet. Ihm fiel wieder ein, dass er durch einen Artikel über ihren Dieb auf die Idee gekommen war, die Medusa zu entwenden. Und Gentil hatte über die dreiste Idee schwadroniert, mithilfe von Fälschungen das große Geld zu machen. Jetzt und hier, in dieser Galleria, fiel es ihm auf einmal wie Schuppen von den Augen: Nicht Gentil war naiv gewesen, sondern er. Es war kein Lächeln gewesen, das der Alte ihm gezeigt hatte. Im Spott hatte er seine Mundwinkel nach oben gezogen. Er hatte ihn hinters Licht geführt. Er, der Münchener, der Baron, war ihm, dem Aschaffenburger Pumpenanton, auf den Leim gegangen. Aber wenn das hier eine Fälschung war, wo war dann die echte Medusa? Und wie war der Alte an eine Fälschung gekommen? Otto? Hatte Otto die falsche Medusa gemalt? Und ihn nach Aschaffenburg gelockt, um sich an Mizzi heranzumachen? Aber nein, er hatte ja gar nichts davon gewusst, war überrascht gewesen von seinem und ihrem Besuch; schließlich war es ihm zu riskant gewesen, Otto in seine Pläne einzuweihen. Am Ende hätte er noch selbst das Gemälde zu Geld gemacht und wäre mit Mizzi durchgebrannt. Die Gedanken schossen pfeilschnell durch seinen Kopf, verstärkten das Schwindelgefühl.

Von Simmerl fühlte sich, als ob der Boden unter ihm zu wanken begonnen hätte. Er stolperte rückwärts, geriet ins Straucheln. Beim Versuch, sich mit einer Hand an einem Regal abzustützen, fielen einige Bücher zu Boden, die Regalbretter hingen schief auf ihren Halterungen oder brachen herunter. Er sank in die Knie, kreidebleich, niedergedrückt von der Erkenntnis, dass der alte Gentil ihn betrogen hatte. Nicht er war der Kriminelle, der den Vater eines Freundes um sein Eigentum gebracht hatte. Gentil war ein Betrüger und ein skrupelloser Misanthrop. Er hatte Mizzis Existenz aufs Spiel gesetzt. Er hatte den unschuldigen Hans Helfrich ins Gleis gestoßen. Umsonst. Alles umsonst. Seine Zukunft war in tausend Teile zerbrochen. Sein Blick fiel auf die Medusa und seine hektischen Bewegungen erstarrten. Ihr geöffneter Schlund sog ihn ein ins dunkle Nichts.

Krachend schlugen die Regalböden über dem ohnmächtigen Baron zusammen.

»Aiuto!«

Josef stürzte herbei und tätschelte Ludwigs Wangen. Jegliche Farbe war aus ihnen gewichen. »Mizzi ...«, lispelte von Simmerl. »Mizzi. Verlass mich nicht.«

38

In München betrachtete ein müder Franz von Stuck seinen Hausaltar und suchte nach Inspiration. Er hatte das Gefühl, schon alles gemalt zu haben. Im Kreise der Kreaturen, die seinem Kopf und Pinsel entsprungen waren, fühlte er sich geborgen. Anton Gentil hatte ihm einen Brief geschrieben und ihm von seinem Coup erzählt. Er hatte die Medusa beschützt, jetzt würde sie ihn beschützen. So sollte es sein. Seine Kunst würde ihn überdauern.

In Aschaffenburg fegte ein kalter Novemberwind vom Main herauf und ließ die alten Fachwerkhäuser ächzen. Schloss und Marstall lagen schützend vor den geschäftigen Straßen der Innenstadt und das Pompejanum träumte frierend vom Sommer, wenn auf der Terrasse wieder die Aschaffenburger flanierten und die Reben, deren Reihen sich den Hang hinunterstürzten, leise raschelten. Vor dem Hotel »Luitpold« lud ein Fuhrknecht eine Ladung Stoffbündel ab, die die Heimschneiderinnen in großen Tüchern nach Hause schleppten. In der Pumpenfabrik fauchten und stampften die Maschinen und der Meister wählte die schmalsten Stifte aus, denn die nächste Kolbenmontage stand an. Der Platz des Gesellen Helfrich blieb leer. Er war tragisch verunglückt. Für ein Verbrechen hatte die Polizei keinerlei Anzeichen gefunden.

Wer an diesem Tag vor der dunklen Villa mit dem steilen Schieferdach gestanden hätte, der hätte ein schwaches Licht hinter den Butzenscheiben des Erkers gesehen und vereinzelte Fetzen jazzender Grammophonplatten vernommen. Aus dem Küchenfenster zogen Schwaden eines deftigen Essens und verloren sich zwischen den kahlen Stämmen der Linden, die rechts und links die Straße säumten. Vor dem Hintereingang tropfte das Schmelzwasser gemächlich aus dem Eisschrank und auf dem massiven Herd schob Berta geräuschvoll Töpfe und Pfannen hin und her. In der großen Halle wachte das Nagelbild über die vielen Heiligenfiguren, Sankt Martin teilte seinen Mantel und die ornamentvollen Kastensessel warteten auf Besuch. Im Grünen Salon saßen Vater und Sohn bei ihren liebsten Frauen und ließen die letzten Tage Revue passieren. Anton Gentil war mit sich und der Welt zufrieden. Kurz hatten die Münchener Eindringlinge versucht, sein Glück zu stören, aber er hatte am längeren Hebel gesessen. Es war immer eine schlechte Idee, das Gegenüber für dümmer zu halten, als man selbst war. Aber genau diesen Fehler hatte von Simmerl begangen. Ihn, den Pumpenanton, zu unterschätzen, war eine Sache, die man sich zweimal überlegen sollte. Für Otto tat es ihm leid, aber er würde über seinen Liebeskummer hinwegkommen und einsehen, dass diese Alpenmadonna nicht gut für ihn war. Er würde schon noch die Richtige finden, auch wenn er jetzt Lehrgeld bezahlt hatte. Sein Blick fiel auf den silbernen Spiegel und die alte Weisheit nach seinem Geschmack: »Die Tugend macht oft viel Beschwer – doch meist lohnt es sich hinterher.«

Figureninventar und Nachwort

Historische Figuren

Anton Kilian Gentil (1867–1951)

Industrieller und Kunstsammler aus Aschaffenburg; machte ein Vermögen mit seiner Pumpenfabrik; schuf mit der Gentilburg, der Gentilvilla und seinem Wohnhaus emblematische Gebäude im Stadtbild Aschaffenburgs; vermachte seine Kunstsammlung der Stadt, heute Museum »Gentil-Haus«; Original, um das sich viele Anekdoten ranken und das den Aschaffenburgern als »Pumpenanton« ein Begriff ist.

Otto Gentil (1892–1969)

zweites Kind von Anton Kilian und Elisabeth Gentil; Ausbildung in der Pumpenfabrik; nach dem Ersten Weltkrieg Besuch der Münchener Kunstgewerbeschule (Bildhauerei und Goldschmiedekunst), freischaffender Künstler, von 1926 bis 1939 Leiter der Steinmetzwerkstätten.

Franz von Stuck (1863–1928)

Münchener Malerfürst, Gründer der Münchener Sezession 1892; Maler, Zeichner und Skulpteur mit einem Hang zu allegorisch-symbolhaften Gestaltungen in häufig lasziv-erotischer Atmosphäre; ungewöhnlich starke Rezeption schon zu Lebzeiten; an der Münchener Akademie Leh-

278

rer unter anderem von Wassily Kandinsky (1866–1944) und Paul Klee (1879–1940); seine Künstlervilla ist heute ein Museum; Anton Kilian Gentil kannte ihn persönlich.

Ludwig Eberle (1883–1956)
deutscher Maler, Bildhauer und Medailleur, neohistorischer Stil; war mit Anton Gentil befreundet; im »Gentil-Haus« finden sich etliche seiner Werke.

Frei erfundene Zeitgenossen Gentils

Berta
Anton Gentils ebenso treue wie resolute Köchin

Franz Keller
Anton Gentils zweite Hand und Faktotum in der Pumpenfabrik

Katharina Keller
Franz Kellers Frau

Hans Helfrich
Geselle aus der Pumpenfabrik und ehemaliger Kamerad von Otto Gentil

Baron Ludwig von Simmerl
gepflegte Erscheinung mit unlauteren Absichten; Mitglied der Schwabinger Bohème mit undurchsichtiger Rolle im Kunstgeschehen; verliebt in Mizzi

Maria »Mizzi« Sedlmayr
attraktive Bayerin, die sich an den falschen Mann vergeudet, findet jedenfalls Otto

Scherer, Hahn, Caspar: fiktive Schüler der Neuen Münchener Schule; wollen von Gentil viel Geld für wenig Kunst

Der »Pumpenanton« ist für die Aschaffenburger auch heute noch ein Begriff, um den sich viele Anekdoten ranken.

Bei seinem Onkel lernte er zunächst in der Kunstglaserei, doch die Industrialisierung lockte ihn weg zu einer eigenen Schlosserei und Gießerei, mit der er aufgrund seiner Ingeniosität bereits ab 1892 großen Erfolg hatte. Im Jahre 1900 verlegte er seine Werkstatt nach Damm in die Lange Straße, wo er sie nach und nach zu einer florierenden Pumpenfabrik ausbaute. Spezialisiert auf Kreiselpumpen für die Papier- und Lebensmittelindustrie schaffte er es zu einem Vermögen, seine Patente ließen ihn die Bildungsmacht des Reisens erfahren: Er reiste nicht nur, wie in »Medusenliebe«, nach München, sondern unternahm neben Erholungsfahrten ins Berchtesgadener Land unter anderem Reisen nach England, Paris, Florenz, Rom, Venedig, Neapel, Amsterdam, Gent, Brügge, wo er sich autodidaktisch mit Kunst beschäftigte.

Zunächst begann er kleinere, billige Malereien von Zeitgenossen im Münchener Kunsthandel zu erwerben, oft Skizzen von Akademieschülern, denen der Sprung aus der Anonymität noch nicht gelungen war. Je mehr Geld er hatte, desto intensiver investierte er in führende Maler der Zeit und suchte schon bald den Weg zu den Künstlern selbst, wie zum Beispiel zu seinem späteren Freund Ludwig Eberle. So manches Mal zahlte er zu Beginn auch Lehrgeld, bis es ihm immer besser gelang, Echtes von Falschem und Gutes von Schlechtem zu unterscheiden. Sich von von Simmerl ein überteuertes Gemälde aufschwatzen zu lassen, wäre ihm in späteren Jahren also nicht mehr passiert.

Beim Erwerb seiner Kunstsammlung bewies er eine konsequente Eigenwilligkeit: Er sammelte stets, was ihm gefiel, spätgotische und romanische Plastiken wie Volkskunst aus dem Spessart und Hafnergeschirr wie das, aus dem er in »Medusenliebe« seinen Äppelwoi trinkt.

Seine nicht ganz unumstrittene Persönlichkeit war vielseitig. Er war Mitglied im Turnverein, schon ab dem Ende der 1880er-Jahre im Bicycle-Club Aschaffenburg und entwarf bei der Schlaraffia gerne die Dekoration für die Treffen dieses 1859 gegründeten Männerbunds. Der lateinische Wahlspruch der Schlaraffen (mittelhochdeutsch »slur affe«, was so viel wie »sorgloser Genießer« bedeutet) »in arte voluptas«, also »In der Kunst liegt Lust«, trifft die Einstellung des Pumpenanton zur Kunst wohl genau.

Als ruheloser Arbeiter, der Begonnenes zu Ende führte, duldete er keine Nachlässigkeit in der Arbeit, setzte die gleiche Energie bei seinen Arbeitern voraus, mit der er seine Firma durch zwei Weltkriege geführt hatte.

Dennoch verbarg sich hinter einer Maske polternden Eigensinns Gentils große Rechtschaffenheit, sein Sinn für die Nöte des Nächsten, allen voran der Künstler, die er mit Ankäufen, Geldzuwendungen und Reisestipendien unterstützte.

Seine Häuser prägen noch heute das Aschaffenburger Stadtbild.

Das Bildnis »Medusa« von Franz von Stuck hat Gentil von ihm erworben und nicht wie im Roman geschenkt bekommen; heute hängt es im Museum »Gentil-Haus«; er war mit Franz von Stuck bekannt, die Begegnung der beiden Männer bei dem Fest in der Münchener Stuck-Villa in diesem Roman ist frei erfunden.

Im Roman erwähnte Lieder

»Was macht der Maier am Himalaya« von Anton Profes, Text: Fritz Rotter und Otto Stransky, 1926

»Der Onkel Bumba aus Kalumba« von Comedian Harmonists, Text: Paul Lincke, 1932

»Ich hab das Fräulein Helen baden sehn« von Fredy Raymond, Text: Fritz Grünbaum, 1925

»Am Brunnen vor dem Tore (Der Lindenbaum)« von Wilhelm Müller, 1823

»Wir versaufen unsrer Oma ihr klein Häuschen« von Robert Steidl, 1922

DIE NEUEN

ISBN 978-3-8392-0154-1

ISBN 978-3-8392-2730-5

ISBN 978-3-8392-0155-8

ISBN 978-3-8392-0158-9

ISBN 978-3-8392-0160-2

ISBN 978-3-8392-0159-6

ISBN 978-3-8392-0161-9

ISBN 978-3-8392-0163-3

ISBN 978-3-8392-0164-0

ISBN 978-3-8392-2626-1

ISBN 978-3-8392-0156-5

ISBN 978-3-8392-0157-2

ISBN 978-3-8392-0166-4

ISBN 978-3-8392-0166-4

ISBN 978-3-8392-2838-8

ISBN 978-3-8392-0168-8

GMEINER KULTUR

WWW.GMEINER-VERLAG.DE
Mensch, Kultur, Region